Contemporánea

Juan Carlos Onetti (Montevideo, 1909-Madrid, 1994) fue uno de los mayores exponentes de las letras hispánicas del siglo XX. Autor de relatos y novelas, en su primera etapa escribió obras fundamentales como *El pozo* (1939), *Tierra de nadie* (1941), *Para esta noche* (1943) y *La vida breve* (1950). Desde la publicación de esta última ambientó sus obras en Santa María, un universo imaginario que hizo historia en la narrativa latinoamericana. *Los adioses* (1953), *El astillero* (1961), *Juntacadáveres* (1964) y *Dejemos hablar al viento* (1979) dan prueba de la altísima calidad literaria de su obra de madurez. Exiliado en España desde mediados de los años setenta, obtuvo el Premio de la Crítica en 1979 y el Premio Cervantes en 1980. En Uruguay recibió dos veces el Premio Nacional de Literatura, en 1962 y de nuevo en 1985, cuando la democracia acababa de regresar al país; pero él mismo decidió no volver. Pasó los doce años finales de su vida recluido en su piso de Madrid, casi sin levantarse de la cama. Su última novela, *Cuando ya no importe*, se publicó en 1993.

PREMIO CERVANTES

Juan Carlos Onetti
Tierra de nadie

DEBOLS!LLO

Papel certificado por el Forest Stewardship Council®

Primera edición en Debolsillo: junio de 2016
Sexta reimpresión: noviembre de 2025

© 1941, Juan Carlos Onetti y Herederos de Juan Carlos Onetti
© 2016, Penguin Random House Grupo Editorial, S. A. U.
Travessera de Gràcia, 47-49. 08021 Barcelona
Diseño de la cubierta: Penguin Random House Grupo Editorial
Ilustración de la cubierta: © Federico Yankelevich
Fotografía del autor: © Getty Images

Penguin Random House Grupo Editorial apoya la protección de la propiedad intelectual. La propiedad intelectual estimula la creatividad, defiende la diversidad en el ámbito de las ideas y el conocimiento, promueve la libre expresión y favorece una cultura viva. Gracias por comprar una edición autorizada de este libro y por respetar las leyes de propiedad intelectual al no reproducir ni distribuir ninguna parte de esta obra por ningún medio sin permiso. Al hacerlo está respaldando a los autores y permitiendo que PRHGE continúe publicando libros para todos los lectores. Ninguna parte de este libro puede ser utilizada o reproducida con el propósito de entrenar tecnologías o sistemas de inteligencia artificial. PRHGE se reserva expresamente la reproducción, la extracción y el uso de esta obra y de cualquiera de sus elementos para fines de minería de textos y datos y el uso a medios de lectura mecánica u otros medios que resulten adecuados (art. 67.3 del Real Decreto Ley 24/2021). Diríjase a CEDRO (Centro Español de Derechos Reprográficos, http://www.cedro.org) si necesita reproducir algún fragmento de esta obra.
En caso de necesidad, contacte con: seguridadproductos@penguinrandomhouse.com

Printed in Spain – Impreso en España

ISBN: 978-84-663-3429-7
Depósito legal: B-8.933-2016

Impreso en Arcángel Maggio Europa S. L.

P 3 3 4 2 9 B

A Julio E. Payró
con reiterado ensañamiento

I

El taxi frenó en la esquina de la diagonal, empujando hacia el chófer el cuerpo de la mujer de pelo amarillo. La cabeza, doblada, quedó mirando la carta azul que le separaba los muslos. «Nos devolveremos el uno al otro como una pelota, un reflejo...»

Mientras suspiraba, «nos devolveremos el uno al otro», sorprendió el nacimiento del gran letrero rojizo.

Una mancha de sangre: «Bristol». Enseguida el cielo azuloso y otro golpe de luz: «Cigarrillos importados». Nuevamente el cielo. En la cruz de las calles las enormes letras golpeaban el flanco del primer rascacielos, su torre escalonada. Bristol, el aire, cigarrillos, pequeñas nubes. Los golpes rojos se corrían por las azoteas desiertas, manchando fugazmente el gris hosco de los pretiles.

Atravesando la ventana sucia, sonrojaban la sonrisa del hombre en la lámina pegada a la pared. Un rápido abanico cerrado en los muros y una gruesa barra en la colcha de la cama, cruzando la culata ya fría del revólver.

La mano del hombre dormido colgaba junto al piso. Ausente de las sombras y las rápidas palabras rojas, el hombre respiraba lento y sonoro, una mano en la hebilla del cinturón, la derecha hacia las tablas con manchas y escupitajos.

Afuera, en la luz amarilla del corredor, otra mano avanzó, doblándose en el pestillo. Llave. El hombre gordo dobló los dedos fastidiado y esperó. «Con tal que no se le haya ocurrido...» Golpeó con los nudillos.

Pero la única cosa viva en el pequeño cuarto era el temblor luminoso en la pared y la gruesa franja ligera que resbalaba en la colcha.

Volvió a golpear con el puño, una vez y otra. Esperaba entre los golpes, acariciándose el mentón carnoso, guiñando los ojos a la luz sucia.

Las llamadas entraron en el hombre acostado como rápidos golpes de gong, y en el país silencioso del sueño los ruidos se cambiaron por el mismo gran disco dorado del gong. Una brillante luna que empezó a girar enloquecida, acercándose, subiendo, alzando finalmente al hombre consigo. Estaba otra vez en la angustia de la vigilia, sólo con los tres golpes a compás en la puerta. Quedó sentado, sacudiendo la cara en la sombra. Los golpes eran toc, toc, toc. La mano tanteó en la colcha la culata del arma. Escuchaba inmóvil entre los ruidos lejanos y su respiración. Los golpes saltaron nuevamente, rabiosos y sin paciencia.

Terminó de levantarse, arrastrando los pies en medias sobre la frescura de las tablas. La puerta dijo:

—Soy yo. Abrime.

Aflojó el cuerpo suspirando, encendió la luz, quitó la llave de la puerta y volvió hacia la cama, dando la espalda al hombre que entraba.

Larsen cerró. Avanzaba lentamente, bajo y redondo, las manos en el sobretodo oscuro.

—Creí que habías salido, ¿eh?

El hombre de medias tiró el revólver a la cama.

Sí. Eso mismo.

Sentado, estiraba las piernas bostezando. Había algo de cobardía, timidez, un grosero disimulo en la cara que muequeaba indiferente.

—Mirá. Anoche no dormí. Ni sé hasta qué hora.

La pequeña boca de Larsen, fruncida, señaló el revólver.

—Tenerle miedo a un turco...

Se rió con un chillido de mujer. Enganchó una silla con la pierna y se sentó.

—Así que tenés miedo. El indio Óscar, el Indio. Y de un turco, ¿eh?

Volvió a reírse. Moviendo la cabeza, tiró un paquete de cigarrillos hacia la cama. Ansiosamente, el otro lo manoteó. El encendedor brillaba contra el vaso vacío de la mesita. Larsen lo miraba con un pequeño brillo en los ojos, la boca apretada.

—No tenías cigarrillos, ¿eh? Así que el turco no te da permiso...

Se reía, temblándole el cuerpo, casi inmóviles las grasas de la cara. Quedó serio de golpe, dos líneas de saliva en la boca, mirando con dureza al hombre de la cama.

—Y bueno... ¿Qué vamos a hacer?

El otro apartó lentamente la mano con el cigarrillo, alzando una mirada maligna.

—¿No me mandaste decir que no hiciera nada, que me quedara quieto y no hiciera nada?

Larsen se acomodó los puños de la camisa que le cubrían media mano.

—Te mandé decir porque todos ustedes no hacen más que macanas. Como eso de la turca esa. Se necesita ser turro, de veras. Qué animal.

—Y ahora ya está.

—Ta bien. Digo lo mismo.

Sacó un diario y lo desplegó lentamente. Revisaba las columnas, seguía con la cabeza el zigzagueo de las letras. Óscar le espiaba la cara. Dulces brillos acariciaban la carne del mentón y las mejillas. Alguien andaba en la pieza de al lado. Se oyó encender un calentador y ruido de voces incomprensibles. Unos tacos de mujer repiquetearon en la escalera. Óscar aplastó el cigarrillo. Miraba agazapado el silencio de Larsen, lleno de peligros. Insinuó tanteando:

—Yo ya sé... Pero a cualquiera se la doy. Estarse así, todo el día como quien dice con la cosa esa y... Bueno, una hembra que...

Larsen bajó el diario, buscó a los lados y terminó por escupir hacia la ventana.

—A eso le llaman hembra. Turquita pestosa.

Continuó revisando los titulares. Luego alzó los ojos al techo.

—Decime. El día del choque, ¿ganó Capicúa? O el otro sábado, ¿eh?...

Dejó el diario en la mesa. Respiraba ruidosamente, la boca en *o*. Fue empujando el sombrero hacia la nuca. Un momento se estuvo inmóvil, hipnotizado en el brillo de sus uñas que golpeaban la mesa. De pronto enderezó el índice y la cara redonda en dirección a la cama. La voz le temblaba, adelgazada, casi en maullido:

—¿Vos no sabías que era menor?
Óscar se rió, mirando el suelo.
—Cualquiera calcula. Con ese cuerpo.
—Ah. ¿Y por qué le pegaste?
—¿Por qué?
Desde la cama alzaba una cara asombrada, estúpida.
—¿Por qué le pegué?...
Reía, repitiendo la pregunta absurda.
—Sí —dijo Larsen—. Vos sos muy macho, ¿eh? Pero si no te arreglo los líos...

Se agachó, estirando la seda de los calcetines. El sombrero escondía la cara. Detrás del óvalo negro, la voz se cambió por otra, endulzada y persuasiva:

—Porque anoche te anduvieron buscando. En el Bajo. También en lo de García.

El otro estalló:
—Y que se vayan a la puta. ¿Qué querés que haga?
Larsen se enderezó, sonriendo.
—No sé. ¿Y a vos qué te parece?
Óscar alzó los hombros. Encendió otro cigarrillo y fue hasta la ventana. Las luces de la calle, grandes carteles de color en el teatro. Larsen comentó:

—No hay caso de irse. En cualquier sitio que te metas te van a encontrar. Yo que vos hacía una cosa. No tenés más que una cosa.

El otro se volvió sin ganas disimulando la esperanza.
—Decí.
—Mirá, yo que vos iba y me entregaba. No le des vueltas.
—Y chuparme una punta de años. Pero si me viste la cara...

Larsen alargó la mano buscando el diario. Óscar se acercó.

—Pero pensá... No voy a ir yo mismo...

—Bueno. Tarde o temprano te van a agarrar. Se puede ver a un abogado e inventarse una cinta de biógrafo. Todo lo demás son macanas.

—Pero vos me dijiste que Guerra...

—No, claro. El turro se abrió. Pero yo tengo uno que me presentó Balsa.

Óscar buscó los ojos pequeños y arrugados de Larsen. No había nada. Movió blandamente los brazos.

—Si vos estás seguro... Pero mirá que...

Larsen sacó la cartera y rebuscó.

—Mirá. Aquí tenemos la tarjeta. Aránzuru. Será gringo. Vamos al teléfono.

Óscar siguió el balanceo aburrido del otro. Pensaba mecánicamente: «Puedo meterle un tiro en la nuca». El cuello negro estaba salpicado de caspa. Se apoyó en la baranda del corredor, mientras Larsen discaba en el teléfono.

En el pasillo vacío, la leyenda DIEGO E. ARÁNZURU en letras negras sobre el vidrio de la puerta. Adentro, un reflejo de luz filtrando la cortina, unas leves ondas de música que bajaban del bar en el piso once. Empezó, vibrante, la chicharra del teléfono. La muchacha que se doblaba encima del cajón entreabierto quedó inmóvil. Espiaba el zumbido del campanilleo en la sombra como a un insecto alado y peligroso que revoloteara buscándola.

Los golpes en *erre* salieron del teléfono, tomando altura. Chocaron en la caja de hierro, el 23 del almanaque, resbalaron por la arpillera de las paredes, la cabeza torturada del cuadro, la mancha blanca del diploma enmarcado. De regreso, cruzaron, rozando la máquina enfundada, los gruesos libros, y el último runrún dio, desde el borde de la mesa, un rápido salto para esconderse nuevamente en el aparato.

Nora se derrumbó en el sillón, los ojos cerrados, alargando las flacas piernas bajo la mesa. Respiraba velozmente el susto, oyendo ahora el galope de la sangre en el cuello.

Larsen colgó el tubo rezongando. Desde la baranda, Óscar lo miraba con odio.

—¿Y?

—No estaba. Se le habla mañana.

—No te digo...

Larsen volvió a redondear la boca con desprecio. Pero terminó por encogerse de hombros, con una pequeña lástima por el hombre en camiseta que comenzaba a pasearse nervioso y encogido.

—Parate... Yo sé dónde llamarlo, lo que sí...

Descolgó el aparato, buscando en la sombra sucia del techo el número que necesitaba. Cayó desde arriba una voz espesa de vieja:

—Catalina.

Un ruido de zapatos caracoleó en la escalera. Inclinado en la baranda, Óscar oía el ruido del teléfono marcando los números. «Si no pienso, lo encuentra.» Debajo de la cabeza un poco inclinada de la mujer que subía corriendo, saltaban los grandes senos. Tenía la cara pintada, unas pulseras tintineantes corridas hasta el codo. Surgió a la luz, giró, pasando entre ellos con una mirada desdeñosa. Bostezando, Óscar la vio trepar el otro pedazo de escalera, los ojos presos en el trasero de la mujer. Llamaban más fuerte:

—Catalina. Te possa venere...

Las ocho manos estaban dentro del cono que recortaba en la sombra la pantalla verde. Las manos velludas barajaban los naipes rápidamente, haciendo un suave chaschás. Las manos blancas dormían su sueño agitado encima de la carpeta. Una, redonda e hinchada, rascaba la punta del cigarrillo en el cenicero, mientras la otra se perdía fuera de la luz, sosteniendo el peso de la cabeza triste y desgreñada. Las manos que eran como de mujer acariciaban la columnita de las fichas, torciéndola y enderezándola.

La voz del hombre de los naipes parecía velluda como sus manos.

—Vos, María Luisa. Alumbrá.

Una de las manos que era de mujer desperezó sus dedos, llevando una ficha al centro de la mesa. La voz profunda reía burlona:

—No me digás María Luisa. Te trae yeta.

Ágilmente, las manos peludas repartieron las veinte cartas. Allá arriba, invisible en la noche, la cara de las manos hinchadas siguió inmóvil y melancólica, mirando su juego. La mano como de mujer llevó cinco fichas al pozo. Las desparramó con presteza y se fue. Desde los dedos del hombre de la cara triste, chorrearon monótonas las fichas. Las manos blancas dejaron las cartas. Subrayó una voz aburrida:

—No veo.

—¿Cuántas?

La campanilla del teléfono fue repitiéndose, como un grito de alarma entre los hombres.

—Quién será el cornudo.

La mano peluda levantó el tubo y lo hizo flotar en el chorro de luz.

—¿Quién? Salú. No, hace tiempo que no cae. ¿Por qué no te venís? Y... todos. Como siempre, casi todos. Claro que María Luisa. Como no tiene fondo...

Se oía latir la risa en la membrana del teléfono.

—Bueno. Mala suerte. Chau.

Volvió a colgar el tubo. Doblado sobre la mesa, movía con la lengua el resto apagado del cigarrillo.

—¿Cuántas?

—Una.

El hombre de las manos blancas comentó, refugiado en lo oscuro:

—Era el gordo Larsen, ¿no? ¿Qué quería?

—Anda a la pesca de Aránzuru.

—Cierto... Hace mucho tiempo que no viene por acá.

—Y, María Luisa... Desgraciao en el amor...

La risa bailó un solo círculo sobre la mesa.

Óscar leía la marca del cigarrillo esquivando el humo. Larsen se acercó, moviendo los hombros.

—No estaba. Mañana lo agarramos. Día más o menos...

Entró en la habitación. Lentamente, Óscar fue cerrando la puerta y se sentó en la cama.

—Así que me andan buscando.

—¿Y qué querías? En el Avón, el Garibaldi y tutta la murra.

Larsen se quitó el sobretodo y se sentó, colocando los pies sobre la mesa. Volvió a abrir el diario. «El bloqueo de Tientsin», «La alianza tripartita», «Molotov sucederá a Litvinoff».

Otra vez la marejada de angustia. Óscar se tumbó en la cama, con frío, sintiéndose interminablemente largo, sin defensa. Tembló, solitario, en un desordenado bostezo:

—Entonces... ¿decís que también en lo de García me buscaron?

Aránzuru bajó del tren y se puso a andar por el pasaje subterráneo. El aire era allí más fresco. La cabeza iba casi rozando los globos de luz incrustados en el techo. Subió las dos cortas escaleras y un pequeño cansancio lo hizo detenerse, mirando con curiosidad la calle de tierra. Pensó que estaba perdida la amistad del hombre con la tierra. Qué tenía de común con los colores del cielo, los árboles raquíticos de la ciudad, sus multitudes oscuras y alguna luz de ventana, sola en la noche. Qué tenía de común con nada de lo que integra la vida, con las mil cosas que la van haciendo y son ella misma, como las palabras hacen la frase.

Nené tenía los dedos en la cabeza, cerca de la nuca, fijando el peinado.

—No oí llegar el tren.

Rápidamente acababa de espiarle el rostro. Se besaron y ella le tomó un brazo, caminando apoyada, el hombro izquierdo hacia adelante. Iban bordeando el tejido de alambre, separados por el tejido de la noche y el ramaje. Ella lo miraba, casi francamente ahora, mientras los pasos aplastaban sin ruido la tierra. Le golpeó la mejilla:

—¿Serio? ¿Serio mi serio? Ah, hay buenas o malas noticias. Resulta que hay una kermesse en el Club y el mundo tendrá que quedarse por ahora sin la revista. Por lo menos esta noche. Violeta, cuándo no, se enteró y tanto hizo y tanto que se los llevó a todos. Pero si no te gusta ir... También podríamos ir a esperarlos a casa.

—Bueno. Digo Deo gracias, Violeta gracias. Voto por la kermesse. Estoy bien, perfectamente bien, pero no aguantaría latas y proyectos, proyectos, proyectos. Íbamos a pasar la noche discutiendo el nombre de la revista y mejor haríamos, sería mejor para todo el mundo...

No continuó. Ella le cerró las uñas contra el brazo.

—No, nada.

Cruzaron el viejo portón, entrando al parque. Lejos, a la izquierda, estaban las luces y la música del baile. Aránzuru se paró para encender un cigarrillo. Antes de tirar el fósforo le dijo, con el cigarrillo colgando en la boca:

—No sé si te das cuenta. Pedro Espinel contra Rom y Pablo, cobro de pesos. Sucesión Prati contra la nosecuanto viuda de Cuevas, cobro hipotecario. Todos los días. Si por lo menos me tropezara con el destripador de niñas de Córdoba o el vampiro de Villa Ballester...

Pasaban figuras y voces entre los árboles. A la derecha, invisibles, sin moverse, un montón de muchachas se reía a carcajadas.

—¿Vinieron todos?

Ella dijo con tristeza, sin querer mirarlo:

—Sí. Violeta, Mauricio, Casal y Balbina, Llarvi. Estábamos todos esperándote en casa...

—Le traje la llave del molino a Casal.

—Sí. Me preguntó.

Caminaban siempre despacio, un poco separados. Nené juntó las manos en la espalda. Aránzuru comprendió todo lo que tenía de infantil el cuello moreno, inclinado. «La infancia; un poco de infancia se le ha quedado en la nuca como agua en un hueco.» Alzó la voz.

—¿Y lo de Violeta y Sam and company?

—Sí, Sam and company como dice Mauri. Sí, confirmado.

—Sanctasanctórum, como dice Nené. ¿Y ella?

—Bah. Se ríe y hace chistes un poco... Parece una prostituta, contando de los vestidos, muebles, viajes, qué sé yo. A mí me parece una suciedad. Ella no lo quiere, y sin contar con que Sam es mil veces mejor que ella.

Aránzuru se puso a reír. La música sonaba ahora muy cerca, casi junto a los árboles del camino. Encogió los hombros, dictaminando:

—Está bien. Es simpática.

—Un tesoro. Pero lo sucio es sucio, y si no está enamorada de Sam y todos sabemos que no...

—Absurdo.

—Eso es no ser leal.

—Absurdo. ¿Le da o no a Sam lo que Sam quiere de ella? Y como todos sabemos que sí... —Ahora oía la risa, un poco ronca, de Nené y la mano volvió a su brazo—. ¿Entonces? Son felices y no ofenden al Señor. También ellos.

La tomó por la cintura al mismo tiempo que desviaba la cara hacia la noche retinta en el parque, allí donde sonaban las palabras sus alargadas vocales, cubiertas enseguida por las alegres risas. Las voces diciendo, dulcemente, cuentos y estupideces en la oscuridad. Ellas se estarían riendo, muy próximos los rostros blancos donde brillaban los ojos y la risa dejaba dos líneas maliciosas en los extremos de la boca. Acarició la cintura de Nené, corriendo un dedo hacia el vientre. Sentía el hueso de la cadera, agudo, en la palma de la mano. Nunca vería los rostros de las muchachas, cuerpos de muchachas que jamás iba a abrazar. Aunque corriera hasta el amanecer por entre los árboles, suplicante, alargando los dedos hacia las palabras sin boca que andaban alrededor de los troncos.

Casal pagó al mozo en la glorieta y salieron. Balbina se adelantó, oliendo las tres flores que llevaba sujetas en el pecho. Junto a ella, inclinado el largo cuerpo, ayudándose con veloces tajos de la mano al aire, Llarvi continuaba:

—No ser un erudito, compréndame. Pero tener una sensación, algo así como una visión de conjunto de la filosofía, de lo que era la filosofía antes de Marx. Sólo así es posible comprenderlo. La pequeñez de esta gente hace que quieran limitarlo a la economía, imagínese... Indiferentemente, claro, de que se esté o no de acuerdo. Como con san Agustín. ¿Recuerda la conversación de la otra noche? Ah, tiene gracia. Está bien. Usted dice discusión... Yo creo que no, entre nosotros no era discusión. Exaltada si usted quiere. —Alzó el índice entre los ojos—. Yo le echo la culpa al calor. La niebla. También puede ser, no desestimo al Johnny Walker. Pero todo eso no tiene nada que ver con lo que se está de acuerdo. San Agustín. Yo no estoy de acuerdo.

Terminó con una risa falsa, como un viejo entre jóvenes que buscara ponerse a tono. La risa dejaba un recuerdo molesto.

Mauricio se abrochó lentamente el saco bajo la hilera de panzudos farolitos de papel. Violeta reía, apoyada en su hombro.

—Ni un paso más —repitió Mauricio.

Casal mordía la pipa, frente a ellos, un poco más hacia la sombra. La muchacha de las rifas pasó con su traje de aldeana y el canastito. Pellizcó la nariz de Mauricio, seriamente, sin detenerse.

—Equis equis y a la cama, Niño. Estás borracho.

—Thank you, duermo solo, tengo impermeable. Repito que no doy un paso más. Ha terminado la política de apaciguamiento. Venir a hincharlo a uno con san Agustín. Y elegir esta noche. Además que lo hace a propósito. No. Filosofar, latear delante de mí es una injuria personal. No le reto a duelo porque es capaz de tomarlo en serio.

Violeta reía apoyándose en el hombro, balanceando la cabeza. No podía saberse adónde miraba.

—Vamos, Mauri, Maurito...

—La de equis equis y a la cama tenía razón a pesar de la cara. La noche está perdida —dijo Mauricio, y avanzó una mano hacia el pecho de Casal—. Mirá; es como cuando estás jugando. El que se emperra en quebrar la mala racha, suena. La noche está perdida. Peripateticismo. Peripate... ticemos, señores. Tengo algo para decirle a Llarvi que queda bien con san Agustín.

Llarvi y Balbina esperaban conversando. Ella tenía una sonrisa fija e iba moviendo la cabeza a medida de las frases, dando un enérgico movimiento afirmativo al final de cada una. Mauricio se golpeó la frente.

—Llarvi, no sé cómo me había olvidado. Algo para contarle. ¿Se acuerda de aquella polaquita que le enseñaba checoeslovaco? Bueno, es la prehistoria. En los dorados días del buen presidente Beneš. ¿Se acuerda? «Yo quiegue, yo esquiblí...»

Llarvi repuso, en guardia, haciendo retroceder la cabeza:

—Sí, naturalmente. —Hizo enseguida una voz risueña, indecisa—. Sí, una muchacha curiosa. Extraña. ¿Ustedes la conocían, creo?

—Exacto. Bueno, sucede que Sam and company me mandó a Rosario no me acuerdo por qué cuentas y otras porquerías en serie. Claro, luego tuve que ir a purificarme y me metí en algo que debía ser Versalles o la casa de un estanciero. Después les cuento. Pero era un lenocinio, hay que decirlo. Madame Safó o Bilitis, una cosa así. Y había una dama que era ella, su polaca, no siendo. Quiero decir... Lo llamaríamos un parecido extraordinario. No pondría la mano en el fuego.

Llarvi rió, dos veces, hizo sonar dos golpes cortos de risa, separados, secos.

—Es curioso. A veces sucede... ¿Seguimos andando?

Balbina se colgó del brazo de Casal y le rascó la patilla con las uñas.

—Te estás quedando canoso. ¿Estás muy cansado? Si quieres...

Él le hizo una mueca como saludo y sonrió cuando Violeta y Mauricio dieron vuelta, del brazo, volviendo al baile. Se iban casi corriendo, atravesando manchas redondas de luz.

Con el desaliento, regresaba en Llarvi el recuerdo de Labuk. El cuerpo oscuro de la mujer, las rodillas separadas cerca de la veladora de pantalla rojiza del prostíbulo. «El otro mes tengo una conferencia en Rosario.» Se irguió.

—Yo no sé cómo Mauricio, estando siempre con ustedes, no se ha contagiado de un poco de... No le ha servido de nada. Hace mucho que se conocen, ¿no?

—Sí, desde que nos casamos. Unos tres años. Yo, quiero decir. Porque Carlos lo conoce de toda la vida. Meses más o menos...

Casal asintió en silencio, sonriendo, mientras soplaba la brasa de la pipa. Al fin de la calle de árboles una forma redonda, vegetal, brillaba en la luz. Enseguida la calle doblaba hacia la noche.

—Bueno, en todo caso Mauricio es de una ingenuidad envidiable —dijo Llarvi.

Alguno aprobó con un murmullo de risa. La música dejó de sonar bruscamente. ¿Y si Labuk —pensó Llarvi— estaba realmente en el prostíbulo? Acaso la hubiera empujado él mismo con el golpe brutal de la última vez y el portazo contra el corredor sombrío. Se estremeció: ¿y qué historia del mundo podría silbarle ahora Labuk entre sus dientes apretados? Bestial. Sintió que estaba sudando y sacó el pañuelo.

Aránzuru pisó el cigarrillo. La voz rápida de Balbina venía desde la izquierda, murmurante, imperiosa, sin hacer caso de las interrupciones. Nené lo tomó del brazo, riendo sin ruido, y lo llevó corriendo sobre el pasto, entre lo negro y cortinas de ramas que los despeinaban al paso. Se sentaron debajo de un árbol. Las voces y los lentos pasos dieron una vuelta y se alejaron.

—... y lo que dice la prensa alemana.

Frente a ellos, la parte desnuda del jardín donde se bailaba. Un círculo de farolitos de papel ondulaba suavemente.

—Estoy loca de ganas que venga la primavera —dijo Nené.

Había unas gruesas palmeras con las hojas formando sombrilla. Algunos vestidos claros se amontonaban en los kioscos de paja, como diminutas chozas indígenas. Una mujer con falda de rafia y flores en la cabeza reía sentada encima de una mesa. A veces echaba la cabeza para atrás y la luz le iluminaba la garganta.

—Este tiempo va a acabar en lluvia —dijo Nené.

Aránzuru encendió un cigarrillo y se recostó en el árbol. Fumaba mirando a las mujeres que pasaban bailando.

—Bueno, no está mal. Hawai o algo por el estilo, ¿no?

Nené se acercó, tocándole el hombro con la cabeza.

—Sí, sí, debe ser. ¿No es lindo tenerte en un rinconcito oscuro? ¿Le trajiste la llave a Casal? Ah, ya te pregunté. ¿El viejo de los pájaros te habla siempre de la isla?

—A veces. Casi no lo veo.

Un gran disco de luz, colgado sobre la pista de baile, lucía fijo con el color naranja de la luna subiendo en un cielo de verano.

—Estar solos en el rinconcito y sin hablar.

Él se puso a pensar en una mujer de la isla que tuviera flores en las manos, del mismo color de la boca. Gritaban y aplaudían en la pista de baile, abajo de la redonda luna clavada en los árboles. La cabeza de Nené se le frotaba en la solapa. Recibía al mismo tiempo el ruido sedoso en el pecho y el olor del pelo, partido en dos, con una trenza recogida sobre la oreja, un poco floja y temblorosa, amenazando caer. La música volvió a levantarse desde las chozas amarillentas. Cerró los ojos para respirar el olor de la nuca, murmurando:

—¿Soñaste anoche?

Ella alzó la cabeza. De pronto, se puso a reír, entornando los ojos.

—Pero sí. Algo más loco... Pero lindo.

Tenía las manos cruzadas contra el pecho y ahora se puso a reír para arriba. La voz reía, vacilaba, ablandándose. La voz lo llevaba de la mano hasta el sueño de anoche.

Mauricio sacó la mano del bolsillo y se puso a golpear la espalda de Violeta, a compás, golpe tras golpe, cada vez más fuerte.

Violeta se apartó, poniendo la mesa por medio.

—Sos caballo.

Se llenó la boca con el vino y sopló. El chorro, largo y delgado, acabó en las rodillas de Mauricio. Se reía a carcajadas, teniendo la copa en la mano, haciéndola tintinear contra los dientes.

—Bueno, Maurito. En serio. No me burlaba, no me burlo porque me ría. También, la cara que ponés.

Mordió el borde de la copa, haciendo sonar los dientes, recorriendo el círculo de cristal.

—Parece hielo. ¿Por qué no te animás a decirme?

La música rodeaba la glorieta. Desde la sillita de paja, él la miraba como dormido, muy abiertos los ojos azules. Hizo una mueca, abrió la boca y volvió a cerrarla. Ella tenía la cabeza contra las maderas enrejadas. Lejos alguna mujer lloraba o reía. La voz aguda atravesaba a veces los ruidos del baile y conseguía llegar a la glorieta. Ella se acercó con la copa siempre en la mano. Cuando estuvo junto a él, Mauricio sacudió la cabeza para apartar el mechón de pelo caído en la frente.

—Cabra.

Comprendió que soportaría todo a cambio del olor de las axilas cuando ella alzaba el brazo que sostenía la copa, y el salto de los senos en la risa. Pero ya nunca, nunca, habría de tocarla, ni con los nudillos, golpeándola. Entonces dijo con una grave voz de cabeza:

—Basta de idioteces, please. Yo y esa persona, ¿qué?

—¿Pero es de veras que te enojás? Y con esa voz de hombrón. ¿Por qué decís esa persona? ¿No se puede decir Nené o Nenecita?

—Qué cabra, digo. Dame vino. Yo sabía que la noche estaba perdida, siempre pasa lo mismo. Dame vino.

Violeta llenó las copas y se sentó. Una franja de enagua le viboreaba alrededor de las piernas.

—Y uno no se da cuenta, si se diera cuenta reventaría, en la vida pasa lo mismo. Se abarca, se comprende que una noche está perdida, nada para sacar de ella, y viene la mañana y se acabó. Pero con la vida es igual. Siempre está perdida y nada que sacar, lo que uno quiere, sin darse cuenta. Luego dulcemente reventaremos.

—Sí. ¿Podés ir mañana a casa? Disculpá que te interrumpa. ¿Podés?
—Bueno.
—Andá mañana a las cuatro. Hay un asunto y ahora estás borracho. Tengo que consultarlo a Diego. Me voy a comprar muebles para Adrogué.
—Había una vez una gallina que ponía huevos de oro. Pobre Samuel. Moralmente, como podía juzgarlo, ¿me entendés? El almacenero o mi madre, manfich. Pero con relación al alma de Samuel todo eso es hediondo.

Otra vez saltaron los senos de Violeta en la risa. Pero los brazos, doblados y recogidos contra el cuerpo, escondían el olor.

La puerta, de tablas muy separadas, rematadas en lanza, era baja y verde. Había una luna diminuta entre las nubes. Nené miró la luz que amarilleaba en la ventana de la casa, al fondo del jardín.
—¿No vas a entrar?
—Es tarde.
—Bueno. ¿Estás triste?
Se besaron cerrando los ojos. El perfume del escote de la muchacha le daba sueño. Aránzuru comprendió que algún día iba a pasar una cosa extraña que lo cambiaría todo, indiferentemente, ni para bien ni para mal. Se apartó, mirándola.
—Me olvidaba. ¿Y el niño?
—Duerme.
—En serio. ¿Es seguro?

—Ahora estoy segura. Sí, desde el otro sábado. Como trece días. Tiene que ser eso. Pero no vale la pena preocuparse, ya se arreglará.

Volvió a besarla, rozando con cautela los pequeños dientes.

—Bah. Si se hace aquello, nos casamos. El viernes veremos. ¿Vas el viernes?

Ella sonreía en silencio, moviendo la cabeza. Tomó la cara de Aránzuru con las dos manos, haciéndola girar hasta ponerla en la luna. «Tiene los ojos redondos y hundidos. La boca entreabierta, y el chico puede tener una boca así con las puntas finas.» Estiró los brazos y volvió a atraerlo.

—No. Quiero que lo beses a él.

Aránzuru vaciló un momento. Por encima del hombro de Nené miraba la calle oscura, el círculo del farol alumbrando en la curva del colegio. Después dejó caer el sombrero y apartó a Nené para mirarle el vientre. Era absurdo creer en un niño dormido y creciendo en la muchacha. Ella tenía la cara alta, un poco echada hacia atrás, dulce y llena de alegría, mirándolo. Aránzuru resbaló hasta apoyar la cara en el vientre blando y tibio que le ofrecía. Suspiró, mareado nuevamente por el sueño. Hubiera querido dormir así, sonriendo apenas por no sentir ternura ni tristeza, casi feliz.

II

La luz de afuera ceñía el corredor en curva. Todos los vidrios estaban sucios. Aránzuru dobló a la izquierda buscando el letrero: «Pablo Num — Embalsamador de pájaros». Una mano torpe había agregado abajo con una pintura más clara: «y de animales». Apretó el timbre y se dispuso a esperar mirando por el vidrio. Abajo se amontonaban los coches frente al transbordador, y se veía ondear, plácidamente, el lomo grasiento del agua. Dejó de oír el martilleo furioso en los diques sintiendo los pasos veloces que se acercaban detrás de la puerta. Dejó los vidrios. Por la abertura de la puerta, Nora asomó la cara extrañada. Sonrió enseguida, mientras Aránzuru caminaba hacia ella, echando el cuerpo hacia atrás, parpadeando despacio. Vio que la muchacha no tenía senos. Alargó una mano con cautela mientras una bocina de barco sonaba lejana y amenazante. Tocaría el brazo y el hombro; luego, delicadamente, el encaje amarillo que rodeaba el cuello. La muchacha retrocedió con una expresión burlona.

—Tengo ganas de caminar —dijo Aránzuru.

Nora mostró la lengua y se puso a reír.

—¡El doctor Aránzuru! Tanto tiempo... Pase. ¡Papá!

Tuvo que entrar, pesado, rozando la mueca cortés y fría de la muchacha. Una cigüeña dormía sobre la mesa, parada en una pata. Un gato inmóvil alargaba las uñas. Algunas gaviotas acababan de posarse en las esquinas de los muebles altos.

—Doctor, doctor, doctor...

El viejo canturreaba desprendiéndose los anteojos. Se enjugaba los dedos en el delantal, carraspeando entre sonrisas.

—Bueno, aquí está. Yo le decía a Norita... Hace tiempo que el doctor Aránzuru... Pero no por noticias, doctor... No era por noticias.

Se echó a reír, doblado, tapándose la boca con dos dedos largos y sucios. Llegó el ruido de los zapatos de Nora subiendo la escalera. El viejo señaló todo alrededor, los animales muertos, la ventana contra el riachuelo. Trotaba rengueando, haciendo golpear el delantal azul contra las piernas. Aránzuru fue a sentarse, fumando, abandonado y contento. El viejo puso la pava en el suelo y volvió a su pequeña silla, sosteniendo el mate en la mano. La risa brillaba, azul, detrás de los anteojos.

—Qué, doctor. Doctor Aránzuru... está bueno.

Nora, la locura del viejo, el plumaje de los animales muertos. Aránzuru tomó el mate, se inclinó para chuparlo. Pero era solamente una apariencia de locura, como la apariencia de vida de los pájaros inmóviles y la apariencia de mujer sabia en la chiquilina flaca. El otro continuaba con su sonrisa atrás de los lentes; los dedos, distraídos, se entrelazaban sobre el regazo. ¿Y si llegara a saber de las escapadas nocturnas con Nora? ¿Y no sería capaz de aceitar él mismo las puertas y dejar la llave perdida arriba de los muebles?

—Una mala noticia —dijo el viejo.

Se inclinó para alcanzar un alambre. Lo torcía con la pinza, rápidamente, con presiones cortas e iguales.

—Hay que decir. Usted cree, yo, el viejo, es un viejo un poco raro, ¿eh? ¡Oh, oh...! El viejo se da cuenta. Usted viene y se sienta ahí, al lado de la ventana. Pero no es porque no le gusten los animales. Son lindos, ¿eh? No chillan, no ensucian.

Sonrió cariñosamente a la cabeza de la cigüeña. Luego se volvió, apuntando al pecho de Aránzuru con el alambre torcido en *s*.

—Usted se sienta en la ventana. Así está con las cosas, afuera, y también está adentro. Los vaporcitos y los pájaros. Tiene las dos cosas.

—Sí. Debe ser eso, exactamente.

El viejo tuvo una risita y llenó el mate. Volvió a trabajar con el alambre.

Aránzuru esperaba. La *s* cobriza viboreaba en el silencio.

—Y... ¿la mala noticia?

—¿Eh? Sí, sí... Todo es filosófico. Ahora que uno... Es así. Tengo que poner cortinas a las ventanas. Mucha luz y la luz es muy mala. Se caen las plumas.

Dejó el alambre y se puso a mirarlo, con la pelada cabeza inclinada sobre el hombro. Después alzó las manos con desolación.

—En la vida sucede... Afuera o adentro, ¿eh? Me gustaría saber qué piensa hacer.

—Hombre... Nada. Si quiero ver el río, bajo, o lo veo al pasar.

El viejo se puso a mirarlo, con la frente llena de arrugas.

—Sí... maneras de ser. Puede ser, puede ser...

Siguió trabajando. Aránzuru se recostó en el sillón bostezando. «Pablo Num, embalsamador de pájaros y animales.» El secreto estaba en el oficio del viejo, en que eso pudiera ser anunciado. Era un trabajo realizado en la muerte, una muerte sin carroña, con cadáveres graciosos y alargados, sorprendidos un momento antes del salto. Los ojos amarillos de la lechuza bizqueaban vueltos hacia la luz. Recordó que no había venido por Nora ni por los pájaros.

—Oiga, Num. Quiero preguntarle una cosa.

El viejo fue dejando la herramienta, se tocó los anteojos, retiró la mano. Lo miraba recto, sonriendo apenas.

—Bueno... Algún dato para la herencia, ¿eh?

—No. Por ahora... Ya se pidieron las partidas.

El viejo empezó a reírse en silencio, haciendo avanzar hasta la luz las encías marchitas. Quedó serio apuntando al techo.

—La nena, ¿arriba?

—Sí. Creo que sí.

—Ah. Ponga la oreja cerca. Venga. ¡Qué doctor! Fue la nena y le dijo: «El viejo chocho cree que tiene una herencia», ¿eh?

Aránzuru se había levantado, y se apoyó en la ventana. Se puso a fumar mirando hacia el río. Una luz brillaba solitaria en la orilla. Algo iba a perderse para siempre. «Ya estaba bastante solo.» Se volvió, soplando el humo con fuerza.

—No dijo: viejo chocho.

—Oh, sí, sí... Ella... Bueno, una herencia, lejos, de Dinamarca. Así, lejos... Parece mentira. Con un abogado ya era más serio y el viejo quedaba contento. No importa, no importa, cuando se cobre la herencia todo arreglado. Abogado, telegramas, partidas de nacimiento... ¿Es así, doctor?

Aránzuru asintió gravemente. El viejo reía siempre, dos dedos cruzados frente a la boca. Después se puso serio y encogió los hombros.

—Bueno, Aránzuru. Usted es filosófico. Vea, curioso... Porque yo había inventado la herencia por ella, para que la nena estuviera contenta. Y va ella y la inventa para que yo esté contento, y yo hago que lo creo...

Aránzuru volvió a sentarse y llenó el mate enfriado.

—Y se acabó, doctor. No diga nunca nada, haga el favor, ¿eh? Cuando me caiga un bicho raro, bien raro, se lo voy a preparar...

Nora en la ventana miraba cómo el aire del anochecer le levantaba el vello de los brazos. Ya sabía de tiempo que estaba embrujada. Algunas palabras de Aránzuru y de su padre le llegaban entre el martilleo de los diques. No había salvación para ella, porque los miedos la acorralaban, rodeándola, como los animales fijos y mudos del cuarto de abajo. El embrujo daba una explicación extraña a cada uno de los espantos del día. Era triste y fea; tenía las manos grandes, los codos puntiagudos, desparejos los gritos y las risas. Toda la gente tenía ojos de sospecha y pregunta para mirarla. Ahora sintió el embrujo rodeándola, como había sentido, tantas veces, la muerte. No podía llorar; el cuerpo escalofriado preso en el embrujo. Retrocedió de espaldas en la sombra del cuarto, mirando siempre a la ventana. Estaba llorando sin muecas, calladamente, llena de lástima y miedo, piedad y temor por estar encerrada en ella misma, entre los duros huesos, la piel tensa, encerrada en el implacable sortilegio que la envolvía.

Aránzuru pensaba en los pobres senos de Nora que había tenido anoche en la mano, envueltos en la tela gruesa de la blusa. Pero no había venido por eso.

—Anoche andaba vagando y me paré en una agencia de vapores. Había uno de esos letreros de excursión que ponen, con arbolitos y el agua azul marino, claro. Me acordé de Tahití y de usted, de la otra isla, ¿se acuerda?

—Sí, la isla... Si usted la viera, doctor... No se viene más, no.

—¿Cómo era el nombre?

—¿El nombre, dice? ¡Qué cabeza! Hay algunos días... Ah, Faruru. Sí, el nombre es Faruru. Todo eso de la Polinesia, las islas. Pero no la traen los mapas. Una isla... Ah, nada de blancos, es la única que queda. ¿Le conté? Estuve de paso, hace tantos años... Pero aquí mismo, no hace mucho que estuve hablando con un marinero. Había estado. Nada de blancos todavía. Está un poco al sur y se llama Faruru, así, con una *f* de la garganta.

Ya no se oía el martilleo en el puerto. La noche devolvía su cara en el vidrio de la ventana. El viejo trabajaba con la cabeza inclinada sobre las rodillas. Aránzuru tuvo la seguridad de que todo aquello era mentira, la isla, el viaje, una mentira que se iba extendiendo, falseando la tarde. La isla fabulosa la había inventado el viejo, muerto y embalsamado. «Cuando me caiga un bicho raro, bien raro, se lo voy a preparar...»

—Venía de paso y ya es de noche. No, no se moleste. Salgo solo. Hasta pronto, Num. Muy bien, las cortinas. Tengo curiosidad por el color.

En la sombra del corredor se encontró con Nora, de espaldas, dibujando formas invisibles con el dedo en la pared.

—No me toques porque grito. Tomá.

Le metió un papel en el bolsillo y volvió a entrar. Siguió, hasta perderlas, la blancura de la nuca y la mancha curva del cuello de encaje. Entró en el primer café de la calle para leer. Ya era de noche; una sensación de cansancio lo hizo bostezar mirando las luces sobre el agua negra, desde donde venía sigiloso un aire de mujer.

«Estoy haciendo los deberes y de repente te oí hablar por la ventana. Me dan ganas de reírme porque no sé cómo te podés pasar tanto tiempo con temas que son estupideces y estupideces. Debes estar ocupado terriblemente para no poder estar en la esquina del cole una tarde. Esta vez no te vas a burlar por una cosa que te voy a decir. Mañana te doy la llave, la tengo entre los útiles. Te diré que no he ido por el estudio porque me imagino que no hay nada que pueda interesarme. Igual me diste la llave y no querías. Tenés que decirme para qué te pensabas que yo quería la llave. *N.*»

Nora había robado del estudio un papel con el membrete: SUMA. Debajo estaba la lista de nombres y direcciones. Casal, Balbina, Ernesto, Llarvi, Mauricio Offen, Demetrio Sala, Martín, Samuel Rada y Violeta. Empleaba horas en inventar rostros y pasados para los nombres y los buscaba sin éxito, sin desalentarse, en las ediciones dominicales de los diarios.

III

La mujer estaba sentada en la cama. Tenía la cara flaca, blanca, con una expresión dolorosa, contrastando con el sombrerito oscuro donde un escarabajo verde y vidrioso estiraba las patas. Con los codos en la mesa, Óscar miraba la culata del revólver. Una música, girando en el torbellino de los coches que bajaban por la calle empedrada, recordó al hombre la noche de la ciudad, los teatros, el restaurante del Luna. Maldijo sin oírse, los ojos perdidos en la pared sucia donde relampagueaba, con una luz de vino aguado, el anuncio de la calle. La música de acordeón y concertina se alejó como una ráfaga, muerta en el ruido confuso del tráfico, y la mujer quedó pensando en un carretón de circo en su pueblo, cuando era niña, torcido y avanzando por un camino que no podía ubicar y estaba siempre polvoriento.

—Siempre fue así, no podés negar. Si desde novios vos ya eras un egoísta y jamás nunca te importaste. Te echaban del trabajo por atorrante. Las veces que me vestía para esperarte como una imbécil... Todos los de casa te conocían bien y no quería hacerles caso, me peleaba antes por defenderte. Todos los días lo mismo, dale y dale. Mirá que es un borracho haragán y esto lo otro. Miraban por mí y hacían bien, pero entonces yo iba y me peleaba. Y vos vaya a saber dónde andabas, caías tarde la noche... Te esperaba como una infeliz y no llegabas, horas y horas. Ni me sacaba el vestido que tenía puesto para esperarte. Me daba mucha lástima, allí llorando como una imbécil y no me sacaba el vestido hasta que me quedaba dormida de tanto llorar...

Con la cara entre los puños, el hombre se esforzaba para poder pensar: «Señor Juez, el suscrito letrado del supuesto delincuente Óscar Leoncio Morales...». La voz de la mujer espantaba las palabras. «Señor Juez, con el respeto debido vengo ante usted...» La voz. Dio un golpe en la mesa resoplando.

—Bueno. ¿Hasta cuándo vas a seguir?

La mujer se enderezó con furia. Era pequeña, ajada, con la cara chata y un brillo de fiebre en los ojos.

—¿No te gusta, eh? Cuando te dicen las verdades... ¡Porquería! Siempre sos el mismo. No molesten al señor. Pero no me voy a callar, te digo a gritos lo que sos. A ver qué hacés. Acordate de la nena, mejor. ¿Qué hiciste cuando la nena? Ya no te acordás que casi reviento loca, ¿no? ¿Por qué no hablás?

Óscar movió vagamente las manos, inclinando el cuerpo.

—Pero m'hija... No tiene nada que ver...

—Sí, no tiene que ver. Querés que me calle la boca, que vos hagas lo que quieras y una que se calle la boca. Que me coma la lengua, ¿eh?

—Vamos, yo no digo... Sólo que no grites, no tenés por qué gritar.

—¡Qué se me importa! Que me oiga todo el mundo, mejor. Pero se acabó, ¿sabés?, se acabó. Estoy hasta aquí de aguantar. Se acabó de una vez por todas.

Se repetían las llamadas del teléfono en el corredor. El anuncio abría sus manchas en la pared sucia y rajada. Llegaban ondas de una débil música, desde lejos, muriendo de fatiga en la habitación oscura. Cautelosamente, con un gesto distraído, el hombre volvió a juntar las palabras: «Señor Juez, con el respeto debido y la seguridad de la justicia, de defender la causa de la justicia...».

—Si te creés que te vas a casar con esa loca...

—¡Pero qué casarme! Mirá: es un argumento, dice el abogado de hacer como si yo... Me hago pasar como que la quiero. Y si le pegué fue de asco. Decí si a vos alguna vez te levanté la mano. Podés decir. Así el juez se piensa que quiero pagar mi falta.

—Vos no te casás con ninguna. Estás casado conmigo.

—Claro que con vos. Pero como es allá, en el fin del mundo... El documento mío dice soltero.

—Sí, como si te diera vergüenza. Pero vos no te casás porque voy y digo. No te hagás el loco. Y cada vez que me acuerdo de la nena...

Estaba parada junto a la mesa, acercando la cara con expresión de odio, mientras las manos estrujaban la cartera contra el pecho. El hombre alzó los brazos:

—Bueno, basta. ¡Qué tanto con la nena!

—Callate, ¿eh? Mirá que voy y digo. Quedá sabiendo. Y si pensás hacer un embrollo para igual casarte te mato como un perro. Te juro por la nena que lo hago.

Se ajustó el pañuelo en el cuello y caminó hasta la puerta. La atajó la voz desesperada del hombre:

—... Después decís que sos buena. Por un capricho, cuando todo se podía arreglar...

Entonces ella se detuvo, sosteniendo la puerta, y lo llamó con una voz endulzada:

—Óscar...

El hombre giró el busto lentamente, hasta ofrecer a la mujer su cara triste y suplicante.

—¿Eh?

—Reventá.

Salió con un portazo, golpeteando en la escalera. El hombre se levantó para encender la luz. Escuchó junto a la puerta y echó la llave. Abrió a tirones el cajón de la mesa y sacó los papeles, la tinta, la lapicera. Volvió a sentarse y se estuvo un rato haciendo jugar los dedos en el aire para darles flexibilidad.

«¿Será más justo ordenar la separación de estos seres nacidos para amarse y condenar a un inocente? Porque un hombre que sea sin lugar a dudas y además un caballero, requerido de ciertas maneras por una señorita, diciendo así, que es ya mujer por su desarrollo físico y las cartas a foja de puño de la misma, sus ideas de amor y hasta las mismas clases de lecturas, como pasaré a demostrar.»

A veces se detenía a fumar. Tomando distancia, observaba las líneas ondulantes y sonreía. Se iban amontonando los ruidos de la noche, caminaban en la escalera, una voz extranjera preguntaba a gritos en el teléfono. El hombre trabajaba, a solas con su tarea y su orgullo.

IV

Mauricio apartó la máquina de escribir y escuchó hacia la oficina de al lado. Oyó a Sam rezongar en el teléfono. Consultó la hora y caminó rápidamente hasta la ventana. Llevaba la mano llena de papelitos rectangulares con letras rojas. Estaba ya próximo el mediodía y bajo el cielo azul los plátanos empezaban a mostrar las yemas. Vio la fila de coches y el grupo de sirvientas esperando en la puerta del colegio de niñas, debajo de su mano que colgaba ahora hacia afuera. Abrió el puño y sopló con fuerza, haciendo volar los papeles, y se escondió, enseguida, volviendo al escritorio. Atrás de la puerta de vidrio escamoso se revolvía la voz de Sam:

—Por favor, señorita... Toda la mañana pidiendo comunicación. Hace una hora que llamo. Haga el favor.

Imaginaba la cabeza de Sam debajo de la enorme foto del rascacielos de la compañía, en Nueva York, cuarenta y nueve pisos, puente directo de unión con los muelles. «Cochino.» Sacó una libreta de tapas negras del cajón.

—Eso es, gracias... —decía Sam.

«Qué imbécil. Hasta la voz, esa voz de cortesía y salones porteños que quiere hacer. Aspiraciones de un vendedor de automóviles, un vendedor afortunado.» Abrió la libreta y se sentó, bostezando. Dibujaba elipses en los márgenes sin decidirse a escribir. Pero cualquier animal en cualquier especie que no se adapta al medio que le corresponde...

Un pescadito reumático, un águila con el mal de montaña. La bestia de Llarvi diría que pez, pececillo y no pescadito. Él también, después de todo. Hermano Llarvi. ¿Puede decirse que el pescadito no se adapta a la humedad porque es superior? El ambiente del hombre es esto, la suciedad, los prejuicios, la moral de los gordos, la compra y venta, las frases bien redactadas. El hombre superior es Sam and company, Zaratustra. Volvió a bostezar y se puso a escribir con una hermosa letra redonda: «Sábado 24. (No pudo hacerse el trabajo de las 8 porque el gran

Sam tuvo que mandar telegramas a N-Y.) Mediodía: seis papelitos, lápiz rojo, sobre temas sexuales. Seis papelitos, lápiz rojo, sobre variaciones (ambos sexos). Total: 12 papelitos. Suma y sigue: 137 papelitos».

—En este caso... —la voz de Sam era clara y amable—. Bueno, puedo enviarle un empleado a primera hora. Oh, no tiene importancia, lo dejaremos para el lunes. El lunes...

V

Diario de Llarvi

Agosto 2. Ahora se habla con más confianza de la unión de la URSS a Francia y Gran Bretaña; los ingleses acaban de designar una delegación militar para que gestione el pacto de Moscú. A primera vista no hay nada anormal en todo esto. Se trataría de un Frente Popular de naciones para combatir al fascismo. Pero si Francia y Gran Bretaña sólo se disponen a ir a la guerra cuando la expansión alemana amenace —o ya no amenace— con ser un pavoroso peligro para sus intereses, si las palabras *democracia* y *justicia* no pesaron mucho cuando el atropello a Checoslovaquia, parece absurdo querer exigir que Rusia luche por las hermosas palabras burguesas. Ideológicamente, Rusia debe desear el aplastamiento del nazismo. Pero luego, ¿qué? Desde un punto de vista ortodoxo, sería un disparate que la URSS se arriesgara para evitar que Alemania obtenga la hegemonía en Europa en perjuicio de las naciones aliadas. Discutimos mucho acerca de esto con Casal; él se mantiene en una posición idealista y acaso, si lo apuran mucho, su revolucionarismo sería capaz de decir «que todo se pierda menos el honor».

Qué falseamiento del problema creer que en este orden de cosas el honor sea un principio espiritual, independiente de la realidad, invariable. El honor deriva de una responsabilidad, en todos los casos. No pongo ejemplos: todos los que se me ocurren en este momento huelen a cocina y a Kropotkin. En caso de guerra, el honor consiste en ganarla. El honor de la Internacional Comunista estriba en alcanzar la revolución mundial. O, por lo menos, en no perder las posibilidades de lograrlo. (Si bien se examina, todos los honores son así, con crédito abierto sobre el futuro. Mientras hay esperanza, hay honor.)

He reflexionado mucho, de una manera vaga, sin método, en Stalin. Siempre como antítesis de Trotski, siempre como el hombre terrestre, astuto, buen comerciante, «esencialmente burgués» en su psicología. Pero, aparte de esto, me ha impresionado meditar sobre su «orientalismo». Al lado de Trotski, judío y por tanto sin patria, internacional, aparece ese otro hombre, cuya cara y cuya alma se están entre Europa y Asia, como la misma Rusia. Bien puede haber algo de esto en el secreto de su victoria sobre el intelectual Bronstein. Recuerdo haberlo visto hace poco tiempo en una película de actualidades. Tenía en el rostro todo lo que se ha dado en decir de él: la energía, el misterio, la astucia, etc. Pero lo que más me impresionó fue la seguridad de que este hombre tiene el más enorme de los desprecios por «el resto» de gentes que habita en el mundo. Un desprecio como nadie lo sintió nunca, comparable en intensidad al amor de Cristo. Un desprecio que, también como el amor de Cristo, no procede de la inteligencia ni del análisis: un desprecio colosal e instintivo, incapaz de crecer o disminuir y que no necesita ni puede ser alimentado por nada.

Agosto 3. El recuerdo de Labuk y la presencia de Labuk. En realidad, no hay nada más. «Presenciadelabuk» fue una mujer pequeña y morena, redonda, velluda, con ropas llamativas. O, desnuda, más vellosa aún, de gruesos muslos, rodillas torcidas, varios lunares, senos excesivos y redondos sobre el pequeño pecho. Era callada y sucia; simple. Sólo vivía, en realidad, en la cama, en su mundo ardiente y lúbrico. (Me persigue una imagen insistente de trópicos, yacarés, malaria, canoas, mosquitos, calor y humedad. ¡Pero qué intelectual esto, viniendo ella de una raza de campesinos de tierra pobre y helada!) Desterrada de aquel mundo languidecía en silencio. Renunciaba a su español escaso (casi formado puramente de infinitivos) y ahí se estaba, como metida en la sombra. (No rodeada: encajada en ella, visible, sensiblemente.) En realidad, sólo porque fumaba podía creérsela presente. Una invariable tendencia hacia las zonas oscuras y donde no se hablara, en casa, en los cafés. Esa «Presenciadelabuk» es lo que de verdad puede extrañarse. Una bestia, bestia, bestia. En cuanto a mí: esa bestia es la única mujer a la que puedo dar, por entero, ese nombre. Pienso que con cualquier otra, al perderla, se la vuelve a tener —vaga, desteñida, indecisa y todo eso— pero se la vuelve a tener al recordarla. Pero aquí tenemos que el «Recuerdodelabuk» no tiene relación alguna con la «Presenciadelabuk». Sucede que al recordarla, la imagen de Labuk encelada se me niega. Nunca viene espontáneamente, por lo menos. Es otra Labuk, una mujer pequeña y triste. Aquellos ridículos «yo querer», «estar» —buen tema de chiste para un imbécil como M.—, parecen dulces en el recuerdo, pronunciados por una boca recta y celestial. Hasta la cara ancha y ordinaria busca no sé qué semejanza con algún animal para hacerse inocente. Es como si Labuk, el «alma» de Labuk que nunca se me ocurrió inventar, se mostrara recién en el recuerdo. Una hipótesis interesante: el contacto con ella estuvo trazando en mí, insensiblemente, la figura de otra Labuk que estaba lejos de mí, fuera de la cama...

... A Casal le interesó mucho lo que dije sobre Stalin y hasta insistió para que lo escribiera. Precisamente, pienso, porque él no ve en Stalin más que un «dictador». Admite que hay algo de próximo a la verdad en lo que yo digo; pero es, siempre, una cuestión de planos, discusiones, paralelos que duran horas sin que nadie refute lo que dice el otro porque lo ignora y no sabe que lo ignora. Para Casal, la URSS dará el zarpazo cuando vea la oportunidad. Pero dice estar convencido de que Chamberlain, ni más ni menos, es verdaderamente quien dirige la política de Europa. «Éste sí que supo crear su oportunidad mientras la esperaba. Y desde este punto de vista, Múnich fue la reunión de tres hipócritas que firmaban sabiendo que lo pactado no se cumpliría y deseando que así fuera. El otro era un comparsa, inocente, capaz de creerse que no todo pero sí un veinte por ciento de aquello iba en serio: Mussolini.» Cuando Casal lo dijo me pareció un gracioso disparate. Ahora me digo que bien puede ser así. Porque he reflexionado sobre el asunto; y la inteligencia sólo sirve para no llegar a conocer nada. Lo malo es que fuera de ella todo es el caos, la inspiración, los iluminados, nuestros jóvenes poetas. Anoto para después: la perfecta armonía que debe haber en las relaciones de Balbina y Casal. Armonía a base de glándulas de secreción interna apropiadas. Balbina es «viriloide» y Casal «feminoide».

VI

«El reloj picotea sin descanso y esto es el tiempo.» Aránzuru vacilaba entre imaginar el minuto en todo el mundo y el minuto en él, cuerpo y alma. Lo tentaba una poesía fácil de nombres geográficos y científicos. Después, se le ocurrió buscar una sola palabra que lo encerrara todo. Recordaba ahora cuántas veces el viejo Num había cambiado el nombre de la isla: Anakai, Tangata, Faruru:... «¡Con una *f* de la garganta...».

Nené le besó el hombro y saltó de la cama. Una luz sonrosada caía en el círculo del reloj.

—¡Ya más de las siete! Sanctasanctórum...

Fue hasta el espejo del armario, arrastrando los pies en la alfombra. Alzó los brazos para sacudirse la melena.

—Luz.

Aránzuru alargó la mano y encendió. Tumbado en la cama, cerró los ojos. Alargaba los labios para sostener el cigarrillo apagado. Nené se clavó el peine en el pelo y tiraba despacio, entre resoplidos y silbos.

Se despidió de ella con una profunda mirada al hueco de las corvas. Se oían sonar timbres en todos lados, cerraban con sigilo todas las puertas de la amueblada. Los autos cambiaban ruidosamente de velocidad en el portón de la salida. Ahora el reloj picoteaba el tiempo sin descanso. Diecinueve y nueve, hora de Buenos Aires. Atrás de la cortina y su moña roja estaba la ciudad. Tres millones de personas. Y sin embargo, una vez al día, era forzoso oler un aire de provincias, lento y sin madurez.

Era su tiempo que iba midiéndose junto al oído. Larsen en el estudio, esperando, gordo y cínico. Su madre con el pelo teñido, frascos, masajes y una finísima arruga nueva. Algunos otros, en cualquier parte. Nené allí, con el mismo ancho en los hombros y en las caderas.

Ya no tenía la ansiedad de los días anteriores. Había quedado vacío, indiferente, desnudo en el calor de la cama. Afuera estaban encendiendo luces redondas en las calles y por los corredores, en el principio de la noche de invierno; a cada timbrazo corrían sin ruido los sirvientes, con botellas, toallas y misteriosas cajitas redondas. Las primeras luces de los faroles se iban alineando bajo el cielo todavía claro. Era así y estaba bien. Indeciblemente suave, tembloroso, con su color de carne joven, el caucho se arrollaba en el interior de las cajitas cilíndricas. También era así, e igualmente bueno.

Frente al espejo la muchacha se ataba la cinta de los pequeños calzones. Etapa concluida. Unos cuantos años muertos de golpe, ahora, un momento después de todo aquello. Y el baño caliente con el olor de la colonia, y el gesto untuoso de Larsen, y la gracia de los brazos de Nené aleteando frente al espejo del ropero, todo tenía la misma importancia, la misma falta de importancia. Iba y venía el ruido de los tacones sobre la alfombra. Ella canturreaba.

> Que aunque zomo bandolero
> tenemo espía...

Ahora todo se parecía a los primeros días, aquellos que iniciaron su existencia actual. Las caras de los últimos días recordaban las facciones indecisas de los antiguos. Gentes, lugares y momentos habían venido hasta él desde la nada anterior y volvían despacio a perderse allí. Pensaba en la ciudad enorme que lo estaba rodeando, donde se hundían cosas y seres y desde donde otros saltarían inesperados. Lugares y gentes que existían ya, desde años, y que bruscamente pondrían ante él sus rostros y sus gestos, máscaras distintas que mostraban y escondían los pasados.

—Anakai-tangata-faruru —murmuró.

Nené cantaba entre dientes y se fue acercando.

—¿Hablabas? No te beso por no despintarme. ¡Siete y veinte, casi! ¿Seguro que no adelanta? Qué sarta de historias voy a tener que inventar. Menos mal que tengo media hora de viaje para ir pensando. ¿No vas a encender el cigarrillo? Sos lindo... Pero sos lindo...

Bruscamente le arrancó la sábana, mirándolo de los pies a la cabeza. Aránzuru distinguía el remolino de las miradas cuando le llegaban al vello del pecho. Ella le manoteó el pelo, sacudiéndolo de un lado a otro sobre la almohada.

—Grande, bestia, lindo, hombre... Te mataría. ¿Sabés que te mataría? Cuando te veo desnudo tengo ganas de matarte. Ganas de llorar, de morirme, de quererte.

Soltó la cabeza haciendo caer el cigarrillo. Volvió a colocarlo en la boca del hombre y le acercó la luz dorada del encendedor.

—¡Y veinte!

Se alejó hacia el montón de ropa en el sillón. Otra vez venía, canturreando. Estaba junto a la cama. Tenía las piernas separadas y la tricota en alto, arrollada entre las manos, buscando las mangas. Elegía el momento. Esperó a que ella hundiera la cabeza en la tricota. «Sanctasanctórum, para qué me habré peinado...», la oyó rezongar entre las ropas. Entonces le dijo rápidamente, en voz alta:

—No te quiero más.

Obtuvo enseguida, separada de la cara de dicha por el rápido telón verde de la tricota, la cara descompuesta y boquiabierta, la cara de incomprensión que vacilaba, acercándose y retrocediendo. Silenciosa, un poco torcida, la boca estaba preguntando: preguntaban los ojos empequeñecidos.

—Que no te quiero más, así de golpe... Es raro. Estaba... bueno, es verdad que sigo estando contento. Otra cosa, quería decir.

Alguna vez había visto unos ojos parecidos en la cara de un niño. Ella se fue doblando hasta quedar sentada en la cama. Miraba y miraba, arrugada la tricota sobre los senos, las manos muertas y escondidas sobre las piernas.

—Parece mentira. Así, sin pensarlo, de pronto, como viene la enfermedad. Uno tiene un montón de cosas que llama su vida, pero va rodando junto con ellas, nada más que eso. Ya no tengo nada que ver con mi vida, ya no es mía. Y de golpe, de esa manera, porque sí, como una fruta que estaba madura. Naturalmente. Y no puedo preocuparme. Poco se ha de preocupar el árbol. Nada. Estoy tan tranquilo, fumando. Esto es una amueblada con baño y sala independiente. Calefacción central. Estoy tirado, desnudo en la cama, fumando. Estoy seguro de que estás sufriendo. Es así.

—No importa que... ¿Qué piensa hacer?

La boca de Nené se movía, abierta, un poco grotesca, como un tic nervioso. Ahora que ella acababa de aceptar el suceso, le parecía absurdo.

—Dígame qué piensa hacer.

—Nada. ¿Por qué usted? Nada. Me voy a vestir, a bañar...

—No hay necesidad de decir idioteces. En la vida, después, ¿qué piensa hacer?

—Sí, nada. Esperar. ¿Qué puedo saber? Es mejor estarse quieto. Acaso todo se arregle.

Quiso tocarle la mejilla, pero la muchacha se levantó. Había estado cantando tan alegre, con su pobre voz. Se abrochaba la pollera y estiró lentamente la tricota, alisándola con detención sobre el vientre y las caderas. Con dos dedos tocaba la cortina sobre los vidrios de la ventana. Luego se dio vuelta con las manos en la espalda y caminó así hasta el centro de la pieza. Mirando el estor gris que cubría la puerta alzó los brazos para acomodarse las horquillas del peinado. Dos dientes asomaban sujetando el labio. Si ella hiciera un gran gesto burlón, «¡Sanctasanctórum!», acaso todo volviera a ser como antes. Un pie, desnudo fuera de la cama, se le contrajo acalambrado. Ella continuó viajando entre el sillón y el espejo hasta terminar de vestirse.

VII

Desde el banco de piedra, Mauricio miró ennegrecerse la noche alrededor de la Santa Rita que trepaba en la pared. Violeta se movía con pequeños pasos, inclinada hacia la tierra. Él sonrió mirando las altas botas, los *breeches* blancos, al filo nuevo de la azada que las manos enguantadas movían con desgano.

—¡Tolstoi!

Ella se le acercaba despacio, impedida por las botas.

—¡Qué tipo! En lugar de ayudarme...

Sacó un cigarrillo y se dejó caer en el suelo, junto a él, apoyándose en las rodillas. Había una mancha húmeda en su camisa.

—¿Hay algo de la guerra?

—No sé. Hace días que no lo veo a Neville ni a Adolfo. Pero bah, todo es muy sencillo. Le sacarán a Polonia lo que quieran. Gran Bretaña y Francia protestarán. Beck irá a quejarse a la Liga de las Naciones. Lo que no puede preverse es la actitud de Cantilo.

—Todavía no me dijiste si te gusta la casa. Si hubiera más terreno, puede ser que hiciéramos un jardín con césped y margaritas. Un jardín inglés, ¿no?

Ella se quitó los guantes y se puso a soplar entre los dedos. Contemplaba con atención las palmas enrojecidas. Las refregó en las piernas. Volvió a mirarlas y las escupió, disculpándose con una carcajada.

—Pero decime si te gusta. Así como está.

—Ideal para una luna de miel y primer embarazo. Un nidito delicioso, deben decir las viejas cuando pasan por ahí. Digno de Sam and etc.

Ella alternaba las escupidas con las risas.

—Sí, es linda. No me puedo quejar de Sam. Tiene buen gusto, no admito piropos de provinciano. Claro que algo ayudé. Él proponía proyectos y yo le hacía alguna corrección para que el conjunto resultara más. Pero la idea fue de Sam. Y los muebles, menos los del dormitorio, que los estuve eligiendo yo, y la mesita para poner los discos, que estaba en una revista inglesa y tuve que mandarla hacer.

Mauricio se levantó bostezando.

—No estoy arquitectónico, lo siento. Y todo lo que sea esta imbecilidad con olor a señora... Hubo un tiempo en que te habías disfrazado de joven estudiante comunista. Creo que ibas a Filosofía y Letras. Dulce añoranza. Había mañanas en el departamento, cuando bajabas la escalera con la boina en la mano y los libracos. Le robabas los chistes a Wilde. Coincidía con la edad de los perversos. Lorrain y todos esos imbéciles que yo me sabía de memoria. Pero estaba bien, hacías bien el papel. También ahora, también ahora... El que ya no me satisface es el argumentista.

—Qué imbécil. ¡El imbécil de Lorrain! Dame la mano para levantarme.

—No. Una mano callosa, deformada por el trabajo... Nunca. Muy ensalivada además.

—Gracias.

Cruzó delante de Mauricio y se detuvo al borde de la tierra removida, con los brazos en jarra. La nariz, contra la luna, acentuaba su curva y la oreja aparecía pequeña y blanca entre el pelo.

—Es serio. Tu gracia en aceptar las poses. Llegás a ser casi sincera.

Tuvo grandes ganas de empujarla contra la tierra, hacerla caer, la cara hundida en los terrones.

—Podríamos tomar el aperitivo y charlar animadamente de los problemas europeos. Luego, un poco de música. Cuando se tiene una casita tan mona.

La luna, muy chica, trepaba desprendiéndose de las ramas lejanas. Mauricio caminó hasta el cantero, y se acostó, cara al cielo. Cruzó las manos en el pecho.

—Vino, pan y rosas bajo la luna.

—Así te va a quedar la ropa. Después soy yo la que hago poses.

Dio una patada haciendo rodar una piedra hasta el hombro de Mauricio. Después consideró el cuerpo en el cuadrilátero negro, la luna tan pequeña, y ella misma de pie, triste. Se acuclilló, restregando las manos.

—Dame un cigarrillo, Maurito: sarampión, enfermedad de infancia.

—Es tarde. Estoy definitivamente muerto. ¿Es cierto que Llarvi dijo que Balbina tenía un amante?

—Llarvi no dijo nada.

Fumaron en silencio. Él cerraba los ojos. No podía imaginarse la lenta pudrición en la tierra húmeda. Ganas de dormir, solamente. «Cómo haría Casanova para seducir a histéricas intelectuales.»

—Una vez había un mes de enero —murmuró Violeta.

En un mes de enero, era el tiempo de la boina y Filosofía y Letras, había conocido cinco hombres. Ahora en la noche recordaba a enero como a un mes de niebla y llovizna, alguna tierra lejana donde se hubiera estado debatiendo entre cuerpos desnudos. La lluvia los hacía fríos y resbalosos. Era una intrincada selva de hombres y había llegado, por fin, hasta la noche del jardín con su lunita. Le dolían las rodillas y estiró las piernas, sentándose.

—Maurito, necesito hablar con Diego para consultarle una cosa. Es necesario que vaya al departamento. Hasta octubre no vengo aquí. ¿Oíste? Y me tenés que prometer una cosa, Maurito...

Él giró, como en una cama, y se puso una mano en la mejilla.

—Pero sí, te escucho. Hablá. Una tumba decente es muda.

—Oíme. ¿Te acordás de Semitern?

—Benjamín Abraham Isaac Semitern. Nació en Entre Ríos. Vendió máquinas agrícolas. Te padeció por dos meses. Cosechó una selva de cuernos y varios agujeros en el pulmón. ¿Hablamos de la misma persona? Benjamín Moisés Semitern. Y algún día resucitará de entre los muertos.

—Bueno, sabés que no me importa. Pero como broma... Mientras estuve casada con él, todo el tiempo, que fueron dos años y no meses...

—¡Oh, sí! Y tenías catorce años y te casaron por sorpresa, todo Jerusalén y el Consejo de Ancianos, y rompieron la copa de que habían bebido. Conozco.

Ella se puso a reír a carcajadas y lo golpeó con el taco de la bota.

—Quieta. Es de noche, sigo muerto.

—Pobre Semitern. Le ha dado por escribirme. Cartas para romper piedras. Y amenaza con volver. Te voy a mostrar después las cartas. Yo soy el becerro de oro y él es el pueblo elegido. Y el Semitern de antes tiene que salvar al Semitern de ahora o al revés. Divino...

Reía despacio como un gemido entre sueños. Arrancó un tallo y se puso a morderlo.

—Bueno. Necesito que vayas a verlo al hospital y le des una carta. Así tratás de ver qué es lo que piensa hacer. Porque ese animal es muy capaz... Imaginate que una vez me lo encuentro en la calle, por Congreso. Estaba hecho una ruina, siempre los mismos bigotes, flaco y amarillo. Tenías que verlo, en medio de toda la gente levantando los brazos sin hablar y sin dejarme que con el susto me moviera...

De vez en cuando los dientes erraban el tallo y mordían las palabras. Un jugo dulzón le resbalaba hasta el cuello.

VIII

El hombre estaba sentado en mitad del estudio frente a Aránzuru, sonriendo. Insinuaba una pobre sonrisa, pidiendo perdón para sí mismo y la suciedad de la vida. La lámpara le hacía una luz fantasma junto a la sien despeinada. Aránzuru se puso el cigarrillo en la boca y montó una pierna. Murmuró entre el humo. No quería encontrar la mirada del otro.

—Caso típico. Injurias graves.

Tosió enseguida, entre los dedos, avergonzado. La voz humilde, un poco ronca, continuaba. Había una mujer con el pelo suelto, en un dormitorio pobre, miserable, donde la cama estaba siempre deshecha. La mujer tenía los ojos pequeños y redondos y reía siempre. Reía cuando miraba al hombre. Había un viaje a Córdoba y la angustia del neumotórax. Se repetían las frases mugrientas de la riña. El hombre ya no besaba la boca de la mujer. Otra vez la sonrisa dulce y cobarde bajo la luz.

—Y yo sé por las vecinas. Una vez se armó un escándalo porque todos estaban borrachos y fueron a la comisaría. Toda la noche bailando. Hay pruebas en la comisaría, fíjese...

¿Qué tenía que ver él con el hombre y su desgracia? ¿Qué tenía que ver con nada? Todo lo que dijera era mentira. En el fichero de metal había noventa y seis carpetas con muertes, adulterios, estafas, leguas de campo en disputa. El hombrecito miraba el sombrero sobre sus piernas, mordiéndose el labio.

—¿Habrá... causal de divorcio? ¿Le parece, doctor?

Aránzuru pensó en la marea de voces que había estado allí dentro. Tres años. Se levantó haciendo una seña con la mano.

—Un momento. Quiero hacer una consulta. Ya estoy.

Pasó a la oficina de al lado. Tenía que echarlo enseguida, quedarse solo y tomar whisky. Levantó el teléfono y se puso a marcar un número lentamente, sosteniendo el disco al retroceder, acompañándolo suavemente con el dedo.

—Aránzuru. Ah, no había conocido la voz. Qué tal. Sí. Estoy muy ocupado, con gente. Quería preguntarle si usted puede hacerse cargo del estudio, un tiempo. No puedo calcular. Claro, le pregunto así, en principio. Bueno. Es largo. Pero esta noche estoy en su casa, si le viene bien. No, nada de eso. Ya hablaremos. Gracias, hasta luego. No sé cuánto tiempo. Quiero dejar todo y mandarme mudar. Hasta luego.

Encendió un cigarrillo y se fue recostando contra la pared. «Podía habérseme ocurrido antes.» Ahora estaba tranquilo y triste. Una curiosa sensación de extrañeza se desprendía de los muebles. El hombre esperaba haciendo girar el sombrero.

—Va a ser fácil. No puedo asegurarle en cuánto tiempo. Pero teniendo todo de nuestra parte...

La cara flaca se agitaba, casi alegre, rebuscando en las paredes.

—Un momento. Vamos a apuntar los datos y mañana...

Tiró el cigarrillo y se puso a escribir. Nunca firmaría aquel escrito. Pero anotaba los nombres y las fechas, gravemente, rematando las rectas *t* con firmes barras de hombre enérgico y alegre.

IX

Mauricio veía las hojas escasas de los árboles en el terreno. La niebla se iba espesando. Se desprendió del ventanuco. Casal continuaba en la cama con los brazos desnudos, blancos y redondeados. Llarvi estaba sentado junto a la mesa, inclinado el perfil contra el humo negruzco del farol. Mauricio tomó un cigarrillo de la mesa y lo encendió en la llama, golpeando la puertita de hierro al cerrarla. Caminó hasta la cama.

—Arriba muchachos que es la aurora. Por tener la frente parecida a Verlaine y algún imbécil que recuerde el parecido. No hay obligación de emborracharse, por eso. Ni tampoco de ser un artista. No hay obligación de nada.

Le echó el sobretodo encima y se agachó para dar cuerda al fonógrafo.

—¿Qué va a poner? —preguntó Llarvi. La cara y la voz eran amables, flexionadas por el interés. Mauricio rió.

—La octava sinfonía de Bach. Un cuarteto de laúdes. Cuatrocientos metales. Siempre dirige Stokowski.

Llarvi hizo una risa sin ganas, como un sonido de gallinas, y se levantó desperezándose. Mauricio lo miraba, sentado en el suelo, con el vaso en la mano. Dijo:

—Comprenda que yo debo defenderme. Hay algunas tentaciones que yo, por suerte... No, no por suerte, no debo calumniarme. Debido a la insobornable lucidez... Ya me tuvieron idiota con la regla de oro y el arte rupestre. No hay derecho a pedirle la llave del molino a aquel animal de Aránzuru para esto. Yo le pedí el molino prestado una vez. Pero soy un amigo y estas paredes fueron santificadas. A su salud. ¿Sabe lo que hice? Me traje una negra. Era una negrita de... Es mentira. Fíjese que hay siempre más belleza en la verdad. Era una gorda, gorda. Cómo habría charlado usted sobre las relaciones eróticas de los africanos. Salud. Pero todo es así. Y ahora pretende que me ponga a hacer música. ¡Hacer música, me caigo! Mantuve una interesante discusión con Offen acerca del allegro ma non troppo...

Llarvi estaba abierto de piernas, frente a él. Hundió las manos en los bolsillos del saco.

—Su técnica del chiste está copiada de Casal. Pero, en fin. Hizo una comida pasable, fue por el vino y los cigarrillos...

—Eso se llama espíritu ático.

—Si lo tuviera no lo malgastaría.

—Todos los pobres son así. El miedo a quedarse sin nada y... Salud.

Llarvi fue a grandes pasos hasta la ventana y tocó el vidrio con la nariz. A sus espaldas empezó a brotar la música del vals. La caja, envuelta en bolsas, hacía una música remota, vieja y liviana.

Pensó en los cuadros de fin de siglo que recordaba el vals.

Aquel tiempo, aquella sensación de complicados placeres, de formas de vidas distintas, que acaso no habría existido nunca. Una sensación que creaba uno mismo, cincuenta años después, al imaginar las viejas ciudades. Removió la nariz en el vidrio.

—¿Pero se fijó en la niebla?

Mauricio manoteó la pistola negra que asomaba bajo el colchón.

—Le estoy apuntando a la nuca. No tengo balas pero es un símbolo. Si me llega a hablar del Támesis...

Comprobó que la pistola estaba vacía y se puso a desarmarla. Casal se enderezó hasta apoyarse en un codo.

—Alcanzame un cigarrillo.

—No puedo. Estoy trabajando. Técnico en estrías. Hasta que no establezca que la bala de la mandíbula del joven Lincoln...

Llarvi se acercaba ofreciendo la cigarrera. Rió amistosamente y se sentó en la cama.

—¿Qué tal? ¿Pudo dormir?

—No dormía.

Mauricio puso las piezas del arma en el suelo y levantó la tapa del fonógrafo.

Casal apuntó con el cigarrillo.

—Poné la sonata. ¿Quiere oírla otra vez?

—Naturalmente. Mil veces. ¿Sabía que Kreutzer tuvo una vida interesante?

Mauricio sacudió la cabeza mientras daba cuerda.

—Lo siento, pero no puede ser. Es indecente. Y el criminal silbaba el *Conde de Luxemburgo* en el teatro. Hay que crear la atmósfera.

Dejó caer la tapa y volvió a sonar el vals. Llarvi rió por la nariz, golpeándose los dientes con las uñas.

—Qué bárbaro.

Casal dejó la cama y fue a ponerse el saco.

—No gastar las grandes palabras. Idiotita, nada más.

Miraba con los ojos entornados el cuadro del caballete. Un hombre verde, contra una mesa ocre, fumaba una pipa larga y azul. La pared del fondo era rojiza y estaba sucia. A la luz del farol brillaban las manchas frescas de pintura.

—Bárbaro, palabras mayores.

El pelo de Mauricio le caía sobre la frente mientras se inclinaba para buscar las piezas de la pistola. Un perro ladró lejos, una sola vez. Llarvi echó el busto hacia adelante, levantando la cabeza.

—Usted dice bárbaro como un elogio. Casi con envidia.

Casal respondió moviendo la cabeza y fue a sentarse junto al farol. Fumaba rápidamente, apoyando la mejilla en la mano, sin dejar de mirar al fumador de la pipa.

—Elogio. Pero no pienso en las bestias que pintan bárbaras barbaridades. Lo malo es que bárbaro sugiere... Yo decía un barbarito ingenuo, tener un alma simple.

—¿Pero usted no tiene un alma simple?

—No sé. Cerebro simple, entonces. No tengo cerebro simple.

—¿Y para qué lo quiere? ¿Va a pintar monigotes de colegial?

—Es complicado. Usted hace preguntas a las que hay que contestar que no. Cuando un niño dibuja sólo piensa en reproducir lo que quiere, ¿no?, nada más que en eso. Ahora la preocupación de todos no es expresarse. El centro está en otra cosa, se pinta para usar medios de expresión hermosos o como quiera decir.

—Eso es retórica. Pero usted...

—La peor de las retóricas. Hojarasca, cosas porque sí.

—Bueno, comprendo que usted... Hay momentos en que uno se corre con furia hasta uno de los polos. También a mí me pasa. Pero eso quiere decir que estamos vivos.

—Bah, estar vivo... No quiere decir nada.

—Un momento. Después volvemos a esto. Dígame para qué quisiera ser un bárbaro.

—No sé. Quisiera ser. Si fuera el barbarito ingenuo encontraría fácilmente lo que es mío. Somos un conjunto de cosas prestadas. A veces las robamos. Fíjese en el cuadro. La intención, ¿cómo decirle?, lo que yo quiero hacer con las figuras y los colores, y claro que todavía no puedo, eso es mío. ¿Entiende? Pero no las figuras que usted ve, no esos colores. Ni siquiera la manera de ponerlos con el pincel.

—Bueno. Pero fíjese que solamente el tener un cerebro no simple es lo que le permite notar...

—Sí, sí. Autocrítica. Pero créame que me gustaría más no darme cuenta.

Mauricio se enderezó, poniendo contra la luz el caño de la pistola. Oyeron un ruido de automóvil que parecía lluvia. Desde el borde de la cama, Llarvi miró alrededor.

—¿Sabe que es interesante esto? Hasta el nombre. Todos le llaman el molino de la alemana. Pero Aránzuru casi no viene, ¿eh?

—No sé. Creo. A veces, alguna crisis.

—Es un lindo sitio para aislarse y trabajar. ¿Por qué no trata de instalarse aquí un tiempo? Con poca plata tendría un taller magnífico. Con agrandar las ventanas...

Mauricio tiró la pistola sobre la mesa.

—Las estrías no coinciden. Lo confieso. Pero eso del molino de la alemana... Es el título de una novela policial. Yo la leí. Era el libro de cabecera de Aránzuru. Si usted, Llarvi, quisiera averiguar si el cuadro ese es neoclásico o primitivo... y me dejara la cama...

—Si me promete dormirse... No hable en sueños.

Llarvi se levantó de la cama y cruzó frente a Casal. Fue a sentarse en el cajón, de cara al cuadro. Entre pequeñas ondas de pintura gruesa, roja, que entraban apenas en las ropas del hombre verde, huía el secreto del cuadro. Casal andaba a sus espaldas. Se detuvo y carraspeó.

—Hacerme un taller... No aquí, en el fin del mundo. Debería pintar en un rancho perdido, sin historias de arte, escuela de posguerra y toda la música.

—El rancho perdido. Ésa es novela del lejano oeste —dijo Mauricio desde la cama.

Llarvi avanzó, pisando la sombra del cuadro. Golpeaba con los dedos el borde del bastidor.

—Es absurdo. Quiéralo o no, esto se llama cultura. La palabra le da vergüenza, perdone. Así nos entendemos. Es un juego armonioso e inevitable. Usted pudo dar esto, bueno o malo, bárbaro o refinado, porque recibió ciento, porque recibe cien cada día.

—Bueno. Posible. ¿Pero si no quiero dar ni recibir? Si se tratara solamente...

—Yo le digo que no es posible, no es cierto. Aíslese, si quiere. Hará algo hasta que se agote. Ya saldrá a buscar. Y si hubiera nacido en este rancho perdido...

—Y el malvado mexicano pellizcó los brazos de Rosita del rancho solitario... —comentó Mauricio.

—... en el fin del mundo, y no hubiera tenido comunicación con nadie, si esto fuera posible, porque el solo hecho de vivir... Todo lo que hiciera, entonces, si algo hacía, no podría tener sentido.

—Filosofías no —dijo Casal inclinando la cara entristecida sobre la luz del farol.

—¡Filosofías no! —coreó Mauricio con voz de letanía. Llarvi encendió un cigarrillo y se acercó a la mesa. Encogió los hombros sonriendo.

—En cualquier otro... Pero esa necesidad de aislarse, que en usted debe ser sincera... ¿Aislarse de qué? Su estilo de vida. Usted está aislado de todo lo vulgar, lo que podría deformarlo. Se le puede llamar existencia artística a la suya. Todo su tiempo...

—¡Artística! Espere, espere. Ya he pensado mucho en esto. Y hasta tengo mi frase —rió un momento y su cara se ensombreció enseguida. Se paseaba y volvía, con la cabeza inclinada—. Una vida artística. Mi mujer tiene dinero y no necesito trabajar. Primer elemento de arte. Compro libros de arte, reproducciones de arte, tengo dos viajes artísticos en mi prontuario. Converso de arte y voy a todo lugar donde se huele arte... Magnífico. Pero eso es, más bien, ser un poco macró.

—Por favor... Es absurdo. Claro que es un asunto... y usted me perdonará que hable. Pero si usted está enamorado de Balbina...

Casal hizo una risa de burla, con el cigarrillo en la boca, las manos ocupadas en juntar las solapas contra el cuello.

—Qué me viene con eso. No hay complejos semejantes. No digo macró de mi mujer sino macró del arte. ¿Se entiende? Disfruto del arte, lo exploto. Y eso no es ser artista, no tiene nada que ver con la vida artística. Vida de artista es la de Gauguin y no la de Wilde. Entregar la vida de uno al arte y no usarlo para embellecerse la vida.

Tiró el cigarrillo y lo aplastó con la suela mientras el humo salía con violencia de la boca y la nariz.

—Existencia artística...

Llarvi repitió la risa, un poco desconcertada, que parecía un ruido de gallina.

—Ah, pero no tengo derecho a no hacerle caso. Es un error. Hay formas de arte y formas de ser artista.

—Espere. Después de todo, es lo mismo. Pero déjeme lucir mi frase. Vida artística: Gauguin y no Wilde. Luego se agrega: el amante es Romeo y no Casanova.

—Sí, no lo diga con burla. Es muy exacto eso. Pero precisamente usted... Si tiene necesidad de la choza en el fin del mundo, ¿por qué no prueba? Es una experiencia.

—Sencillamente. No me voy porque no soy un artista. No lo soy del todo. En el fondo, no me animo a perderme la calefacción del departamento, la media docena de estampas legítimas, mi mujer también legítima, mis amigos... Y como uno no está seguro de lo que obtendría en cambio. Imagínese un fracaso, en la choza del fin del mundo... —Su voz se había hecho lenta y dulce, como si contara un recuerdo.

En el silencio Mauricio se inclinó desde la cama para poner en marcha el fonógrafo. Llarvi caminó hasta la ventana. Se sentía preso, un poco mareado, con la necesidad de salir afuera a caminar. Ya era de noche. Abrió la ventana a tirones y asomó la cabeza en la niebla. Otra vez la musiquita del vals. Mauricio tomó el resto del vaso y enseguida la cabeza se desplomó en la almohada. Estaba borracho. La música sonaba en cualquier parte. «El paraíso es sencillo, sencillo, sencillo... El rancho perdido y la naturaleza, grandes letras con el lomo hinchado. Pequeño Mauri: ¿qué corno hago yo con eso? El arroyo y los arbolitos. Un paraíso sencillo, el paraíso, nuestro señor dios. Yo estaba allí y no tenía nada en el alma, vacío.

»Una musiquita como ésta, grandes bigotes y calzoncillos largos, ingenua, contoneándose. Una musiquita en la pianola, una noche de verano en el cafetín.

»Un poco de ganas de llorar. Así, un poco. Hay que saber. Y después unas mujeres vestidas de blanco que se sentaban en otras mesas, nunca conmigo, y se estaban riendo con los otros clientes del cafetín y unos vasos altos con tallos, una noche de verano.»

Cuando se acabó la música, escupió el vino. Quedó con la cabeza colgando, un hombro en la pared.

x

Larsen estaba despatarrado en la silla, inclinado hacia la luz, ceñudo, recortándose las uñas con el cortaplumas. Aránzuru recogió el sombrero y encendió un cigarrillo.

—Bueno, quedamos en eso. Lo hago enseguida, esta noche. Padre turco, la madre árabe. Más de catorce años. Catorce años y siete meses. Duerma y vaya mañana. Ya sabe. Diga que se enteró que lo buscan y no sabe por qué, ¿estamos?

—Sí, doctor —repuso Óscar—. Por mi parte... Pero ir así, me entiende, a meterse en la trampa...

Larsen intervino, sin abandonar las uñas:

—Vos hacé lo que dice el doctor.

—Vaya mañana. Diga en todo caso que usted está seguro que tiene más de veinte años.

—Sí, sí. El desarrollo. Bueno.

Óscar dejó caer la cabeza, ajustándose el cinturón en el estómago. Siempre quería decir alguna cosa que se le olvidaba.

—Eso. Mañana nos vemos. No declare hasta no verme.

Larsen se alzó con un bostezo.

—Bajamos juntos, doctor. Enseguida subo. Tengo que hablarle al doctor de un permiso de juego. Aquel asunto. Ya vengo.

En el corredor, Larsen lo detuvo junto a la escalera. Se oía llorar un niño arriba, en la sombra, después de la luz amarilla.

—Oiga...

—Sí.

Larsen juntaba las uñas para contemplar el brillo. Hacía girar suavemente los dedos.

—¿Cómo me decía que era eso de la defensa?

—Ya le dije. Me parece interesante. Usted sabe que sólo por eso agarré. Es la última vez que me ocupo de esta porquería. Tener en cuenta la nacionalidad de los padres y la chiquilina. En esos países la mujer es mayor de edad mucho antes. Y meterle por ahí. Claro que no respondo de nada.

—Ah.

Volvió a sacar el cortaplumas y repasó el borde de las uñas.

—Mañana tiene el dinero. Mañana a las diez, palabra de Larsen. Pero vea que Óscar es el cliente. Pago yo, pero es él el cliente. Usté como abogado, digo yo, tiene que buscar el beneficio del cliente. Es un lío. Porque resulta que si a este muchacho no lo meten un tiempo adentro lo van a limpiar. Lo sé como que hay dios que lo matan. Ahora, usté vea...

Aránzuru abrió la boca pero no dijo nada. Se recostó calmoso en la baranda, observando a Larsen que se soplaba las uñas. Era gordo y lustroso, con un fuerte olor a peluquería.

«Mi deber moral es patearle la barriga.» Sonrió y se puso a buscar un cigarrillo con dos dedos. Las gordas manos de Larsen se movieron con dulzura frente a la cara.

—Me parece que se entiende, ¿no?

—Como entenderse...

Una placidez de sobremesa tranquila se extendió por la cara grasienta de Larsen. Los cachetes se agitaban con alegría. Detrás suyo, confusa, la pared del teléfono negreaba de nombres y números.

—Mañana a las diez le llevo el dinero al estudio.

Saludó moviendo la mano y giró hacia la pieza. El niño gritaba ahora enfurecido. Una voz dura de mujer lo acompañaba.

—Oiga, Larsen —dijo Aránzuru—... Curiosidad. ¿Por qué no lo denuncia y listo?

El otro vaciló con la mano en el pestillo de la puerta. Enseguida alzó una cara inexpresiva, con los ojitos entrecerrados.

—Y... ¿me tomó por alcahuete?

Entró, cerrando suavemente.

Aránzuru seguía recostado a la baranda, con el cigarrillo apagado en la boca. «No tengo fósforos. Cuando venga la primavera...» Se calló el niño de arriba. Unos pasos empezaron a golpear en los escalones chirriantes. «Cuando venga la primavera.» No podía moverse, pesado y sin pensamientos. Alrededor, la ciudad. Subía una mujer sin sombrero, haciendo sonar las pulseras. La cabeza llegó al nivel del piso y dobló hacia la izquierda. Al paso, en la sombra, un brazo y un olor a perfume conocido lo rozaron. Manoteó el codo grueso y desnudo y lo retuvo, esperando el golpe. Ella se paró un momento, sin mirarlo. Se sacudió, llena de fuerza, haciendo girar la cintura.

—Soltá.

Había dicho la palabra en voz baja. Era una mujer algo gruesa de unos cuarenta años. Siguió caminando y empezó a subir el otro pedazo de la escalera sin volver a mirarlo. Él esperó el silencio, el ruido de la puerta al cerrarse, otra vez el silencio. Fue lentamente a sentarse en la escalera por donde ella se había ido. Estaba solo, sin pensar en nada, recordando vagamente a una muchachita muy fea que iba por el estudio a pedir dinero para los republicanos españoles. Contó hasta cien, despacio, marcando el tiempo con golpes del índice en la muñeca. Entonces se levantó y bajó a la calle a comprar cigarrillos y fósforos. El hombre del kiosco tenía unos largos bigotes caídos. Sobre el mostrador, sujeto por un cenicero de vidrio rojo con un aviso esmaltado, un diario de la tarde mostraba un gran letrero: HITLER DECLARA QUE INVADIRÁ EL SÁBADO. Encendió el cigarrillo y fue subiendo los escalones con los ojos cerrados, tanteando la baranda. Ningún ruido venía de la pieza de Óscar. Volvió a sentarse en el segundo escalón. «El sábado, guerra. No hay guerra, ya no pasa nada. Se traga Danzig y lo que quiera.» Oyó el ruido de la puerta y reconoció las maneras de moverse de la mujer y, un momento después, el perfume. Bajaba despacio, flexionando un poco las rodillas en cada escalón. Cuando la tuvo al lado se levantó, mirándola.

—Permiso —murmuró la mujer, y le sonrió enseguida, mostrando los dientes gastados.

La veía ahora más vieja, con una expresión cínica, entristecida. «Debe estar enferma.»

—Buenas noches. ¿Podemos bajar juntos?

—Buenas. ¿Qué hace aquí?

—La esperaba. Bajé a comprar fósforos y vine enseguida.

—¿De veras? —se puso a reír, mirándolo.

—¿Va a salir?

—Esperesé. Me voy a quedar un momento. Ya va a empezar a jeringar la vieja del demonio.

Se sentaron. Él le ofreció un cigarrillo y fumaron un momento en silencio.

—¿Qué estaba haciendo en la escalera? —preguntó ella.

—Nada. Vine ahí a ver a un tipo. Bajé a comprar fósforos y ahora vine a esperarla. ¿Qué dice de la guerra?

—¿Qué guerra?

—La guerra...

—Bah. Que se maten todos. Me voy a tener que ir enseguida.

—¿Sale después, más tarde?

—Está loco. ¿Se va a quedar aquí esperando? No, no salgo.

Una voz de vieja chilló arriba:

—¡Catalinaaa...!

—Cha digo. Ya está jeringando —dijo la mujer.

—¿Usted es Catalina?

Ella asintió alegre, con un golpe de cabeza. Luego encogió los hombros.

—Pero me dicen Katty. Me voy a ir enseguida. Se necesita, para estar sentada como una piba en la escalera.

Él le apretó el tobillo con una mano. Mirando la pared sucia de inscripciones, se extrañó pensando en tanta gente conocida y cosas que había hecho. Recordaba el pasado como una cosa lejana. La soltó y fue estirando los brazos hacia adelante, para desperezarse.

—Bueno. Si quiere, baja después. O puedo venir mañana.

Pero ella quiso quedarse todavía un momento. Lejos, alrededor, como aprisionada en una caja, zumbaba la ciudad.

XI

Bidart tiró las cartas y avanzó una mano hacia el tabaco. Con una sonrisa burlona, el hombre rubio contaba las fichas.

—No sé jugar, claro. Ustedes me enseñan... Pero yo ya los llevo bien embromados.

Tenía una cara blanca y hermosa, casi de mujer entre las cabezotas hostiles de la mesa. Larsen aguantaba el cigarrillo con dos dedos mientras le acercaba la llama del fósforo.

—Hay que ser. Me hace acordar el finado Eguía. Pero aquél era con los burros. No entendía ni los colores de los estús. Ni de los tiempos ni de nada. Y no perdía ni por casualidad. Qué tipo: yo le digo finado porque no lo vi más. A lo mejor está vivo.

Empujó el cigarrillo con la lengua a un costado de la boca y se formó enseguida una sonrisa de bondad.

—Pa mujer de suerte, la Fernanda. ¿Se acuerdan de la Fernanda? De suerte y derecha. Bueno, francesa, no hay que hacerle. Ni criollas ni gringas ni nada. Pa mujer derecha la francesa. Cuando la gran biaba, me acuerdo, se vino a pie desde Punta de Rieles. Después Marcela arregló el asunto para vernos. Muy bien, meta darle el dulce, parecía un novio. La invito para salir y nos metimos en el coche. Bueno, aquello fue media hora, de punta a punta de la costanera, meta piña. Siempre con la zurda y en el mismo ojo. Ping, y ping, y ping... Tenía el brazo muerto al final. Bueno; nos cruzamos con mil canas, podía haber pegado el grito. Nada, che. Se fue a lo de Marcela, sin decir nada, y se metió en la cama. «¡Mirá cómo me ha puesto este hombre!», le decía a Marcela. Y Marcela después me decía: «Rompele una costilla si querés, pero no hay que pegar en la cara».

Las manos blancas daban las cartas como entregando flores. Siguieron las voces, el golpe de las fichas. Un domingo caluroso, aprisionado entre el humo del cuarto. Entre las burlas del rubio, los otros colocaban insultos sin entusiasmo. Arañaron la puerta y entró el mozo. Cerró con el talón y se acercó.

—Pepe. ¿Qué vas a pagar, gallego?

Pepe sonreía con aire de idiota, indeciso. Tocó el hombro de Bidart:

—Tiene carta. Abajo lo está esperando el amigo.

Las manos velludas soltaron los naipes. Quedó, pálida en la luz, la dama de trébol con su cara afinada. Bidart manoteó el sobre y sonrió a la letra negra y rápida que lo cruzaba.

—Voy a bajar. Después arreglamos.

Se fue poniendo el saco en la escalerilla. Se detuvo un instante, oscilando entre las cosas melancólicas que estaba escondiendo el sobre y estas otras, tan distintas, que lo esperaban en el salón.

Ramírez estaba apoyado en el mostrador de zinc, frente a un vaso. No pudo leer nada en la cara ancha y seria, con la sombra del gacho.

—Hola.
—Vengo de allá.
—¿Y?

Miró alrededor. Dos hombres conversaban junto a la cafetera. En una mesa sonaban las fichas de dominó.

—Vení, vamos a sentarnos.

Con el vaso en alto fueron hasta el rincón, junto a la cortina que cubría la calle. Se pusieron a fumar y Ramírez se inclinó sobre la mesa, apretando la boca, dejando que el humo saliera por la nariz curvada. Bidart se echó hacia atrás, sin preguntas, recogido y contento. Acababa de comprender que sucedían cosas de importancia y que, de ellos dos, él era el más fuerte. Golpeaba suavemente la madera grasienta con los dedos. Ramírez estiró sobre la mesa una hoja de papel de hilo, escrita a máquina con un hermoso azul. A la derecha, un sello en relieve de la Compañía de Tranvías.

—Ah, contestaron... Prestá. De nuestra consideración... hijos de perra... Cláusula primera accede a reincorporar, ¡accede!, segunda un aumento de cinco pesos para aquellos sueldos que... veinte centavos en los jornales de los obreros del taller... Bueno... Esperá, hay que leerla despacio.

—Acaban de traerla y me vine disparando. Dejé el local solo, ni se me ocurrió telefonearte.

Bidart dobló la hoja y la empujó sobre la mesa, aplastándola con la mano abierta. Fumaba rápidamente, observando las paletas inmóviles del ventilador en el techo. Esta noche leería la nota en el Sindicato. Las caras sobre los uniformes desprendidos irían aclarándose con la esperanza. Aceptada por unanimidad. Un voto de aplauso para el secretario. Las líneas de humo subían casi rectas hasta el ventilador.

Pepe espantó en el mostrador al gato, riendo, con un servilletazo. Un voto de aplauso... Bidart levantó una mano.

—Gallego... Un café en vaso.

Aplastaba distraído el cigarrillo con la suela del zapato. Había algo que lo llenaba de desánimo en esto, en haberse preparado durante meses, para que todo acabara así. «Más papista que el Papa, más papista...» Él podía pasar hambre y hacerse moler a palos en Investigaciones. Pero era su juego. Esto no tenía nada que ver con los otros. En cuanto a Ramírez... Miró con disimulo la cara seria del hombre. «Puede tener unos cuarenta y cinco años. Buenos Aires está lleno de tipos así, individuos infinitamente más pequeños que aquello que se proponen hacer. Sí, y también están los otros, los que tienen la fuerza de hacer cualquier cosa y se pudren despacio, aburridos. Ramírez es un puente entre el personal y yo. Un término medio. Tipo de intelectual de sindicato.» Pepe puso el vaso en la mesa.

—¿Marcha, eso?

—Marcha, Pepe.

Rodeó con las manos el calor del vaso. No, no marchaba.

—Entonces nadie te vio recibir esto.

—¿No te digo que estaba solo? La trajo un mensajero, ordenanza.

—Un mensajero.

Bidart desenvolvió los terrones de azúcar y comenzó a revolver lentamente, con los párpados caídos, alzando una ceja recta desde el ceño.

—Estaba leyendo el diarito de los anarcos. Te cuentan cosas feroces sobre la guerra de España, después de Barcelona. Tenían un hermano en el gobierno Negrín y hay una historia con los pasaportes y la intervención inglesa que es para morirse de asco. Casi me dio por pensar que una persona decente no puede estar con los Negrín y Prieto y todos ésos, no puede hacer nada junto con ellos. Entonces, la teoría del Frente Popular...

—¿Qué querés decir? —preguntó Ramírez—. El Frente Popular... hoy sirve y mañana no.

—No sé por qué te hablaba de eso. Recién sabía. Entonces, decías que un mensajero... Mirá: a las nueve de la noche vencía el plazo para que nos contestaran. Imaginate que un camión aplasta al mensajero, o cualquier cosa así. Dentro de tres horas estábamos en huelga.

Se interrumpió para soplar nuevamente el vapor que flotaba en la boca del vaso. Ramírez sonrió un momento y sacudió la cabeza.

—Ahora nos podemos dar por contentos —dijo Bidart—. Yo, el secretario, el comité. Era lo que pedíamos, más o menos. Pero estoy mirando la cosa de otro lado. Pensá en la oportunidad que se pierde. Porque ustedes tenían todo preparado. ¿Es cierto que los comités de zona habían organizado cuatro comedores?

—Cinco en la capital.

—Mirá. Cinco comedores. Y ahora que todo se fue al diablo, te puedo decir esto: estábamos seguros, completamente, de conseguir un paro general por veinticuatro horas. ¿Te das cuenta?

Por la escalerilla de hierro bajaba Larsen. Cruzó con un saludo. La cafetera bufaba entre nubes de humo. Apoyado en la ventana, Ramírez sentía en la nuca los ruidos de la calle. Mañana lunes los martillazos en el taller, el cuello forunculoso del capataz. Antes de que llamara la sirena, la mujer gorda y despeinada estaba pasando la escoba mojada por el piso rojo. Golpeó suavemente la mesa:

—Derecho. Puede decirse que no llegó respuesta. Hacé lo que quieras. Pedíamos cincuenta y nos quieren dar veinte. Además los uniformes. Por mí... Ahora, una cosa. Vos sabés los líos del pacto de Rusia con Hitler. Eso puede ser peligroso. Pronto van a empezar a echar a los pactistas de las organizaciones. Ya empezaron con las de los intelectuales. Y si llega a empezar la guerra...

—Bueno. Eso veremos. Vamos caminando y hablamos. ¿Te acordás de la huelga de gráficos?

—Bueno. Pero no era lo mismo. Las circunstancias estaban más a favor. Además, si alguno empieza a gritar pactista...

Salieron. En la calle, bajo un cielo de atardecer donde se iban amontonando nubes, Bidart buscó los fósforos y tanteó la carta de Rolanda en el bolsillo.

«Bueno. Tengo que estar solo para leerla.»

XII

«*Polo Sur. Septiembre 19*. Camarada Hermano Ciudadano Bidart: Pensé decirte caballero y mandarte finalmente al diablo (puede sustituirse) con prohibición de escribirme desde allá. Tus últimas cartas, hace ya unos cuantos meses, eran insoportables, improcedentes, inoportunas, indignas de caballero a dama. Y ahora que me doy cuenta, esto es en serio. *Literarias*: pasó el avión correo, deben ser las cinco. El cielo gris, plomo, acero, zinc, metales y metaloides. En cuanto oscurezca dejo de escribirte y me voy a fumar afuera. Ramón J.: ¿Qué comida hago esta noche? Y Ramón J.: Tengo un gorrito y guantes de cuero. Un inglés me invitó a cazar zorros. ¿Alcanza? Siempre te quise como a un burrito de pelo gris y áspero, manso, capaz de dejarse engañar como un burro a cambio de una zanahoria. En este caso, naturalmente, muy roja. Estoy embrollada con lo del caballero y la dama. Traté de entender en qué sentido lo somos nosotros, en nuestra relación personal. En cuanto a lo otro, ahora lo veo claro: ¿es decente decirme con ese tono, también de burro en dos patas, que estoy perdiendo el tiempo, que voy a terminar en la maestrita rural y alguna otra cosa tipo Franz Fritz Smiles, sobre el desenvolvimiento de la personalidad? ¡Y qué tentadora la oferta: dejar esto! Como si usted supiera qué es esto con frío y yo aquí con pieles. Y dejarlo a cambio del Sindicato o la FORA, el CSC o algo así. Pero no quiero burlarme. Es fácil y tonto y todo eso, en el fondo, me da mucha pena. Acaso en cualquier momento tome el tren y me vaya. Pero será siempre por otros motivos que no vas a imaginar.

»Y para dejar esto: la otra semana habían bajado mucho las nubes y estuve recordando Bruselas, todo lo que el nombre quiere decir para mí. Si después de esto me mandas otra carta pidiéndome que vaya ¡a Buenos Aires!

»Ramón J.: Pero también la vida es cochina y yo tengo mis reivindicaciones. Dos meses sin sueldo. Amenazo con dormir envuelta en la bandera como aquel hombre de que me hablaste. Pero no sé cómo me quedarían los colores, aunque por acá todo el mundo me diga "la señorita rubia". Parece que la otra era indígena. *Meteorológicas*: Esta noche hay helada. Me envanece haber aprendido a saberlo por el olor del aire y la manera que tiene la piel de sentir el frío. Otra ventaja de estar aquí. Porque toda esa propaganda de dignificación del cuerpo y lo que éste tiene en la mitad es absurda y lo será hasta que esas bombas de que hablaste hace diez años no hayan volado las ciudades. Querer animalizarse en la ciudad termina en alcanzar sólo lo que la bestia tiene de sucio y hace fruncir la nariz a la gente bien criada.

»Pero resulta ahora que la noche, la helada y otras cosas así que han ido juntándose me hacen pensar mucho y seriamente en nosotros, recordar algunas historias que no pueden repetirse, afortunadamente, porque a fin de cuentas sólo somos buenos para luchar uno contra otro, lealmente, claro, y hacerse el mayor daño que sea posible.

»Te voy a contar una linda cochinada que estoy haciendo. El adjetivo va porque sí, para ayudarte a ubicar la cosa. Una vez una persona que no volví a ver, pero de la que me acuerdo los ojos tristes y las manos muy blancas, como enfermas, me dijo que los irregulares somos la sal de la tierra. (Los fantásticos quería decir.) Está bien.

Pero no es justo que nosotros salemos la tierra para el paladar de los seres normales bien vestidos. De manera que, a la recíproca, ellos son para mí la sal de la tierra. Ya no me indignan ni pueden lastimarme (¡qué vieja debo estar, Ramón J.!). Me divierto con ellos porque son estúpidos, todo lo ven al revés y tienen un modo total, terrible de ser insensatos, de no acordarse de que tienen que morirse y tomarse semejantes inmundicias en serio. ¿Se entiende, asno orejudo? Basta removerles el hormiguero para que se muestren más frenéticamente absurdos. Me puse, entonces, a mirar alrededor, hacia el pueblo donde llevan su vida. Tengo un lugarteniente. Una vieja que llenaría diez cartas y viene a limpiar y a lavar. Conoce todo, se orienta como un topo en la vida de las cincuenta casas del pueblo. Recordando tus sermones sobre el método, el orden, la importancia de los detalles, me fui informando de manera científica, seleccionando adulterios, estafas, desvirginizaciones. Un fichero que ni en la Secreta. Cuando todo estuvo en su punto, comenzaron los anónimos. Hasta ahora, llevo anotados en mi haber una gresca, exhibición de armas, un viaje precipitado a Buenos Aires. Pero tengo confianza en el porvenir y todo se andará. Claro que la vieja no conoce el destino de sus confidencias y yo me encargo de abrir bien los ojos de virgen azorada cuando ella viene tan alegre con sus chismes. De manera que por ahora no hay que contar conmigo. Tengo material para tres meses. También es feliz estar sola y darse el calor necesario sin la ayuda del prójimo puerco espín.

»Y nada más. Por lo menos en extensión quedan pagadas tus cartas hasta la fecha. Un día de éstos, si es posible, te voy a mandar dinero y datos para que salgas de tiendas y me compres algunas cosas que estoy necesitando. — *Rolanda*»

XIII

La luz chispeó en el instrumento curvo que la mujer removía en la llama invisible del calentador. Era morena y pequeña, casi linda. Comenzó a calzarse los guantes, largos, hasta el puño de la túnica.

—No se olvide que tiene que quedarse quieta. Puede gritar hasta aburrirse, pero no se mueva.

Nené soltó la mano de Violeta que tenía presa desde el principio y se aferró a los bordes de la mesa.

—Un poco más. Así. Quieta ahora.

Veía la cabeza que la mujer inclinaba sobre su cuerpo. Apretó los dientes y cerró los ojos. La mandíbula, alargada, le empezó a temblar a cortos saltos.

Violeta se apartó sin ruido y fue hasta la ventana. Algo se le movía en el estómago. Miraba el sol extendido en la calle rodeada de jardines, los pájaros en el árbol, a pocos metros, y otros pájaros moviéndose en los cables. «Debe saber hacerlo. Si lo hizo más de mil veces. Mil a cuarenta pesos... No me gusta nada, no es cariñosa, parece un hombre. Ellos vienen y después se van tan contentos. Y es una la que...»

Oyó el gemido de Nené y el «no» furioso de la mujer. Regresó despacio hacia la mesa. Veía la cara de la muchacha, torcida, gris. ¿Y si se muriera? Vio enseguida el brazo que se separaba de los muslos, la mano enguantada, lo que venía colgando de una cuchara brillante. «Dios... ¿Se puede sentir ternura por eso?» Pensó enseguida si aquello tendría ojitos, redondos, movedizos, blandos... El peso del estómago subió hasta la garganta y tuvo que apoyarse en el escritorio temblando de frío y asco.

XIV

Catalina acomodaba con cuidado los paquetes en la red encima del asiento del vagón, y luego se dejó caer en el banco de madera, donde las vetas brillaban gastadas y oscurecidas.

—Ahora nomás nos vamos. Van a tocar.

Tenía un reloj pulsera muy chico, sujeto con una cinta negra donde la luz se extendía como manchas de aceite en el asfalto. Aránzuru dejó el diario y se inclinó hacia ella, metiendo la cabeza en la zona de perfume de Catalina, un olor a jabón y a ropas, olor de armario. No sabía qué decirle y sonrió. Catalina estaba vestida con un traje de saco, verdoso, y un pequeño sombrero violáceo, con el ala replegada. Tenía un pañuelo atado en la garganta y la cara, llena de pintura, con expresión de frío y cansancio, se contraía, un poco grotesca, desfigurada. Entre los rasgos que iban separándose, perdiendo gradualmente su relación, brillaban los ojos, ahora, con una sucia mirada recta hacia él.

—Estos tipos no van a hacer guerra ninguna. En cuanto se traguen a Polonia...

Ella se reía juntando las manos, y tomó enseguida un aire serio y distinguido, haciendo parpadear los ojos con dignidad. Alzó la mano para hundir apenas una uña entre los dientes.

—Pero a vos qué se te puede importar. Que se rompan el alma. ¿Tenés los boletos? No, no te rías porque hay veces que te olvidás de todo.

Aránzuru volvió a recostarse en el asiento. La mañana estaba fría y nublada, y en ella tanto daba irse a Faruru o a provincias. Catalina se estaba riendo, mientras cruzaba una pierna. El vagón era largo y vacío, con las grasientas lámparas aún encendidas. Oyeron una campana y el ruido de un tren que llegaba.

—¿Te imaginás la cara de la vieja, cuando no me vea aparecer? Ya era hora. Vas a ver como nos arreglamos. En cuanto pueda trabajar sola...

Aránzuru vio que otros estaban fumando y encendió un cigarrillo. Se puso a mirar por la ventanilla. El tren empezaba a moverse. Sintió que ella le sujetaba un pie entre los suyos y la miró sonriéndole. Observaba con curiosidad la boca delgada de la mujer que se estiraba enternecida, con una débil vibración en el centro respondiendo exactamente al ritmo de la sangre.

—¿Por qué no dormís un poco?

Ella negó con la cabeza. Le mostró rápidamente la lengua y se puso a reír. Iban a estar unas cuantas horas frente a frente, sin moverse, vestidos. Ella vestida hasta el cuello, secuestrada a las caricias de Aránzuru por la presencia de los pasajeros, ofreciéndole una intimidad hasta hoy desconocida, como si ésta fuera su manera de mostrársele desnuda, a él, que conocía punto por punto su piel y sus repliegues, que podía repetir las palabras con que ella pedía y se expresaba en el amor, que podía evocar en cualquier momento la gama de perfumes que ella exhalaba, por las noches, desde el baño hasta la respiración veloz contra la oreja del hombre un momento antes de dormirse.

Pero cubriendo todo aquello, velando lo que era posible recordar y lo enardecía, los años de Catalina se extendían, duros, con el contacto de la mañana de invierno. Él buscaba dejar de sentirla, desanimado, como si un calcetín húmedo le rodeara el pie o una barba descuidada le hiciera triste la cara; retrocedía contra el respaldo para no dejarse atrapar por aquella atmósfera de desconsuelo, que parecía fluir de un viejo retrato como de un calcetín empapado o una barba miserable, aquel aire mezquino y fatigoso de la vida.

XV

El médico volvió la cara redonda y carnosa.

—Bien. Las cortinas, si me hace el favor —dijo.

Hundido en el sillón, Llarvi miraba entre el humo del cigarrillo a la nurse blanca que iba ágilmente sobre los zapatos silenciosos, preparando los almohadones de cuero en el diván. Alzó en la ventana los brazos, haciendo caer las cortinas sobre el atardecer en el jardín. Giró luego hacia el médico, cruzando las manos sobre el cinturón. La cara de la mujer recordaba un aviso de cremas en una revista impresa en papel satinado, grueso; una revista inglesa, probablemente. El médico hizo un signo y ella caminó para irse. Cerró la puerta sin ruido y un silencio elástico entró creciendo velozmente.

El médico consultaba el reloj prendido a la cadena. Apagó la luz del techo y se hizo la noche con el halo blanco de la veladora, el rincón sombrío donde esperaba el diván.

—Cuando guste. —La cara ancha sonreía.

Llarvi se movió sin ganas. Junto a la mesa se detuvo, buscando demorarse, sintiendo ya la angustia y el aburrimiento que lo esperaban en el rincón blando de los almohadones.

—Quería preguntarle. Mujeres, ¿atendió a muchas?

—No, no. Pocas. Usted imaginará que es difícil. Se necesita un abandono. Y entre hombre y mujer, aun tratándose de un médico. También influye el país, el modo de ser la gente aquí. Española. En Europa, Alemania... Pero en fin. Espero que cuando tenga ochenta años...

Se reía tapándose la boca con tres dedos, desviando la alegre tos. Lentamente, Llarvi fue hasta el diván y quedó sentado, con los codos en las piernas, fumando. Dos centímetros de cigarrillo, aún, antes de extenderse.

—Una hubo. Algo raro. Va a interesarle. En los dos primeros meses, o tres acaso, no sé bien, no dijo nada. No había forma. Se mordía las manos, se levantaba de un salto. No podía. Pero después empezó a hablar. Y cómo. Dos horas por día de las confidencias más... audaces, ¿eh? Y después, fíjese bien que es interesante, me di cuenta por contradicciones, absurdos en las fechas, que todo era mentira, que todo era inventado.

—Es curioso...

—Curioso que resultara tan insoportable desnudar el alma y también que hubiera gente capaz de hacerlo de veras. A uno le queda el resto, todo, la vida. Pero una mujer que ha estado con hombres y viene aquí y le muestra a esta bestia hasta las zonas inmundas del alma... ¿Qué es, después? —Se estiró, cruzando las piernas.

—¿Y llegó a curarse?

—¿Quién? ¿Ella? ¡Bah!... Pero mejoraba. Dejó de venir, no supe más. Le hacía mucho bien desahogarse, contar mentiras. Hay mujeres que no tienen amigas o amantes, y entonces...

Frente al médico estaba el rincón del techo sombrío, más oscuro a medida que lo miraba, un vértice que segregaba la noche. Y había que estar allí, sumergirse en la entrada oscura hasta quedar solo y hablar sin escucharse la voz, desinteresado de las confidencias del hombre flaco que iba a monologar en el diván.

—Por otra parte, las mentiras eran ya un síntoma. Los temas que elegía, usted me comprende. Mejoró mucho.

—¿Y yo?

—Recién empezamos. Nada concreto. Pero casi, casi diría que hay varias pistas.

Llarvi tiró el cigarrillo y puso las manos bajo la nuca.

—Pero hable naturalmente. Na-tu-ral-men-te... como el viernes. Vengan las palabras que vengan —dijo el médico.

«Diez pesos por semana para que me oiga hablar de Labuk sin nombrarla. Es dulce.» Hablaba lentamente, buscando, sin buscar, fragmentos, una oficina estrecha, un rincón de oficina con sillas de cuero gastado, con una gotera que cae y cae justamente en el rincón, muslos vellosos, un viaje en tren que se repite invariable frente a una mujer triste que lleva anudado al cuello un pañuelo salpicado de puntos blancos.

XVI

Alguien hablaba en el salón donde estaban los inmundos bichos muertos. Oyó los pasos y enseguida el silencio, este silencio especial que salía de allí. Nora tiró la revista y comprendió que iba a morirse con el recuerdo del sueño de la caja de cristal y los enanos.

Ahora venían a rodearla todos los terrores sentidos en otros atardeceres, gritos nocturnos, sombras repentinas, sustos que se alzaban en ella, sin causa o con causas antiguas, y quedaban allí. Sabía que esta de ahora era una muerte maliciosa, con cara de viejo afeitado. Los ojos del gato la miraban desde el sillón, un gato maullaba afuera, el grito del botellero era una treta perversa para avisarle la muerte desde la calle y burlarse.

Puso la cara en la almohada para llorar. Encontró allí el recuerdo de una nochecita fría y serena, con la música del circo y los terrenos de la barranca que desprendía en la carrera. El hombre había estado en la barranca, debajo del árbol, fumando, la llamó y le dijo:

—Si querés un peso, meteme la mano en el bolsillo.

Había corrido desesperada, huyendo, no sólo del hombre, de algo que se escapaba del hombre y cubría poco a poco la tierra como el cielo de la noche, sabiendo que todo estaba ya perdido y había quedado para siempre de este otro lado, lejos, irremediablemente lejos.

XVII

Rolanda salió de la casa y quedó inmóvil, mirando el cielo claro y helado. Krum estaba ya en la sombra. Agregó, quejoso:

—Y hay tanto que hacer compañera... Aunque sucediera lo mejor en Europa. Si no se prepara un poco más esto. Aquí como en toda América.

Ella estaba en la luz del farol, calzándose los guantes, espiando la altura sin luna. Dio un paso y la luz le cayó en los hombros, resbalando en el abrigo mostaza, largo y ceñido. Las peludas medias de lana enredaban las briznas de luz. Tenía un cuerpo atento y curioso. Junto a su cuerpo Krum suspiraba moviendo la cabeza.

—¿Y a qué hora tendremos luna?

La voz de Krum en la sombra. Ella levantó la cabeza. Del pequeño bonete caía el pelo trenzado, rubio y desteñido. La frente era estrecha y la larga boca sin color se inclinaba grave y casta en los extremos. Una cabeza triste, con su pelo sin brillos y la piel rojiza estirada en los huesos.

—No ha de tardar la luna.

Se metió en la noche con Krum. Los pasos en la tierra se alejaban del farol, llevando las voces de sílabas aisladas, aludiendo a cosas que no nombraban, ausentes y desconocidas, unos viejos secretos que mostraban las voces como símbolos.

XVIII

Balbina fue desprendiendo el delantal de cretona, rodeada por el olor a cocoa de la cocina. En el vestíbulo se enderezó el peinado en las orejas, frente al espejo cuadrado, en la sombra, donde se reflejaban los tajos de luz de los estores. Abrió la puerta de un tirón, sonriendo. El hombre estaba de espaldas y giró rápidamente.

—¿Un señor Casal...?

Era bajo y ancho, con la cabeza cuadrada. Sonrió de pronto, murmurando algo, y se quitó el sombrero.

—Buenos días. Sí, es aquí. Pero está... duerme todavía. Sí, son más de las diez. Pero como anoche... Si quiere decirme su nombre...

—Bueno. Me llamo Bidart. Pero no me conoce. Traigo una carta para él.

La mano se hundió en el pecho, mostrando los puños de la camisa, sucios y gastados. La barba empezaba a asomar negreando en la cara.

—Hágame el favor. Si quiere pasar...

Él inclinó la cabeza y la siguió, todavía curvado, buscando la carta en el bolsillo.

—Aquí está.

—Siéntese. Es un momento.

Fue primero a descorrer los estores. La luz mostró el cenicero lleno en la mesa, una bandeja con platos usados y cubiertos. Olía a cordero y a madrugada. Bidart estaba echado en el sillón, mirando un trío de mujeres encuadrado sobre la chimenea.

—Usted ve cómo está esto. Pero la muchacha todavía no ha venido.

Él la miró un momento como si no comprendiera. Después movió una mano confusamente y volvió a mirar el cuadro. Se levantó de repente, como si lo acabaran de despertar.

—Perdone. Estoy un poco cansado. Creo que la carta explica...

Se inclinó encima de la bandeja y el florero en la mesa, para tomar un cigarrillo. Lo alzó disculpándose con una sonrisa. Balbina le sonrió desde la puerta, sintiendo una brusca desconfianza por el hombre:

—Pero naturalmente... ¿Tiene fósforos?

Él asintió con la cabeza, encendió y fue otra vez hasta el sillón, mirando el largo cuadro con las tres cabezas de mujer.

XIX

Mauricio iba caminando por el corredor, detrás del enfermero, entre el sonido de chorros de agua invisibles y el olor del hospital. Frente a los escalones, el enfermero manoteó en la luz del sol.

—Es allí. El treinta. En la perezosa.

Había un ruido de pájaros. Mauricio empezó a caminar, intimidado, eligiendo los cuadros de baldosas para cada paso, despacio, sin ganas, hacia el hemiciclo de sillas donde descansaban los hombres. Desde la terraza, el pasto bajaba velozmente hasta la pampa chata. Los cuerpos alargados, dispuestos en curva, entraban con suavidad en la tarde. Comenzó a cojear, inclinando la cabeza por un dolor imaginado, secreto e incurable al que estaba, ya, resignándose. Caminaba encogido, temeroso de los golpes de tos que podían saltar en cualquier momento. Pero ellos continuaban inmóviles, mirando al cielo donde pasaban pequeñas nubes de formas redondeadas.

El hombre de la silla del medio alzaba, alta, una revista de lujo donde se inclinaba el cuerpo de una mujer rubia, con grandes senos y un vestido de baile anudado en los hombros y debajo de cada seno. Desde la puerta del pabellón gritó la voz del enfermero:

—Treinta...

En la última silla de la derecha un hombre se volvió con cara de sorpresa. Estaba inclinado, sujetándose el elástico de la liga, con el pantalón corrido sobre una pierna gruesa, blanduzca.

—¿Semitern...? ¿El señor Semitern?

El hombre decía que sí con la cabeza, gordo, más gordo a cada mirada. Se mantenía en aquella posición de acecho, fijos los ojos, arrugando la boca con el bigote cuadrado. Entre las medias palabras de Violeta y sus risas y las insinuaciones, Semitern había sido un hombrecito moreno y enjuto.

—Semitern. ¿Me buscaba?

La liga azul chasqueó contra la carne. Siempre mirándolo, el gordo luchaba por bajar el pantalón.

—Me encargaron que le trajera una carta.

—¿A mí? Una carta para mí...

La mano rascaba las cerdas del bigote. Tenía un resto de lengua extranjera en la voz desconfiada, lenta. La luz de la tarde se puso a temblarle en los ojitos, como si los sacudiera el viento. Alargó la mano hasta el sobre y lo acercó a la cara, moviendo la nariz. «Un perro castrado olisqueando. ¿No dijo Violeta que él le pedía golpes?» Ya no tenía miedo alguno.

—¿Se puede fumar aquí?

—Si tiene...

—Naturalmente.

Sacó la cigarrera y la deslizó, abierta, suavemente, bajo la nariz del hombre.

—¿Fuma?

—No, no...

Sacudía la cabeza sin mirarlo, inclinado hacia el sobre. Mauricio encendió el cigarrillo y caminó unos pasos; se acomodó en el pasto y fue contando a los hombres de las reposeras. Siete. Ya no tenía más que curiosidad por ellos, por verlos morir sin protestas, metódicamente, junto a la casona blanca y limpia. A cada movimiento de Semitern en su silla venía un perfume repugnante, pegajoso, extendido sobre otro olor del hombre. Gordo cochino. Sopló el humo hacia las nubes. Bestia inmunda. Con el mismo hocico peludo que había besado a Violeta,

Violeta de hace años, babeaba ahora el rostro sereno de la muerte. Se sobresaltó cuando el gordo, retrepado en la silla, extendió un dedo hacia él. Por el gran escote de la camisa desprendida, Mauricio vio temblar las curvas del pecho, blancas y redondeadas.

—Usted es de la pandilla, ¿eh? De toda esa punta de...

El dedo tieso continuaba hacia su cara. Mauricio sonrió con dulzura, preparándose para saltar.

—¿Que yo...? No entiendo. La señora Violeta me pidió... Como daba la casualidad...

—Señora...

—La señora Violeta, dije. Como tenía que venir para este lado, me pidió que le trajera esa carta. Eso es todo el asunto. Que le hiciera ese favor.

—Sí, ahora me viene con cartitas. Ahora. Hace diez meses que estoy aquí y ella lo sabe. ¿Me comprende? Diez meses. Le escribí, ¿comprende?, le avisé, le hablé por teléfono. Y recién ahora, ¿eh? Y una noche le hablé por teléfono, ella era, atendió ella, no va a engañarme, y dijo equivocado, número equivocado. ¿Comprende? Pero dígale que oí el ruido de la música y toda la gente. Se la guardo, sencillamente, se la guardo. También de aquí se sale, dígale...

Se detuvo, sofocado, sin dejar de sacudir la mano en el aire. Un pequeño temblor se mantenía agazapado en la carne de las mandíbulas. Los otros seis hombres continuaban inmóviles, sin hacer caso. El del centro sostenía alta la revista de papel lustroso, siempre en la página de la actriz rubia. Mauricio pensó que cada uno tendría una Violeta en la ciudad, entre tantos miles de hombres sanos. Se levantó, sacudiéndose las hojas secas pegadas a la ropa.

—Le dejo la carta, compañero. Yo siento mucho que por hacer un favor...

—Espérese, un momento. Es que, ¿comprende?, yo pensé... Si usted se pone en mi lugar...

Tenía la carta sobre la pierna, planchándola con las manos.

—¿No sabe si es con contestación?

—No. Creo que me dijo que usted tenía la dirección...

Hubo un silencio. El hombre del medio alzaba abierta la revista. Mauricio fue acercando su sombra hasta encajarla entre las patas de la silla. Semitern alzó la cabeza y se puso a mirar curiosamente, parpadeando.

—Bueno. Yo no sé todavía. Pero dígale, así, que yo... estoy bien, no tan gordo. No le diga nada que estoy tan gordo, ¿eh? Eso sí, estoy sano. Vaya y pregunte al doctor Morossi. Falta poco, apenas. Cuestión de semanas...

—¿Para salir?

—Claro. Si estoy sano. Pero no quiero que me vea así, ¿me entiende?

—Mire, si quiere... Podemos hacer una cosa. Ahí tiene esta tarjeta. Cuando salga vaya a verme y si puedo servirle en algo...

—Gracias. Usted comprende que lo que le dije, ¿eh? Sencillamente que estaba un poco... ¿Es cierto que anda con un viejo?

—Yo no sé nada. Me parece que no anda con nadie.

—Disculpe. No era por sonsacarle.

—No es nada. Además yo la veo poco. Bueno, si quiere ir a verme cuando salga...

—Espere. Una cosa. ¿Me entiende? No le diga nada que estoy gordo, así, tanto. Pero si no engordo me muero, sencillamente. Me muero. Cuando ella me vea así... Pero usted no le dice nada, ¿eh?

—No, no. Le digo que está bien, nada más.

Le dio la mano y se puso a caminar, contorneando la fila de hombres que avanzaba en la tarde. A la espalda del hombre de la revista, miró la actriz que sonreía entre sedas y flores. Soltó en voz alta, con una voz jovial y alegre, baja, varonil:

—Qué mujer para una noche.

XX

Diario de Llarvi

Septiembre 20. Gran discusión con Casal, con algunos elementos aprovechables para «Una conciencia de América». Sobre el elemento tradicional en América, lo histórico (prescindiendo de lo precolombino, una farsa), decía Casal: «que los "héroes", los gigantes padres, españoles casi, nada tienen que ver con la gente que vive hoy aquí, argentina. Los que pueden sentir la época de la independencia y poco después, son una minoría que no cuenta. Algunas casas del barrio Norte, ramas degeneradas en provincias». El argumento contra esto era experimental (usando la palabrita como un defecto). Es notable, le decía, que los hijos de los inmigrantes ya no son italianos, ni españoles. Que han recogido una cosa nueva, distinta, que encontraron aquí. ¿Cuál podría ser si suprimimos lo tradicional? Casal acepta esto. Pero pide que se cierren las fronteras por un tiempo, que se ponga en práctica lo que preconiza el aviador Lindbergh. Y que mientras se acaba Europa, se espere el resultado. Un par de siglos de incomunicación y tendríamos al argentino puro. Presume Casal que el producto sería apropiado para un campo de concentración o algo por el estilo. Hay algo más serio entre lo que, medio en broma, expuso Casal. «Cuando juzgamos al argentino y decimos que es perezoso, escéptico, desapasionado, lo hacemos siempre con una escala de valores europeos. ¿No sería lógico aceptar que esto sea así y que una nueva cultura —sea como sea— no tiene por qué reproducir a otra que la engendró?»

Estaba Bidart. No habló, por lo menos, de nada interesante. El pobre hombre estaba convencido de que su famosa huelga del transporte —ya fracasada— es el suceso más importante del siglo después de la revolución rusa. No abre juicio sobre el pacto nazi-ruso. Casal lo defiende; a mí me parece inmundo. Habría que suprimir la Internacional, por el bien de la revolución, ésta y todas. Que cada país tenga su partido, con cualquier nombre, nacido exclusivamente de sus necesidades y con la forma que éstas le impongan.

Estoy lleno de notas, citas, lecturas. Pero el libro no arranca. Tenía necesidad de este libro, había una especie de apuesta tácita con alguien, conmigo mismo, con el destino. Sería terrible sentirse atado al cadáver de un proyecto; porque no me será posible hacer nada serio hasta no tener escrito el libro. Tendré que aprovechar el viaje a Rosario para encerrarme unos días y escribir. En cuanto al psicoanálisis, lo abandoné definitivamente. No en mi caso personal, sino considerando toda la doctrina, pienso que es demasiado simple para ser verdad. Demasiado fácil. Esperando el ánimo para el trabajo, no ha llegado nada más que una serie de tardes y noches con el recuerdo de Labuk. Es una obsesión. De improviso las mujeres de Florida toman formas y andares de Labuk; los salones de peluquería tienen su mismo perfume, alguna risa que viene de un balcón es la suya. Y fuera, más allá de los detalles, de lo que puede contarse: el cielo, el aire de la calle, la *allure*, alguna cosa así, contenida, salvaje, como era la bestialidad de ella. La ciudad llena de Labuks, apresuradas, furtivas, Labuks siempre con aire de cita, que doblan las esquinas, entran en los portales, pasan metidas en la penumbra de los taxis.

XXI

Casal se retorció para mirar el reloj desde el diván. Eran las seis y media, casi. Estaba aburrido, no quería pensar en el aburrimiento. Balbina llegaría de un momento a otro, nueva por algunos minutos, distinta, casi extraña, envuelta por el aire de la calle, cubierta de miradas y ruidos que se irían separando lentamente de ella, hasta morir en el piso y dejarla otra vez igual. Balbina, sin poder para emocionarlo. Encendió la pipa y alargó una mano hasta el libro. «Vida ejemplar que demuestra cómo la superioridad del espíritu es, realmente, el máximo valor humano.» La frase anterior le gustaba más: «...comunicar su fuego al mosto valeroso, su vigor al cereal, su índole a la populosa arboleda». «Todo acaba en tumba sobre la tierra, menos la palabra *hermosa*.» Dejó el libro abierto sobre el pecho y miró lentamente hacia el cuadro, subiendo poco a poco los ojos, buscando llegar a la tela en el caballete sin recuerdos ni pensamientos. Era una pecera, cristal y agua de pecera sobre un torcido marco de ventana, verde. Todo, yo, en tumba; menos la palabra y esto. Pero el cuadro había perdido ya aquel confuso, impreciso movimiento del agua, un temblor apenas, que había estado allí, puesto por él, y que hacía la vida unas horas antes. Ahora estaba seguro de que nunca había pintado, ni ahora ni antes, y que aburrido en el diván, en el atardecer, era un hombre que nunca tuvo nada que ver con una suerte de cosas que no acaban en tumba sobre la tierra.

Nora dejó el ascensor y avanzó sin ruido por el pasillo. Miró la chapa de bronce y apretó el timbre. «Ahora sale un sirviente y me dice que no está, me voy disparando y nunca más vuelvo.» Un hombre bajo en la puerta, mirándola desde la luz. El hombre tenía la cara bondadosa y distraída, las sienes grises y una bata que llegaba justamente al borde de los pantalones.

—¿El señor Casal...?
—Sí, yo.

Alzaba las cejas mirándola, indeciso, sosteniendo la puerta. Después la hizo entrar, sin hablarle, moviendo una mano. Ella dio unos pasos, sonriendo, los dedos hundidos en el ancho cinturón.

—Venía de parte del doctor Aránzuru.

—Sí. ¿Hace el favor?

Ella entró y enderezó el cuerpo enseguida, la cabeza un poco atrás, con el gesto preocupado. Luego osciló y siguiendo las manos del hombre fue a sentarse en el pequeño sillón. Tenía las rodillas desnudas, zapatos de pequeños tacos cuadrados, el cuello de la blusa vuelto hacia afuera. Dejó los codos cerca del cuerpo, mirando de costado al hombre que andaba entre los muebles, despacio, como si estuviera solo, haciendo estremecerse las flores blancas y peludas sobre la mesita, manteniendo siempre hacia ella la mirada larga y candorosa. Cuarenta años, calculó rápidamente. Fumaba ahora su pipa entre el pequeño sillón y la lámpara, de manera que la cara pálida de la muchacha se agravaba cubierta de sombra.

—Trae noticias de Aránzuru...

Ella estaba mirando la habitación, ya tranquila, contagiándose de la calma de los muebles, sintiendo que la calma se ablandaba en la alfombra, debajo de sus suelas. Había allí adentro algún perfume y aguarrás. Se defendió agitando la mano larga y enrojecida:

—No es así. Perdón. Yo venía... Dije de parte de Aránzuru. Pero él me había hablado de usted. Teníamos en casa un asunto, le habíamos encargado que se ocupara de un asunto y como no tenemos noticias de él y nadie sabe...

Apoyó la cabeza en la mano sonriéndole, tocándose los dientes con las uñas, haciéndolas repiquetear con un débil sonido.

—Bueno. Aránzuru... —dijo Casal suavemente.

—No puedo entender. El abogado que está ahora en el estudio tampoco sabe nada. Ni de ese asunto, una herencia, ni del doctor Aránzuru.

Casal encendió un fósforo y lo acercó a la pipa. La cara era siempre de estar en otra cosa.

—Me parece que la puedo ayudar poco, por ahora. Ya averiguaremos. En realidad yo no lo veía con mucha frecuencia. Acaso mi mujer... Pero hay otras personas. En último caso, con ver a la madre...

Ella lo miraba desde el asiento. Oyó el golpe de la puerta del ascensor. En el reloj de la chimenea eran las siete menos diez minutos. Desde arriba, él la veía un poco inclinada, con el cuerpo largo y flaco, quince o dieciséis años. Sintió una repentina ternura por las manos rojas, grandes, con los dedos un poco torcidos. Había allí, rodeando el cuello de la muchacha, viniendo desde la sombra tibia de la blusa, una zona donde se anunciaba la esperanza de la primavera. Sacudió la ceniza de la pipa. Ella volvió a enganchar los dedos en el cinturón rojo. Casal sonrió y se puso a mentir con una repentina alegría:

—Casualmente iba a salir. Si no le resulta mal esperarme dos minutos... Bajamos juntos y en el ascensor encontraremos la manera de dar con Aránzuru.

Ella asentía en silencio, con aire reservado. Casal desató la bata y sonrió mirando el cuadro.

—Si quiere hacerme el favor de mirar eso un poco... Quién sabe si usted... Mírelo y después me habla, todo lo que se le ocurra. No la invité a tomar nada pero podemos hacerlo en cualquier parte.

Salió rápidamente hacia el dormitorio. Uno, dos, tres, suaves en la alfombra los pasos de la chiquilla se iban acercando al cuadro.

XXII

La mano de Balbina se apretó contra el seno colgante de la cortesana de Outamaro. Dobló la cabeza y continuó limpiando el vidrio sobre el grueso pezón. Tenía la cara enrojecida, ¿habría oído Casal la palabrota? Colgó la estampa y espió el rostro del hombre por el espejo.

Casal continuaba dibujando junto a la ventana, mordiendo la pipa, resbalando con cuidado la carbonilla sobre el cartón. Desde la otra pieza reiteró la voz grave de Bidart:

—Carajo.

Era un carajo desolado y pensativo. Podía adivinarse la cara ensombrecida, la mano que rascaba la barbilla. La boca de Balbina se llenó de rabia. «Bestia, bruto, bestia ordinaria.» Cerró de un portazo y se desató el delantal. Con las manos en cruz miraba la tela dorada del delantal con flores celestes y redondas. Luego la mañana afuera y el pedazo geométrico de la mañana en el cuarto, la mancha de luz que rozaba el biombo. Junto a la ventana Casal dibujando, la cabeza rubia cortada por el vaso de amapolas. Pero la maldita voz ordinaria de Bidart allí, clavándose en su intimidad.

A espaldas del hombre le acarició los cabellos y miró el cartón. Había una larga mesa de banquete, muy estrecha, con el mantel blanco. Un esqueleto envuelto en negro se sentaba en la cabecera; tenía en el hombro una guadaña mellada con el mango florecido. Monstruos y reyes, cornudos, un verdugo enano ocupaban la mesa. Pequeños demonios y ángeles deformes iban y venían con las fuentes, todas vacías. Al pie de la mesa, alargando un cuerno, bostezaba un perro escuálido. Balbina juntó las cejas. Tampoco armonizaba aquello con la mañana de primavera y la intimidad, el delantal dorado y celeste.

—Es... raro. Algo de pesadilla, todo. ¿Por qué así, niño?

Él arrastró las sombras entre las largas tibias del esqueleto. Luego miró, alzó los hombros, apartó el cartón y se puso de pie desperezándose.

—No sé. Lo que quieras. Cualquier cosa.

Miró por la ventana los coches que trompeteaban en la bocacalle. Balbina encendió un cigarrillo. Apoyada en la esquina de la mesa cuidaba la brasa soplando.

—Niño.
—Sí.
—¿Te vas a enojar si te digo una cosa?
—No.

Casal dejó la ventana y vino a golpear la pipa en el borde del cenicero. Quedó mirándola con los ojos brumosos, atrás de la cinta chata de humo.

—Que es necesario que expongas. Sí, es necesario. No vas a pasarte la vida buscando tu manera. Es absurdo.

—Sobre todo cuando puede ser que no haya mi manera. Pero no veo para qué.

Ahora ella tenía el rostro duro, casi varonil, que lo molestaba y lo atraía. Soplaba el humo contra el techo.

—Si lo que pintas te parece bueno... aunque no tanto como quisieras todavía... Al fin y al cabo, si el arte es una comunicación...

—Maravilloso. ¿Con Dios o con los hombres?

—¿Con Dios o con...? Las dos cosas, me parece. Establecer la comunicación entre Dios y los hombres.

Él se apartó riendo y volvió a la ventana. Balbina le miraba el perfil, la mezcla de pereza y bestialidad que formaban los rasgos. «Un autorretrato, tengo que convencerlo.» La pipa le colgaba de un lado de la boca.

—Qué comunicación ni niño muerto. Todo eso no vale.

Miraba hacia afuera con los grandes ojos quietos.

—Pero es una cosa tuya, una parte...

—No, no soy yo.

Detrás de la puerta retembló la voz de Bidart:

—Y decile al ruso que no haga burradas, por favor.

Ella se enderezó. Tenía la cara color canela con grandes manchas rojas.

—¿Hasta cuándo va a estar aquí?

—¿Bidart? No sé. Supongo que hasta el fin de la huelga.

Cruzó despacio frente a ella y volvió a mirar el cartón. Pondría rojo en el manto de los reyes y el fondo sería de oro pálido, ocre. Detenerse en verdes podridos para las costillas del primer leproso. Dudaba: ¿un azul de cielo del trópico, cielo de crepúsculo rápido, para el perro cornudo? Dejó caer el cartón sobre el asiento y se acercó paso a paso al cuadro del caballete. Había allí una Balbina celeste de perfil, una mano retorcida de Balbina bajo el ángulo donde se apretaban flores inventadas y sin color. Mordisqueó la pipa ruidosamente. Ella habló a sus espaldas.

—No te das cuenta... —él comprendió que hacía rato que estaba hablando—. Pero siempre que dice burlándose pequeñoburgués, y siempre lo está diciendo, es por nosotros. Veo que no te das cuenta. Te imaginarás que poco me puede importar; pero ya es como pasar por imbécil.

—Si nos llama pequeñoburgueses... La clasificación es acertada, no se puede discutir.

Dio un paso hacia atrás, entornando un ojo. Acaso el cuadro tolerara o pidiera que el pedazo azul de vestido fuera llevado casi al negro. Pero entonces las flores, que tendrían que estar hechas con brillos de agua, una transparencia movediza...

Ella se le plantó enfrente, Balbina sobre Balbina celeste.

—No vamos a quedarnos con los prejuicios de estos idiotas, pienso... Yo soy más libre que ellos, más libre que Bidart. Yo no tengo prejuicios, ni ésos ni ninguno.

—No hay necesidad de gritarlo. Estoy de acuerdo. Pero ahora se me ocurre...

La apartó con suavidad, descubriendo la falsedad de la línea de la nariz de Balbina celeste, un gesto de sorpresa en la unión del caballete con el largo ojo sombrío, un aire de asombro estúpido que hacía replegarse a las orejas. Silbó entre los dientes y la pipa.

—¿Qué ibas a decir? —preguntó ella.

—Un poco largo, para conversar mucho. Pienso que acaso se calumnie un poco al prejuicio y el tener prejuicios. No, en serio. A veces siento que uno, lleno de prejuicios, o con dos o tres, bien fuertes, brutos, inconmovibles...

—Sí. Y los santos padres.

—¿Por qué no los santos padres? Entre un charlatán, un diputado de las llamadas izquierdas y un santo padre de la santa iglesia...

Ella se rió. Casal volvía a mirar el cuadro. Balbina recogió el delantal y caminó hasta la escalera. Subía despacio, canturreando, mirando el día de oro sobre la alfombra, ya un poco encogido bajo sus pies.

Sonó un portazo y entró Bidart, en camisa, con las mangas recogidas sobre los codos. Junto a la mesa se puso a deshacer un montón de tabaco para armar un cigarrillo.

—Pero qué malas bestias. Hay que jorobarse un poco. ¿Marcha el cuadro?

—Más o menos. ¿Y la huelga?

Bidart se paseaba fumando. Desde el enrejado de la escalera, agachada, ella veía a veces la cabeza revuelta entre el humo del cigarrillo. Pensó que Bidart tendría siempre olor a sucio, un olor en el pecho de rincón de ropa usada, pero más intenso, agresivo, ácido, siempre nuevo. ¿Por qué Casal tenía la misma voz dulce de cuando hablaba con ella? Se levantó sin ruido y fue a echarse en la cama sin cerrar la puerta del dormitorio.

—Dese cuenta que vienen a decirme que van a cerrar los comedores —reanudaba el paseo riendo—. Qué animales, figúrese. Se hicieron diez mil huelgas sin dinero ni comida. No tenían más que leña. Y ahora el mundo se les viene abajo por cinco comedores. Que no servían para nada, calcule, cinco comedores...

—Con eso y los campeonatos de ski en Finlandia...

—No me haga chistes. Yo hago la huelga.

Balbina oyó la risa de Casal, alegre, satisfecha, con un metal que sólo cuando reía con hombres llegaba a sonar.

—¿...si cierran los comedores? Macanudo. Que vayan igual y se hagan romper el lomo a palos. Vea eso después en los diarios de la tarde. La buena gente que come todos los días...

Balbina saltó de la cama. Hubiera cerrado de un portazo. Esperaba la respuesta de Casal. Pero un estrépito en la calle sacudió e hizo pedazos la frase allá abajo. Lo oía silbar «C'est la Java», suavemente, como siempre que estaba distraído y contento.

XXIII

«Bidart S.O.S. Auxilio y justicia del rey. Krum es un santo pero ya no puedo más verlo y sobre todo escucharlo. La revolución y el arcángel Miguel y el padre Kropotkin, todas las noches, noche y noche. Me carga hasta la locura y como es santísimo no me animo a decirle nada. Quiero que me deje sola. Que lo llames con cualquier mentira.

»Pero ahí va lo mejor. Con esa cara que tiene, cara de Krum, nada más, se me vino la otra noche con formularios de pasaportes. ¿Pero cómo sabía Krum? Linda porquería la tuya. Reconozco tu estilo, la manera cínica, descarada de servirse de los demás y sabiendo que ya ni quiero rozarme con esas cosas. Me imagino que aquella noche los pies fríos y el sueño deberían darme cara de mujer enigma o aventurera, todos estos términos a través del cerebro de Krum, que algo tendrá en la cabeza. Desenvolvió el paquete de los veinticuatro pasaportes y yo me puse a trabajar. Cuando tuvo el primero en las manos lo alzaba para que le diera la luz y se puso a decirme falsificadora con tono de ternura. Había pensado por conversaciones anteriores que eso iba todo para los refugiados de África, pero ahora parece que se trata de venderlos y conseguir dinero. Bueno, que aproveche a la santa causa. Pero que Krum se vaya. Si de aquí a quince días no se ha ido mando un telegrama a la police.

»Sigo hoy más tranquila, pero el ultimátum de los quince días se mantiene. Aclaro que no sé si Krum me habla de Bakunin y la Primera o si de Lenin y la Tercera. Sí, lo de los anónimos era algo exagerado, pero ya tanto da que haya hecho eso u otra cosa. Y nada de farsas ni frases: no se me ocurrió eso por odio ni por degeneración burguesa ni nada de las estupideces de tu carta. Tendría el mismo resultado mandando anónimos a un koljós o falansterio o como se llamen los chiqueros de fraternización. Paciencia y basta, no quiero hacer el Krum contigo.

»Supe por los diarios que tu famosa huelga ya tuvo un muerto. Bravo, uno es uno y pienso que tanto Napoleón como Lenin es forzoso que hayan comenzado por la unidad. Más adelante, centavo a centavo...

»Y dejo. Acerca de todo el resto que es de lo que nunca se habla, te digo aunque no te interese que sigo triste y sin ganas. Ya sé el remedio que puede aconsejar tu cráneo braquicéfalo. Hay una chica hija de ingleses, tendrá trece o catorce años, que se mete en el mar todas las mañanas a no me acuerdo cuántos grados bajo cero. Estoy madrugando para verla. Fumo en la arena entre unos arbolitos. Llega a eso de las seis, siempre sola, se queda en malla y se mete corriendo en el agua. Es una pequeña rubia, bastante flaca y sin gracia. Nada cerca de media hora. Bueno, todo eso, playa, cielo, frío, peque y el medio over forman una cosa, una no sé todavía qué clase de cosa. Pero que me ayuda mucho, etc. Y perdón. No me escribas por ahora, nada hasta que puedas hablar directamente, entre nosotros, fuera de todo ese mundo de imbecilidad hirviendo en que estás metido hasta las largas orejas. ¿Y cuándo no fue así, burrito? — *Rolanda*»

XXIV

La mujer del pelo amarillo separó las piernas para sostenerse, desequilibrada por las sacudidas del tren en los desvíos. Vio correr en la ventana los letreros blancos: «Primera Junta». Los cuerpos se amontonaban hacia la puerta, contra ella, empujándola con los codos y un olor desesperanzado de ropas de luto. Dobló la revista bajo el brazo. En los muros de la estación chorreaba la luz del día de lluvia.

Puso su cara en el espejo, rápida, examinando con una mirada oblicua. Era un rostro que se estaba empañando, una cara de mujer allá en el fondo. Era la vida dentro suyo, en los brillos de la piel, mordiendo y gastando sin prisa, despacio. Agitó el peinado amarillo y sonrió fugaz al borrarse del espejo.

El hombre la esperaba junto a la escalera, yendo y viniendo contra el enrejado de la boletería. Recordó al acercarse los grandes dientes brillantes, las uñas y el vello de las muñecas. Avanzaba recta hacia él. Con las palmas húmedas de las manos se aferraba a la confianza, pensaba en cualquier agujero tibio cavado por ellos en la tarde de lluvia. Junto a él alargó una mano para tocarle el codo observando antes la cintura gruesa y pesada.

XXV

Nora canturreaba sobre el ramito de flores entre los platos, tironeándose la visera de la gorra. Oía irse, blandos, los pasos de la otra muchacha, cortando afuera el silencio de las plantas. Recostado en la silla, Casal la miraba, la boca inmóvil, un poco hinchada, como sujetando alguna frase triste y burlona.

Las hojas y los tallos de la glorieta crujían regularmente, como pequeños seres que se quejaran entre sueños. Casal sopló el humo hacia el garrafón helado.

—¿Por qué diablos la trajiste?

Ella sonreía mostrando la lengua, con un dedo enganchado en el ramito de malvones.

—Pero es linda, Éster. ¿No le gusta de veras? Es rica, Éster. ¿Por qué no le gusta, pobre?

—Íbamos a venir solos, ¿sí o no? —Sin risa, le manoteó un brazo y apretó.

—Duele.

Movió el busto sin soltar las flores. Ensayó una mirada seria, negra, hacia la mano pálida que apretaba.

—Está lastimando.

Tenía la gorra hundida, una tricota de gruesas franjas y el saco gris le colgaba enganchado de un hombro. Se puso a reír a carcajadas. Él aflojó la mano y volvió a recostarse en la silla. Estaba seguro de que Nora había invitado a la muchacha sólo por molestarlo. Éster con acento en la inicial. El saco gris colgaba del hombro, casi tocando el suelo, con una manga metida en el bolsillo y un botón rojo en la solapa, los brazos desnudos se apoyaban de codos en la mesa, llevando el ramillete desde la nariz hasta la sonrisa.

—No hay por qué sonreír —dijo Casal—. No era ningún desesperado al fin solos. Pero esto no es más que un juego idiota. Los motivos míos para encontrarle gusto al juego no los vas a comprender nunca. Son cosas distintas. Todo tan distinto que yo sé que tengo la obligación, que lo correcto sería decirte suciedades, pero no puedo.

Ella se rió un poquito, mordisqueando las hojitas dentadas. Alargó el brazo, rozándole el mentón con el olor áspero de los malvones.

—Buen cínico. Decirme suciedades.

Hinchada la boca atrás del brazo extendido, abandonando los párpados a su propio peso.

—Muy lindo. Si Éster lo oyera...

Éster entró de pronto y se tumbó en el sillón, con los ojos cerrados, dejando caer los brazos. Nora dijo algo y se puso a reír. Él intuía símbolos oscuros que anunciaban lo cómico en la cara de la muchachita hundida en el sillón. Tuvo que sonreír entre las carcajadas.

—Señora Micona, lo que yo vi —dijo Éster moviendo los brazos en el aire, dejándolos caer ruidosos sobre las piernas.

Nora abrió la boca y se tapó la risa con el ramo de malvones. Se había replegado en el asiento, riendo, tartamudeando, mientras el saco desapareció en el suelo.

—¿Pero de veras viste? ¿Señora Micona? Estás loca.

—Y muy. Tan señora Micona, si vieras...

Casal comprendió que no podía saberse más. Terminó el vaso mirándolas reír, viendo la risa en ellas, la risa que tiraban al centro de la glorieta entre soplidos y destellos. Pasara lo que pasara, hiciera lo que hiciera, no podía entrar en el alma de las muchachas. Había un desdén en ellas, una indiferencia natural, dura, despiadada. Pasara lo que pasara. Hizo chocar el vaso.

—Ustedes tienen la iniciativa.

Se callaron. Nora estaba inclinada, mirando la mesa, con el ramillete debajo del ojo izquierdo. Éster miraba las enredaderas negras en el techo, seria, con la cara redonda y brillante. Había una derrota, no sabía cuál, y la aceptó enseguida, envejecido de pronto. Ellas volvían a reír, empezaba una y seguía la otra, callaban, suspiraban, otro golpe de risa. Esperó resignado el silencio, el sonido de los grillos, un ruido lejano de automóvil. Alguno iba silbando y desapareció de golpe.

Los párpados de la muchacha caían sobre la mano en la mesa. Bajo el pico de la visera la cara empezó a moverse, despacio, inquieta como un animal que se despierta. Después la cara quedó inmóvil, en un gesto de atención.

—Bueno, niñas. Es tarde. Si ustedes resuelven...

Nora puso los dedos frente al bostezo y murmuró:

—Por mí...

La otra se balanceaba en silencio, mirando la tricota blanca y lila de Nora, el largo cuello torcido por la luz.

—Si vamos a ir en la lancha... —dijo Casal.

Estaban quietas, sin mirarse. Nora se levantó, recogiendo el saco. Los pequeños senos giraron, haciendo temblar la pollera. Sacó la mano de la bocamanga, con un largo dedo apuntando al entrecejo de Éster.

—Soy el hijo del misterio.

—Soy el hijo del encanto —contestó Éster, levantándose.

Nora se abrochó el saco, vigilando los dedos con una mirada gruesa y corta. Repitió:

—Soy el hijo del encanto. ¿Quién quiere comprar turquesas? Tengo corrida la media, ya me parecía.

Éster recogió la cartera en el fondo del sillón y se dobló para acomodarse las ligas. Ahora la luz le redondeaba las grandes rodillas. Nora miraba alrededor; alargó el brazo hasta alcanzar el ramillete mustio. Esperaban, hombro contra hombro, junto a los troncos secos enredados en la entrada.

—Hasta el pobre más pobre puede comprar turquesas. O tarqueean.

—¿Tarqueean? Me gustaría verlo.

—Lo ha cocido una mujer. Inconveniente para tu casta.

—No hay casta cuando se compra tarqueean.

Hablaban lentamente, sin gestos, los cuerpos rígidos uno contra otro, esperando a Casal.

—Soy un hijo del encanto.

—¿Puedo ofrecerle turquesas?

Casal dejó unas monedas sobre la mesa. Luego de los ramazones de la salida la noche empezó a tragarse los colores de las ropas. Delante de él avanzaba el diálogo interminable. Miraba hacia ellas con ternura y envidia. Ellas tenían su lengua y su clima, estarían siempre veinte años lejos suyo. Ya no hablaban; caminaban en silencio y él andaba un poco atrás de las muchachas por el sendero lleno de piedras.

XXVI

El hombre había estado escribiendo en el papel de cartas con timbres de la pensión: «Mabel Madern — Pregunte por la del pelo amarillo — Callao y Tucumán — Mabel Madern Madern Callao y Tucumán. MABEL MADERN».

Había llenado el papel de inscripciones recuadradas, como pequeñas tarjetas de visitas o afiches de teatro. Andaba en mangas de camisa, sudando. Abrió la valija sobre la cama y desparramó la ropa. Eran las once y diez en su reloj pulsera. Salió lentamente hasta la noche negra del balcón. Veía abajo las luces del café, saltando, blancas y azules. Aquí arriba estaba solo en la sombra apretado por el calor cada vez más espeso, inmóvil. Para ir hasta Tucumán y Callao tendría que subir hacia la izquierda, diez o doce cuadras. Estaba cansado pero era seguro que no podría dormirse. Acaso, un poco antes de morir, sea posible entender alguna cosa de la vida. Escupió contra la luz de abajo, mirando el cartel de la agencia de lotería, descascarado, sintiendo cómo sería la muerte allí en el balcón oscuro, si quedara alargado entre las latas de aceite con plantas y ya no hubiera necesidad de caminar doce cuadras para encontrarse con Mabel Madern, Mabel o Meibl, dejando que la noche cargada con la sonrisa y el sudor de la gente se le echara pesada encima.

Se había acostumbrado casi enseguida al pelo amarillo de la mujer y sus pasos extraños, con un pie indeciso que hacía rebrillar la punta del zapato. Los silencios de la cara, cuando ponía la mejilla redonda en una mano, aplastándose un ojo.

Se había acostumbrado desde los primeros días a la mujer de pelo amarillo y aquella habitación desnuda, sin cuadros, con la cama, el espejo y la repisa llena de chirimbolos.

Entre el silencio de los dos y los gestos de ella, débiles y tan, tan lentos que empujaban el silencio, siempre contra él, tumbado en la cama miraba el vientre del mandarín chino de pasta negra, con los tristes bigotes hasta el pecho; el payaso con platillos de hojalata clavados en las manos y el mono de recortes de piel que a veces los coches de la calle hacían bailar en la punta del elástico que lo sujetaba. En las tardes de fiesta entraba a la habitación el ruido de los desfiles escolares, con tambor y flauta. Los muchachos subían uniformados desde los viñedos de la llanura hasta llenar la plaza, rodeando la tribuna donde colgaban las nuevas banderas. También era posible ver desde la ventana, más allá de las cabezas descubiertas de los escolares en la plaza, la mancha del río siempre azul, interrumpida por los bosquecillos de árboles frutales. En aquel tiempo ella tenía el capricho de ir a Bad Nauheim y contaba la historia del burgomaestre que le había dicho: «Es posible que Bad Nauheim le haga bien. Es lugar de descanso. Pero piense que aquí hay una tradición».

Mabel Madern repetía las palabras del burgomaestre con un tono lleno de sentido, pero no lograba explicarlo y terminaba siempre riéndose, con un susurro apenas que hacía relampaguear la dentadura húmeda.

Él la encontraba parecida al mono con el mismo aire aterido y mohíno. En las mismas tardes de fiesta, por la noche estallaba la música en el restaurante de abajo cubriendo el ruido de las fichas de dominó. El tragaluz quedaba abierto en las noches de calor y subía el humo de las pipas y una música que parecía de gitanos, sobre todo ahora al pensar en ella, y escuchaban el canto de una mujer que remataba siempre los estribillos como si llorara.

Él llegaba y se ponía a fumar doblado sobre la cama. A fuerza de no hablar dejó de saludarla y verla sonreír al recibirlo. Una noche ella se había inclinado demasiado para recoger algo y las redondas nalgas se le acercaron, separadas, poniendo en tensión la pollera verde. En el invierno el frío parecía ir dejando la habitación cada vez más desnuda. Los vidrios estaban siempre nublados y ella se echaba en la cama, cerca del brasero, dejando salir bajo las pieles nada más que la cabeza y una punta de pie con la media. En el invierno él empezó a descubrirle en el pelo amarillo reflejos fríos y minerales. Ya no se quitaba el abrigo. Fumaba mirando de soslayo en el gran espejo su propio perfil enflaquecido y las manchas de unas flores azulosas y extrañas que habían empezado a morir todas las noches en la habitación. Comprendía ahora que el misterio no estaba solamente en ella sino en el cuarto, con la música, las muñecas y el pelo tan amarillo.

El brasero descomponía el olor de las flores y el tabaco, el olor escondido de la mujer. Olía hasta marearse, imaginando un asalto brutal hacia el cuerpo de abajo de las pieles. Tomaban un licor oscuro y espeso con nombre judío. Cada noche, a medida que iban entrando en el invierno, los vidrios quedaban más empañados y siempre tenía al irse una pequeña lucha para no escribir allí con un dedo palabras obscenas.

Una noche la esperaba solo en el cuarto, encima de la música ensordecida, revolviendo entre la pila de libros. Encontró un cuaderno con la letra de Mabel y leyó bajo una fecha vieja, de dos primaveras antes: «Por fin tengo un amante. Le hablo de la revolución y él dice que quiere comprarse una casa». Creyó que empezaba a quererla. Esa noche ella entró seguida de un hombre de uniforme, sin sombrero, con la cabeza rapada. Era un muchacho rubio, pesado. Se tocó la sien y dijo:

—Wideman. Buenas noches.

Ella golpeó con el zapato abajo de la cama y volvió a salir en silencio. El hombre del uniforme se paseaba con las manos en la espalda. Tenía la cara ancha y recién afeitada.

—Usted es Gerardo, ¿eh?

Él asintió fumando. El otro se paseaba pensativo. Luego se agachó y forcejeó abajo de la cama. Salió una maleta cuadrada, llena de polvo, con restos de etiquetas. En los hombros del uniforme quedaban manchas de lluvia. Se alzó y quedó un rato balanceando la maleta que le colgaba de una mano. Se volvió en la puerta.

—¿Puedo volver a encontrarlo aquí? Tengo interés en hablarle. Cualquier noche.

—Sí, casi siempre.

Volvió a tocarse la sien y se fue con un paso rápido, haciendo golpear los tacos en el corredor.

Mabel sonreía sacudiéndose el pelo recién peinado.

—Me voy a sacar las medias que están empapadas. No sé lo que era. Tuve la maleta quince días. Documentos o algo así. En estos tiempos es mejor no saber nada.

Algunas noches él estaba cansado y amargado. Engañaba al hambre con la bebida dulzona y el tabaco. Ya le era imposible quedarse en la ciudad. Combinaba la música con la raya de luz en la barriga del mandarín, las cabezas de las flores, aquella lámina del espejo, siempre inclinada. Todo esto y el silencio y los gestos de Mabel Madern. La miraba. A veces ella dejaba la sonrisa para mirarlo; tenía el pelo revuelto, amarillo, la cara chata.

En febrero ella le dijo que se iba para Holanda, a embarcarse. No quiso contestarle. Se estuvo paseando por el cuarto, mirando todo, tocando al paso las patas del mono. Las flores muertas, muertas, y los olores fragantes, plácidos y podridos. Una mujer de pelo amarillo, entre pieles, arrinconada en la cama. Cuando acabó la música, en la madrugada, él estaba vacilando, de pie, las manos escondidas en el abrigo. Se acercó a los vidrios y dibujó con paciencia un falo largo y torcido. Después puso una flor de cada lado, con tallos delgados y en *s*. Ella hizo un ruido con la garganta. Estaba desnuda debajo de las pieles de la cama y estiró una pierna hacia afuera, mostrando primero la rodilla.

En esta noche de Buenos Aires el hombre sacó una rodilla por el enrejado del balcón, asomando el cuerpo para mirar la calle. Contó cuatro faroles hacia la izquierda. Ocho faroles después era Callao, preguntaría por Tucumán, por la rubia Mabel Madern.

XXVII

La mesa estaba contra la pared. En otra, más chica, se amontonaban las botellas, copas y el pan. Balbina abrió la cartera y acomodó su cara en la pequeña escena iluminada que copiaba el espejo. «Estoy amarilla pero no quiero pintarme. Apenas arreglar el peinado», la cabeza torcida contra un hombro. Cerró con un golpecito alegre y alargó las manos sobre los ojos. ¿Cómo había sido la noche? «Dijo Llarvi que él era original y romántico pero es seco y algo le falta para lo humano. Dijo que el mundo, los tiempos son siempre originales porque de otro modo no podían ser. Pero ya no románticos. Yo con una sonrisa le pregunté si no era por eso que él resultaba original, siendo romántico en un tiempo en que ya no había romanticismo. Dijo que su originalidad era ser distinto y no podía estar condicionada o algo así. Entonces Carlos dijo que era un error, que hay el pequeño y el gran romanticismo. Y además las formas, las formas...» Oyó, un poco lejos, la voz de Casal:

—Pero la aceptación del fascismo por tanto imbécil es una manera de romanticismo; las causas, quiero decir. Cosa de superficie, claro, para idiotas. Todo eso de la exaltación del peligro y el giorno da lione.

—Permítame —dijo Llarvi—. Claro que el asunto es complejo y no podemos en una noche...

—Un momento. Y la otra bestia, ¿qué es todo eso de la resurrección pagana y las procesiones y el famoso Weltanschauung con olor a casino de oficiales? Romanticismo barato, para bebedores de cerveza...

Balbina quitó las manos de los ojos y vio a Nené y Mauricio, y, contra los vidrios, la palidez de la mañana. Llarvi se inclinaba sobre la mesa golpeando con el filo de la mano.

—... pequeño y gran romanticismo. Uno, el de todos, sirve para que la gente reniegue del tiempo en que vive y busque, se ponga a buscar alguna cosa donde ya sólo queda lo característico, ¿verdad?, como el helenismo, la Edad Media y todo eso. La otra manera es aceptar la realidad y tratar de hacerla mejor. ¿No cree usted?

Balbina sonrió rápidamente, sin entender.

—Sí, naturalmente. Pero me parece que lo que decía Carlos era exacto.

Nené apoyaba la espalda en la pared, sujetando el calor del cuello con las manos. Balbina alzó una frutilla hasta la boca de Mauricio, riendo. Llarvi levantó un dedo llamando al mozo.

—Café y Martel. Alguna marca rara de cigarrillos.

El chico del ascensor bostezó y se puso a leer la revista abandonada en el asiento. En la tapa se veía el cuerpo del pirata hundirse en un mar de tres tintas.

El hombre del rincón mordisqueaba el humo sentado frente a la mujer verdosa.

—María Antonieta, Mariantonieta... Tu nombre... Ah, si un día, una noche de éstas yo piso el acelerador... —secreteó encima de la azucarera— la pampa es grande...

Ella le alargaba sobre el mantel una sonrisa como una flor que hubiera besado antes. Le sonreían los pequeños dientes, el sueño en los ojos, las uñas verdes, las franjas de luz en el vestido.

Casal calentaba la copa con los dedos entrelazados. Pensaba en Aránzuru, sintiendo que atrás de su hombro estaba Nené con una inmovilidad de animalito asombrado.

Pasó un camarero sin ruido hacia el rincón. El hombre alzó una mano. Otra vez solos, María Antonieta cerró los párpados mientras se tocaba las sienes. Deletreó, fría, tomada de sorpresa por el cansancio: «Tiene la más hermosa cabeza del mundo. Cuando lo miro, cuando lo miro, cuando lo miro...». Suspiró y se puso a revolver en la cartera. «¿Por qué él no puede apagar el fuego que él mismo...?»

El hombre golpeaba el cigarrillo en el cenicero. La dicha era una enroscada posición de feto, un nirvana de feto entre los grandes pechos de Antonieta.

Llarvi se acomodó en la silla. Paseaba por los otros una mirada triste.

—Pero nunca he podido emborracharme. Podría tomar y tomar, mucho más que esto, toda la noche y sería lo mismo.

Mauricio inclinó el mechón rubio sobre la copa.

—Un tipo así... Es como... A mí me daría asco un tipo virgen. Un hombre casto, que se pone gordito, blanco, con unas grasitas que le saltan en la cara. Es como no emborracharse.

—A usted le debe parecer un mérito emborracharse.

—No digo eso. O tal vez diga eso. Por aquí o por allá... Al fin todos los caminos sirven para reventar. Sólo que algunos caminos, como esos que salen del ascensor...

Dos mujeres salían del ascensor. Cuchicheaban con el mozo y la rubia olía un pañuelo frente al espejo de la columna. Al volverse, Mauricio encontró los ojos de Casal. Era una mirada que llegaba desde lejos, clara, hasta las órbitas hundidas. Mauricio estaba borracho y deseaba encontrarse solo para acariciarse. Vació la copa y fue inclinando la cabeza. Recordaba el hombro en punta de Nené contra el muro. El pedazo de tela que lo envolvía, con los tajos oscuros de los pliegues. Más abajo estaría la piel, caliente, olorosa, con el color del papel del cigarrillo al quemarse, cerca de la punta. Después la carne, sangrienta, con los jirones amarillentos de la grasa, hasta el hueso, blanco, ridículamente delgado.

Las mujeres que acababan de llegar estaban sentadas, fumando. La rubia tenía una pierna montada y el saco se arrugaba en el suelo, entre las cuatro patas combadas de la silla.

Mauricio se levantó y anduvo despacio, con los ojos fijos en el azul de los letreros del lavatorio. Pasó junto a María Antonieta, de pie, que se acomodaba el velillo parpadeando. Ahora el hombre rengueaba y sus sienes eran casi blancas, de un gris sin brillo. No entendió el murmullo, una frase del hombre que acabó en risas. En el lavatorio puso las manos en el agua. Escuchaba el ruido de la canilla, solitario, esperando el vómito.

—No sé. Es posible que no llegue a escribirlo nunca. No llega el momento, eso es todo —dijo Llarvi.

—No, usted tiene el deber. Sin broma. Nadie hace nada.

Llarvi sonrió en silencio, encogiendo los hombros.

—A fin de mes tengo que ir a dar unas conferencias en Rosario. Puede ser que me quede un tiempo y acaso, solo, salga alguna cosa.

—Es que tiene que hacerlo —insistía Balbina.

Él retrocedió mirándola. Luego se dedicó a jugar con la medalla que le colgaba de la cintura. Estaba doblado, con una expresión irónica y humilde, apenas sonriendo.

El hombre que muestra sus llagas, pensaba Nené. Quería que Llarvi fuera su hermano para consolarlo y revolverle el pelo. Le sonrió sin que nadie la viera. Se puso a recordar a los hombres de las llagas. Nunca había tenido un sueño en colores. ¿Se pueden ver colores en el sueño?

Había soñado con una doble fila, sinuosa, de leprosos en harapos, azules y amarillos. Pasaban bajo el sol, paso a paso, entre ruinas y arbustos, rodeados por los tirabuzones de arena que alzaba el viento. La mano con el cigarrillo temblaba haciendo chocar sus pulseras; estaba cansada por el látigo, había arreado durante horas a la fila de leprosos.

Ahora encontraba los ojos de Casal y movió la cabeza, pero sin llegar a decir nada, rendida y con sueño. Estaba sola, con el sueño entre los brazos, ensueño de colores donde se arrastraban leprosos por la arena y que ahora no podía dar a nadie. Había sonreído con Casal al mirarlo.

El ascensor bajaba con María Antonieta; el hombre se golpeaba la frente con el pañuelo.

La mujer morocha, flaca, estaba suplicando, haciendo temblar los bordes de la corta nariz:

—Mabel, por favor. Si pedís otra vez me voy. Mira que me voy. No sigas tomando.

La del pelo amarillo se puso a reír, terminando en un gemido en *a*. Tosió sobre los dedos.

—Ah, te vas y me dejas solita. No, no te vas, qué te vas a ir.

En la bodega los hombres terminaban de apilar los cajones, entre el brillo astuto de las botellas. Frente al espejo del lavatorio, Mauricio miraba su cara enrojecida y las manos sin sangre. «Mis manos quedaron entre los lirios.»

Casal sonreía, mirando su copa a contraluz.

—Cuidado, Llarvi. Se me ocurre que a lo mejor un día de éstos empieza usted también a gritar: Gozad de la vida, gozad de la vida...

En el fondo, contra los espejos del rincón, el vestido claro de una mujer retrocedía hacia el respaldo. El hombre apagó el fósforo y le soplaba entre el humo la sonrisa de borracho y palabras, montoncitos de palabras de ruego y excusa.

Llarvi sonrió bondadoso hacia Nené:

—¿Frío? ¿Con esta noche?

El empapelado de la pared mostraba un bosque duro y sencillo. Medias lunas sobre cabañas alternaban con encinas de oro. Bajo el brazo de la luz, Nené arrimaba a los colores de la pared el cuerpo encogido, con los hombros estrechos y los flacos dedos rodeando el cuello. Arrimaba el cuerpo y una expresión de ternura, una cara de buscar ternura. Sonrió distraída en respuesta y volvió a entornar los ojos sin moverse. Llarvi miraba hacia el techo, acariciando la botella con las uñas.

El mozo rezongaba con la cabeza metida en la vitrina.

—Cigarrillos raros yo les metería...

Puso una latita sobre la bandeja, rodeada por los pocillos blancos y el temblor dorado de las copas.

—Si me permite...

Sonreía bondadoso mientras llenaba los pocillos con café. Esperó, la bandeja caída contra el muslo. Llarvi alzó la lata, poniendo la cara de Kemal Ataturk en la luz.

—Muy bien, Gazi. Por lo menos se emborrachaba.

Nené fumaba, bizca, con los párpados semicerrados y el labio inferior saliente. Golpeaba la ceniza y soplaba enseguida la brasa. Entre el sueño todo pasaba para perderse enseguida y el pasado era un día solo, inacabable. Veía las miradas duras e insolentes del sueño, los ojos que rodeaban la mesa, los ojos de las botellas y la cristalería, los del vestido de la mujer verdosa. Veía entre gruesas columnas los letreros de luz azul de los lavatorios, los ascensores y los arcos en la entrada, donde pasaban restos deformes de ensueños y algunas ideas implacables se levantaban rabiosas.

Mauricio alzaba las manos en el lavatorio, rodeando la cara. Allá entre los lirios. Acabó de comprender; se había enamorado al pasar de la mujer verde que se sujetaba el velillo. «Para siempre, je t'aime d'amour. No puedo volver sin ella.» Manos y lirios le voltejeaban lentamente en el estómago. Mañana iría a ver a Nora y le diría algo, palabras que andaban por los espejos y las paredes relumbrantes y que se pondría a juntar enseguida del vómito, antes de la mañana. Llarvi dejó de mirar a Nené.

—No hay nada que hacer aquí. Cualquier cosa que uno se invente para hacer es asunto europeo, no nuestro. Por más palabrerío americano que se le quiera dar, aunque usted lo escriba en lunfardo. No hay nada.

—¿Por qué se preocupa, entonces? No haga nada —dijo Casal—. Un hombre evolucionado no debe hacer nada. Fíjese en los constructores, en cualquier orden de cosas. Da lástima. Toda la vida chapaleando en miserias. Mire la política, la literatura, lo que quiera. Todo es falso y lo autóctono lo más falso de todo. Si aquí no hay nada para hacer, no haga nada. Si a los gringos les gusta trabajar, que se deslomen. Yo no tengo fe; nosotros no tenemos fe. Algún día tendremos una mística, es seguro; pero entretanto somos felices.

Balbina protestaba junto a la sonrisa de Llarvi.

La mujer morocha miraba con desconsuelo a su amiga.

—Pero vivís borracha. Vas a terminar... Qué va a ser de vos, ¿eh?

La rubia había resbalado en la silla y una mano rozaba el abrigo en el suelo. Sacudía los hombros, tratando de sostener la cabeza que se ablandaba cayendo hacia el pecho.

—Va al diablo, che, todo.

La luz de la calle entraba marcándole las líneas de la cara, prolongando la mueca de la boca. El pelo amarillo caía despeinado sobre la oreja derecha. La otra le acariciaba una mano encima de la mesa. De pronto la rubia empezó a reír a carcajadas y fue trepando en el asiento, bamboleando el cuerpo.

Llarvi estiró las piernas bajo la mesa hasta tocar el zapato de Nené. Ella movió la boca pero quedó enseguida inmóvil, sin mirarlo. Llarvi dijo:

—Es divertido pero es un absurdo. No puede haber en este caso una cultura fragmentada. Europa y América... Si aquí no hay interés tenemos que crearlo. No digo imitar a nadie; pero construir lo nuestro, de cualquier manera.

—No —contestó Casal—. Mire, creo que ningún tipo de americano me resulta más odioso que el que estuvo en Europa y viene aquí a jorobar a la gente para que cambie. Toda esa musiquita de la disciplina, el humanismo, el trabajo. Somos haraganes, indiferentes y felices. Pueblo instintivo y lo que se quiera. El instinto no se equivoca y sabe siempre con qué tiene que quedarse y qué cosas valen la pena.

—El fútbol, el Partido Radical...

—Lo que sea. Cada uno acepta y busca lo que necesita. Cualquier cosa es mejor que el esnobismo. Acaso sea éste el único pueblo de la tierra que no tiene fe y no cree en la inmortalidad.

Llarvi sacudió la cabeza y alzó un tobillo hasta presionar suavemente en la punta del zapato de Nené. La muchacha tenía el cigarrillo apagado colgando de la boca.

La mujer del pelo amarillo, de pie, sujetaba al mozo por la solapa. Avanzaba la cara gesticulando. Bajo los rasgos afinados, el rouge y el polvo, se traslucía otra cara, como un oleaje submarino, más vieja y rencorosa.

—Hoy gané doce pesos. ¿Y qué? ¿No me los puedo gastar? Señorita, tu abuela. Comprenda, tu abuela. ¿Quién ganó los doce pesos?

Nené murmuró con la boca entreabierta, asombrada, con cara de mirar un sueño:

—¿Pero qué...?

—Nada. Una mujer borracha —dijo Balbina.

El grupo caminaba hacia el ascensor. El chico se quitó la gorra riendo. La morocha hablaba rápidamente junto al hombro del mozo que asentía con la cabeza. La mujer del pelo amarillo iba adelante, con el cuerpo erguido, lenta, arrastrando el saco desde el brazo que se apoyaba en la cadera.

—Hay algo de Friné, ¿verdad? —dijo Balbina.

—Exacto —dijo Llarvi—. Majestuosa. Pero Friné estaba segura de la victoria. Tendría que tener una gracia más reposada... Aquí hay algo de humillación.

Casal sacudió el líquido en la copa y la vació de un trago. Luego encogió los hombros.

—Y el manto invisible de la belleza. La diferencia está en que Friné era una cortesana. ¡Oh, las palabras! Y esta pobre infeliz, como ustedes saben... Le mot fait la chose.

Apoyó la frente en las manos y cerró los ojos. Oía la risa de Balbina y Llarvi, el silencio de Nené. «Acaricia con su presencia.» El sueño zumbaba, empecinado en dormirlo. «¿Cómo va a ser mañana? El perfil de Balbina está seco y todavía no encontré color para las flores.»

El hombre de gorra subió pesadamente la escalerilla de la bodega. Cruzó inclinado, sacudiéndose el aserrín de los pantalones. Apoyado en el mostrador, pidió el primer vaso del día. Miraba las luces empalidecidas, las cuatro cabezas que rodeaban la mesa. Bostezó estirando los brazos. Tenía el pelo húmedo y la manga de la camisa se arrollaba tirante en los bíceps.

—Cómo tarda Mauricio —dijo Balbina. No le contestaron. Ella se recostó en el respaldo, alargando un brazo sobre la mesa. Escuchaba el silencio. «Después de todo me aburro, nos aburrimos todas las noches, todos los días. Podría tener un amante y sería enseguida lo mismo. Me muero de sueño, me muero de sueño, me gustaría ir diciendo despacio como una gata que maúlla. Tanto Europa y acaso la gente sea tan aburrida allí. Si viviera en

Europa pintaría yo también, hubiera pintado siempre y no llevaría esta vida tan idiota, oyendo siempre las mismas cosas. La última *Ilustración*, trae unos cuadros de María Laurencín, María Laurencín, Laurencín. Una cosa frívola, superficial claro, pero con mucha gracia. Los cuadros de María Laurencín con sus colores tiernos son de una gran delicadeza. Es cierto que no tienen fuerza, no una gran fuerza, pero encantan por su frescura. Ah, todas tuvimos una amiga en el colegio, una escena confusa un día de sol en que íbamos todavía al colegio, que es como un cuadro de María Laurencín. ¿Pero a quién le digo esto? Casal se burla, Llarvi no me interesa. Puedo buscarme un amante para decirle que todas tuvimos una amiga del colegio en un día de sol que era como un cuadro de María Laurencín.»

Estaban hablando de Finlandia y Rusia. Entre las palabras Nené volvió a querer a Diego y a tener lástima porque estaba lejos de ella. Tenía la cabeza suelta contra la pared. No entendía lo que estaba diciendo. Y ahora, ¿qué haría ella con su ternura y todos los sueños extraños que tendría que soñar para nadie?

Llarvi jugaba con la medalla de la cintura, sonriendo hacia Casal.

—Pero usted tiene razón —decía Casal—. Todo lo que interesa a una persona inteligente es europeo. Aunque lo hayan hecho aquí. Le deseo mucho éxito en las conferencias de Rosario. Hable de la soledad del argentino y el hombre ensimismado. Como si fuera un problema. Hínchelo hasta que resulte una tragedia. Tendrá un público de maestras, buena suerte. Pero aquí entre nosotros... El argentino es así por naturaleza. Gran cuento literario la tristeza. El único que está triste es el europeo en Buenos Aires. Lo grave es que el porteño está contento aunque no haga ruido; abandone las nobles esperanzas de cambiarlo. Frío, un poco aburrido, antisentimental.

Dos hombres en camisa ponían rápidamente las sillas sobre las mesas, repitiendo un mismo movimiento. Un ruido de agua y fregatina llegaba desde el mostrador y los pasillos. Balbina recogió la cartera y tocó el hombro de Nené.

—¿Viste el último número de la *Ilustración*? ¿Los cuadros de María Laurencín?

Casal encogió los hombros.

—Sí, yo sé que no es nada —dijo ella—. Pero para mí tienen todos los cuadros de ella la misma sensación de una cosa de la juventud, algún paseo con una compañera de colegio en una mañana de sol.

—Es posible. Cualquier sensación de ese tipo de cosas...

Llarvi abandonó la punta del zapato de Nené y alzó un dedo llamando al mozo. Se alzó para alcanzar el sombrero mientras explicaba:

—Si no nos vamos, nos echan. Mauricio se debe haber ido.

XXVIII

El auto dobló, entrando rápido e inclinado por el sendero de adoquines. Vieron las hojas en la tierra oscura, ocres, lustradas por la llovizna. El rengo forcejeaba con el portón. Luego corrió a pequeños saltos hasta la portezuela del coche. Llarvi se inclinó sobre los ojos tristes y abiertos de la muchacha. Sentado, sacudido por el coche que frenaba, las largas piernas parecían más flacas. Todo él más flaco, sosteniendo la cabeza dura sin gestos. Después miró el paisaje tras el cristal empañado. Aplastada por el farol recién encendido una ramita de enredadera daba su sombra en el vidrio.

—Tus ojos me preguntaban. Hoy sí, estoy seguro de que hoy sí. Contesto a tus ojos.

El rengo abrió la portezuela. Llarvi bajó de un salto y alargó la mano a Nené. Estaba otra vez ruborosa, con los ojos húmedos protegidos por los párpados. La muchacha dio un salto hasta las losas mojadas del corredor. El rengo recogió la moneda con la gorra y mostró una ancha sonrisa averiada. El corredor iba por un túnel de parras. Las hojas se sacudieron la lluvia sobre las dos cabezas que avanzaban en la sombra de la glorieta. Empezaron a subir la escalera guiados por los fundillos del mucamo.

En la habitación, Llarvi caminó hasta la ventana y alzó la cortinilla. Afuera estaba gris, lustrosa la calle con las primeras luces.

Nené recordó que no había preguntado nada con los ojos. Los paseó por la penumbra del cuarto. Era el mismo de las tres veces, impasible, irreal, como un rostro durmiendo, poblado de ensueños que ellos nunca habrían de conocer. En el silencio fue a sentarse junto a la mesa. Se quitó el sombrero y quedó quieta, con los ojos en lo alto de la pared. Sentía el absurdo de su actitud, las manos en la falda, la cabeza echada hacia atrás, como un niño que pregunta o se abstrae. En el dormitorio de la abuela había una reproducción de *Retrato de mi madre* de Whistler. Buscaba lugar para ponerlo en estas paredes con mujeres semidesnudas, en rosa y crema.

Llarvi dejó caer la cortina sobre la calle anochecida. «Un diablo, hoy tiene que ser. No tengo que pensar, no hay que forzar las cosas. Despreocupadamente.» Se acercó a grandes pasos, lentamente, las manos hasta las muñecas en los bolsillos del pantalón.

—¿Pero por qué sentada? Quiero decir así... Y todo esto a oscuras...

Se inclinó para besarla en el pelo; la humedad hacía arder perfumes remotos. Besó los párpados cerrados.

—¿Qué te pasa?

Ella negaba, moviendo apenas la cabeza que caía hacia atrás, como si pidiera que no la despertaran.

—¿Estás triste? No. Algo pasa. ¿No estás contenta?

Nené movía suavemente la cabeza a cada pregunta. Llarvi se irguió dejando perder la cara de la muchacha en la sombra y fue a encender la luz junto a la cama. Era una luz sonrosada, muy débil.

—Nena, no hay que estar así. La tarde y tal vez también la noche para nosotros... Un momento, vas a ver como todo cambia.

Apoyó un dedo en el botón y el timbre se prolongó lejano y secreto. Se acercó a la mesa.

—¿Pero por qué así...?

Ella hizo una mueca y encogió los hombros. Repentinamente tuvo lástima por él, por ella y una intensa piedad por la habitación fea y grotesca.

—Pero no estoy de ninguna manera. Un poco cansada. Es el cambio de tiempo...

—Sí, a mí me pasa. Uno está metido, cerebralmente, con el cuerpo en el verano y de pronto... ¿Más luz?

—No. Es decir, por mí...

—Muy bien. Así. Oscuro y la luz rosada.

Golpearon en la puerta. Llarvi se levantó. El mucamo tenía los ojos bajos, fijos en la puerta. No quería mirar.

—Sí. Traiga... Un vino. Bueno, uno dulce. Oporto. Eso es. Y dos vasos. Cigarrillos tengo. Pronto si es posible.

Cerró sin ruido. Ella estaba de perfil, quieta, la cara sumergida en la luz sonrosada. Separado de ella por la zona de oscuridad, la veía lejana, impalpable, como un cuadro, un recuerdo. Como si la imaginara así, sentada en su silla, entrelazados con blandura los dedos cónicos sobre el regazo. No era una mujer a la que es posible desear y tumbar de espaldas en la cama. «Sin embargo ella... Es positivo. Con Aránzuru y quién sabe con cuántos. Todo esto es idiota. Una mujer. Ésta también, ésta también.» Pero no lograba creer en lo que iba pensando. Sabía que estaban afuera los árboles chorreando esta sucia lluvia de verano. De un manotón encendió la gran luz del techo.

—Señorita, yo protesto. Ritos fúnebres en las bodas...

—Pero si estoy bien... —Se enderezó en la silla y le sonrió.

Oyeron al camarero en la puerta. Llarvi fue y trajo la botella y los vasos. Rápidamente cerró los postigos. Ahora sí. Llenó los vasos dejando caer desde muy alto un chorro curvo. Bebieron. Llarvi recogió su vaso de la mesa y volvió a alzarlo. Miró contra la luz. Ella tenía la cabeza inclinada, la nariz en el vaso. Mordisqueó el vidrio. La garganta de Labuk, pensó Llarvi, se doblaba con una flexibilidad increíble, más elástica que cualquier otra garganta. Sobre ella otra garganta hinchaba las venas en alguna habitación en sombras, sepa Dios dónde, en aquel mismo momento.

Dejó el vaso y se sentó dando el perfil a la muchacha. Ella tenía los ojos brillantes. Maldita imbécil, hoy tampoco. Tampoco. Miró su propia sombra, doble, negra con los bordes ocres, tirada en el suelo. Hoy tampoco. Mujer, hembra, muchacha, una pobre niña con la sonrisa dormida. Comenzó a hablar a la sombra:

—Habría una manera. La solución.

Ella movía las cejas con desconfianza, sin hablar. Él concluyó alzando la cabeza:

—No, nada.

La solución... Podía ponerse a llorar sobre la falda sombría donde ahora las manos reanudaban su sueño. Una mujer. «Le robé tres tardes y las hice morir encerradas en este cuarto. Sin aire, podridas.» Había una mujer desnuda en la estampa de la pared, apoyada en la cama con un codo y sosteniendo una manzana en la mano derecha. Sonreía. Si alguna vez quisiera verdaderamente llorarle en la falda a una mujer le sería imposible, como pasar por una puerta demasiado estrecha. Pero había que escapar del silencio. Tenía la cara fría, inexpresiva y saltó a cualquier lado:

—Siempre se me ocurre la misma cosa cuando vengo a una casa de éstas.

Giró desafiante, hasta enfrentar los ojos de la muchacha. Si llegaba a burlarse le pegaría.

—He ido, muchas veces, a muchas distintas.

Ella lo miraba seria y atenta, escuchaba con el rostro apenas encendido, como si tuviera los pies fríos y se estuviera quieta pensando en otra cosa.

—Uno está libre de toda idea de vergüenza, en esto. Hace tanto que no se tienen esas preocupaciones que ahora es como haber nacido sin ellas. Que un hombre y una mujer se unan no tiene significado. Es como dormir o leer. Se puede hablar de eso con voz normal, de sobremesa, en el café..., entonces, ¿por qué uno, siempre, se inclina buscando el rincón más oscuro del auto, toma en cuenta los ojos que puedan verlo entrar, la cara ordinaria de los criados?

Ella puso un poco de vino en su vaso y el borboteo rodeó su voz, humedeciéndola:

—Será porque no es como leer o comer o dormir...

—¿Vas a seguir tomando? ¿Ahora? No, por nada. Preguntaba. Sí; será eso. Acostarse en una cama. Sigue siendo una cosa íntima. Hay un pudor que no se adquiere, instintivo, de muy lejos. Como hay animales que se esconden para hacerlo y otros para morir.

—A mí me parece...

—¿Qué?

Ella tenía la boca saliente, con una curva de asombro en las cejas. Vació el vaso y lo hizo saltar en la mano.

—Bueno. No quiero hablar de eso. —Tiró el vaso hacia el techo y lo recogió blandamente, hurtando los senos; volvió el vaso a la mesa—. No quiero. ¿Qué hora podrá ser?

Se fue hasta la cama sin esperar respuesta. Se tiró de espaldas y apagó la luz del velador. Desde la silla, Llarvi buscó ansioso en las piernas que descubrían las faldas. Eran finas, con rodillas débiles. En las suelas húmedas quedaban hebras de paja adheridas, manchadas y solitarias, que lo hacían pensar en la calle de abajo de la ventana con los árboles amarillentos, el aire fresco, el agua silenciosa que caía del cielo.

—Pero no hay que hacerse ilusiones. No muchas ilusiones con el pudor de las bestias ni el nuestro. Es posible que la soledad sea un factor conveniente para la fecundación. Mirando las cosas de frente... Ese sentimiento que nos hace encogernos cuando subimos al auto. No, no es sólo pudor, es vergüenza. Verdadera vergüenza, hay que decirlo. Como si acostarse desnudos fuera una miseria física, como las otras.

Nunca había hablado con Labuk, sintiendo que el silencio que se formaba con ella estaba lleno de cosas vivas y movedizas que los unía como el calor de los cuerpos. Pero aquí había nada más que una distancia vacía entre ellos, la mesa cuadrada, la madera de la cama, una punta de la colcha con flecos, todo embutido en un aire de hielo, viejo, lejano, transportado quién sabe de dónde para rodear los muebles de la habitación y sus dos cuerpos indiferentes.

Ella se había sentado en la cama, recogiendo las piernas. No lo miraba.

—Llarvi. Anoche tuve un sueño.

El hombre levantó la cabeza. Cada uno entre sus sueños como en un monte de lianas. Qué idiotez querer hablar de aquello que podía ser nombrado menos que nada. Ella tenía una sonrisa blanca, en la sombra, un poco avergonzada.

—Estuve soñando con un lago y un vaso de madera.

Llarvi la miraba atento, inclinado junto a la botella.

—Un vaso de madera con una flor blanca adentro, que flotaba en el lago. No sé qué flor larga, de tallo largo. La corola, así, la flor, no sé bien, se balanceaba en el agua, despacio, pero el tallo estaba siempre adentro del vaso. Hacía olitas en el agua, todas parejas, como en un dibujo. Una cosa así. Bueno. Y yo era el vaso, ¿se entiende?, con el tallo, y afuera se movía la flor en el balanceo del agua. Nada más. Pero de una manera tan verdadera...

Él estaba pensativo, con la cara apoyada en las manos. En silencio, Nené continuaba sonriendo y dibujaba la forma del vaso y de la flor que era ella y se movía en el agua. Estaba pequeña y feliz en el silencio. Llarvi levantó la cabeza.

—Símbolos claros, ¿eh? Lo notable es la sencillez del cuadro, la exactitud con que cada cosa es lo que es. También en eso, ventaja para las mujeres. Tratándose del amor... Tenemos que los sombreros simbolizan el falo. Para las damas hay una colección de representaciones distinguidas. Desde el rombo (geometría), un caracol de oreja, el portal de una iglesia, la iglesia misma... ¡Pero nos! Una galera, un rancho, sombreros de copa, gorras de porteros y militares.

Ella estaba estirada en la cama, de espaldas, con la cabeza colgando hacia el suelo. Las lágrimas bajaban despacio por las sienes y se perdían entre el pelo. Apenas rozada por la luz amarillenta, la barbilla temblaba sin ruido; mantenía la boca entreabierta para no hacer ruido con el llanto.

XXIX

Aránzuru estaba apoyado en el mostrador. Miró en el reloj las dos de la mañana. Tomó el vaso de grapa de un trago, viéndose en el espejo de la pared, sonriente, apenas borracho en el cafetín casi vacío. Una mujer gangosa cantaba en la radio. Repitió en voz baja:

—Pero este ruso ya debía haber llegado.

Imaginaba la voz de la mujer en una comarca cursi de flores pintadas. Nombre tropical en una noche espesa. Dejó el vaso en el zinc lleno de charcos luminosos.

—Pero este ruso...

El patrón sonrió medio dormido, rascándose la cabeza con la punta del lápiz. Ahora Aránzuru imaginaba a Nora enferma, allá entre las flores donde la mujer de la radio estaba cantando. Arriba, en la ventana de Katty, empezaba a desteñirse la luz de la lamparilla. Si cada uno muere de su muerte, la de Nora sería lenta y burlesca, una agonía con claro de luna y hemorragia interna. Estaba contento, un poco borracho.

—Ta feo el tiempo —dijo el patrón.

—Sí. Va a haber agua para rato.

—No pasa de hoy. Del lado de la vía hay tormenta.

Pidió otra grapa y miró el reloj. Enfrente, la ventana de Katty iba palideciendo.

—Qué le puede haber pasado al ruso...

Alzó el vaso y caminó hasta la mesa junto a la ventana. Entraron dos hombres vestidos de overol y pidieron café. Miraba siempre la ventana del otro lado de la plaza, la luz empalidecida que prolongaba la noche del sábado.

Acaso el hombre quedaría durmiendo hasta la mañana. Iban cinco o diez hombres por día pero él se imaginaba siempre el mismo, cuarentón, un poco gordo, con la piel asombrosamente blanca. Por lo demás, todo era tan simple como el nombre Catalina, y los que los veían en el almuerzo tardío del restaurante de la plaza, bodegueros ventrudos o mujeres que miraban de reojo desde la calle, al pasar, se engañaban con fantasías complicadas, así como Katty engañaba sustituyendo a Catalina en las diminutas tarjetas rosadas: KATTY — Desde las 17. Estomba 144 — 1.º... Eran unas tarjetas de cartulina gruesa de hilo, con cantos dorados, donde el nuevo nombre de la mujer corría con un rápido trazo, apenas rozando el papel. Aránzuru sabía que los empleados de la Gobernación, de la Aduana y de la Vitícola guardaban las pequeñas tarjetas en sus carteras. En las noches de sábado, en cualquier rincón de café, extraían la tarjeta con aire misterioso y contemplaban largamente las cinco letras del nombre. Veían entonces, sosteniendo la cartulina con los dedos, el cuerpo abandonado y cómodo en el asiento, una delgada muchacha que se llamaba Katty, de largas piernas, corriendo bajo cielos de verano, con el largo pelo extendido en el aire.

Era una sencilla historia de hombre y mujer, con celos, dulzura, aburrimiento, odio, intuiciones y la lástima instintiva de uno por el otro. Pero aquí todo sucedía más cerca de la tierra y las manos suprimían las palabras y las inevitables cosas sucias se mostraban sucias e inocentes. Se veía con ella, sin hablar, mirando quemarse el cigarrillo que le colgaba de los labios. Ella miraba, iba y venía, miraba y se ponía a decir: «Cuando una es una muchacha es una idiota y no calcula que todo se tiene que acabar. Últimamente no estafo a nadie y lo que gano me lo gano yo misma. ¿No te parece? Antes, siempre con el miedo de pescarme una sífilis...».

Siempre seguía la luz en la ventana. Desvelado, sentía avanzar el tiempo a saltos, con el ritmo de la sangre en las sienes. Bebió un trago y encendió el último cigarrillo del paquete. Sacó un papel del bolsillo, un lápiz y empezó a garabatear, mirando de vez en cuando al salón donde entraba y salía gente, y a la ventana, siempre con luz, próxima al cielo cada vez más claro. Dibujó un pez redondo, una mujer con miriñaque. Lejos, después de la sombra, se anunciaba la lluvia. Se puso a escribir sin darse cuenta, pensando en Nené, en alguna mujer en el recuerdo que hacía los mismos gestos de Nené.

«Empieza el día y estoy solo en este boliche sucio, con un almanaque de fecha vieja y el empapelado que escucho despegarse. Pienso en vos y sé cómo estarás ahora, dormida en el cuarto que se está poniendo claro poco a poco. Dormida, suspirando un sueño inquieto que mañana no vas a poder recordar. Hace tantas horas que estoy solo aquí o estuve en otro sitio, con sueño y con frío, que ya me parece que nunca voy a levantarme para estar con alguno. Miro la calle donde está lloviendo despacio y a los hombres de azul que entran refregándose las manos. Vos estás dormida y es lo mismo que si no hubiera mañana ni noche, ni la lluvia. La sábana te está tocando la boca y tenés los brazos desnudos alrededor de la cabeza. La cabeza se inclina, muy doblada, como para mirarse un seno.»

La luz en la ventana de Katty se apagó. Podía ver la mancha oscura de la ventana a través de la lluvia y los vidrios mugrientos. El hombre salió por fin a la vereda, vaciló un momento y se puso a caminar en dirección a la iglesia. Era pequeño y parecía solamente una mancha negra y movediza, sin espesor. Aránzuru tiró las monedas sobre la mesa, guardó el papel y salió despacio. Trotando por un costado de la plaza se iba para siempre el primer carrito de lechero de la mañana.

XXX

«Y está también el pausado brillo misterioso del pelo suelto en la almohada. Hay un codo rugoso bajo el oscilante seno izquierdo y éste queda rodeado, redondo y dormido en el ángulo del brazo. Un hilo de aire que sopla de tu boca o de la mañana roza el vello sombrío junto al sueño del seno, defendiendo la noche de tu cuerpo. Aquí la mañana, los hombres pesados y graves que despiertan sin ganas, quemándose el pecho con el café amargo y humeante. Allí tus sueños, el silencio y la mañana.

»Ella y yo nos inclinamos atentos sobre tu cabeza quieta por donde pasean pies ligeros y absurdos. Es como la sola vez que te vi dormir. Pero entonces era el amor y ahora es el misterio.

»Te miramos. A veces una mano se me va a tu mejilla para despertarte, para que parpadees veloz y asombrada lágrimas y niebla de la noche y me oigas contarte que han pasado tantas cosas en mí, en la vida, y que sin embargo no ha pasado nada. Decirte nada y mirarte y emocionarme con nuestra antigua mirada. Pero el miedo quiebra mi mano y quedamos quietos y curvados mirando tu cara. Ya el sueño escapa de tu sueño lejano y obstinado. Como la luz grisada que vence las cortinas, las extrañas cosas y las locas personas que te llenan van desbordando en la habitación.

»Lentos brotes se hinchan y crecen, enlazan los muebles, frotan los rincones con sus enormes ojos ciegos. Nosotros, la mañana, el aire que fuiste meciendo en la noche, la mano perdida en la sábana, el pezón vinoso y replegado, todos somos tu sueño.

»Frotamos suaves y veloces, murmurando ansiosos nombres de Dios, largos ruegos obscenos, palabras violentas y unos secretos que estaban rezagados y acabamos de encontrar; somos angustias, bocas redondas de pescados, luna escamosa, arenales, rutas, y el hombre de negros anteojos que asoma desde el piso treinta y saluda con su revólver el fresco manojo de lilas a la cosa inmunda que trota las calles. Es el misterio de tu tierra dormida, la habitación nunca vista, la vieja sala embrujada con el bronce sucio de los candelabros, el piano desdentado y amarillo, el traje de baile perdido en el diván y la alfombra de extraviados dibujos con su vieja mancha de sangre y el esqueleto de una rosa, aplastado.

»Pero otra vez cae rota la mano que alzaba hasta tu hombro, tu mejilla, tu labio pesado y mustio. Porque quería contarte que han pasado cosas, tantas cosas en la vida y que, sin embargo, nada, nunca pasa nada.»

XXXI

Mauricio se echó hacia atrás, alzando la jarrita de cerveza. Miró el camino, el viejo automóvil atravesado allí, un horizonte claro y lejano.

—Demasiado bien el carro. Habrá que darle agua al radiador.

Nora mojó los labios en la cerveza y rechazó la jarra. Se encogía en el asiento de hierro, con las manos en los grandes bolsillos, mirando hacia adelante desde la frente caída. Tenía un abrigo largo de grandes cuadros, con un cuello agudo y duro que le cercenaba el mentón. El gacho de terciopelo dejaba colgar un ala angosta y mustia. Mauricio reía fumando, repartiendo miradas amistosas entre Nora, el coche y la cerveza.

—¿Está contenta? Es bueno tener alguna cosa que hacer. Fuera de las puercas cosas obligadas para ganarse la vida. La persecución de Aránzuru. ¿Gran título, eh?

Ella lo miraba sin un gesto. La risa que contenían sin esfuerzo las mejillas y los ojos, mostrándola un poco, daba a todo el rostro una expresión blanda y dudosa. Murmuró:

—En la curva me pareció que volcaba.

—Volcábamos. También usted se hubiera roto el alma.

—Bueno. Pero no manejaba.

—¿Y qué era eso de Casal? Esa carta es terrible. Me parece que usted no se da cuenta hasta qué punto esa carta... Préstemela otra vez.

—Ya la leyó.

—No importa. Quiero ver una cosa. Se la doy enseguida.

—Si la sabe de memoria.

—No, le pido por favor.

Ella sacó la mano del bolsillo con la carta hecha una pelota y la dejó sobre la mesa. Movió los hombros y se puso a reír.

—¿Por qué será viejo? No digo por la edad; por esa manía de no dejar que nadie se olvide de que no es joven. Repitiéndolo siempre. Parece que quiere que uno le diga cada cinco minutos: no, usted no es tan viejo, es un muchacho todavía y todo lo demás.

Mauricio sonrió inclinándose sobre la carta. Leía rápidamente, salteando: «Fue necesario pagar una cuota de humillación y desencanto para poder escribirle esta carta. La necesito porque todo está seco y muerto. Le repito con el impudor de la necesidad que cierre los ojos a todo y diga que sí. Lo que yo le ofrezco no es puramente la realización de un acto piadoso. Usted tendrá su parte, pero a condición de poseer una clara conciencia de orgullo y hasta de profundo amor por sí misma... el amor de hombre y mujer me resulta desproporcionado a su motivo, injusto, y tan "sucio" con todo su inevitable dolor... Mi arte, mi trabajo, ha quedado para siempre en el plano de la sabiduría, perdido el impulso de la creación, donde se halla el goce... Es aquella tarde en que usted vino a buscarme por primera vez extendida a toda mi vida. Ya hemos hablado de eso... Quiero demostrarle que sólo aceptando podrá ser, realmente; realizar, hacer concretas todas las posibilidades que hay en usted... ciertas palabras mías le hicieron pensar que yo sufría por su rápida amistad con Mauricio y el otro niño cuyo nombre no recuerdo. Era cierto, pero no sufría por celos. Lamentaba su pérdida. Porque ellos, por muchos años, no podrán comprender nada de su frescura, de su inmoral inocencia, su improvisación animal ante el mundo. Cuando puedan comprenderlo será tarde. Ya no habrá nada de esas cosas en usted. Así su misterio se habrá perdido, malgastado, sin que nadie lo recoja. Yo le ofrezco la comprensión total, línea por línea, matiz por matiz, de la chiquilla que hoy es usted. Su edad es independiente de usted; piense en eso. Tiene la obligación de hacer que ella sea recogida, que viva en otro capaz de recogerla...».

—Qué tipo... —devolvió la carta a Nora—. Y son todos así. Como momias sentadas en la mesa del café. Le juro que los vi apoyados en los codos, con las caras secas, grises, algunos huesos amarillos les asomaban entre los vendajes. Asquerosos. Aránzuru, no. Es la momia galvanizada.

La vio sonreír y comprendió que ella no sabía qué era momia galvanizada. Nora dijo:

—Pero Violeta es maravillosa de linda.

Mauricio dejó la jarra en la mesita. Sentía crecer el calor, como si subiera desde la tierra.

—Yo creo que Larsen tiene que saber de Aránzuru. Le repito otra vez que es un tipo asqueroso. Me hubiera dejado venir solo...

Ella seguía acurrucada, con su sonrisa inmóvil, pálida la cara en la sombra del árbol.

—¿Qué me va a hacer?

—Usted no se imagina todo el interés que tengo en ayudarla. Me hace bien ayudarla.

Unos pasos irregulares se detuvieron adentro, en el agujero de sombra donde debía estar el mostrador. Algunas voces se arrastraron aburridas y cesaron de golpe. Se oía, más allá de la movediza puertita verde, el resoplido de la máquina de café. A la derecha, detrás de Mauricio, se extendía un muro blanco. Arriba de ellos cantó un pájaro. Mauricio tiró el cigarrillo y alzó las manos para llamar. Se detuvo, inclinándose sobre la mesa.

—¿No sería mejor que esperara en el coche?

—¿Pero por qué? No me van a comer.

Nora se levantó riendo. Tenía las manos en los bolsillos, la cabeza doblada, mirando allá abajo la punta redonda de los zapatos. Un hombre apareció empujando la puertecita verde, saludó al paso tocándose el sombrero, arrastró una silla hasta la última mesa cercana al muro y quedó sentado allí. Era alto y flaco. Desdobló un diario y se puso a leer, el sombrero negro caído sobre la nuca. Mauricio encendió un cigarrillo. Nora dio un paso, alzando exageradamente el pie, y volvió a sentarse. El pájaro cantaba en el árbol. Hubo silencio. Otro hombre había salido, deteniéndose apoyado en la puertita verde. El saco desprendido mostraba una camisa azul.

—Vaya y espere en el coche.

Ella volvió a escuchar al pájaro y enseguida el silencio. Mojó los labios en la cerveza y se estuvo quieta, con la barbilla hundida en el cuello del abrigo. Surgiendo detrás del hombre detenido junto a la puertita verde, avanzaba otro, bajo y grueso, balanceándose. Mauricio se enderezó sonriendo.

—Hola, Larsen.

Larsen se inclinó cabeceando, miró de reojo a la muchacha y se sentó, trenzando sobre la mesa los dedos cortos y limpios.

—Le dijo Pepe, ¿eh? Natural. Sí, tenía una punta de cosas que hacer. Voy a disparar enseguida.

Mauricio bebió y luego hizo girar la jarra de cerveza sobre la mesa inclinada.

—Es la señorita.

Avergonzada, Nora saludó desviando los ojos. Oyeron revolotear el pájaro en el árbol. Alguno hablaba en la glorieta. Larsen se volvió hacia la muchacha. La examinaba manoseándose el mentón, contraída la boca sonrosada.

—Qué anda haciendo.

Ella encogió los hombros y volvió a mirar el suelo. Mauricio alargó una mano hasta el brazo de Larsen.

—Es el padre de la señorita. Había encargado un asunto a Aránzuru. Por eso queríamos encontrarlo.

Larsen torció la boca, puso un codo en la mesa y quedó apoyado, con la redonda mejilla aplastada en la mano.

—Bueno.

Nora dijo rápidamente, sin alzar la cabeza, con los ojos fijos en la punta del zapato que jugueteaba en el travesaño de la mesa:

—El doctor Aránzuru tenía los documentos. Fuimos al estudio pero allí no saben nada.

—Ah. Y usted se pensó que yo... Pero a lo mejor, ¿no?, al doctor no le conviene que se sepa dónde está. ¿Qué me dice?

Ella levantó la cabeza, mirándolo de frente. Tenía los ojos muy separados, casi independientes uno del otro, como en caras distintas.

—Yo qué sé. Necesito la dirección. Si quiere devolver los papeles... En casa creen...

Larsen la miraba con rabia. Ella escondió la cara, defendiéndose con el sombrero. Bajo el ala blanda asomaba la punta de la nariz y un pedazo de la boca. Larsen se volvió hacia Mauricio, golpeando la mesa con la mano abierta.

—Bueno, en todo caso no quiero líos. Venga adentro y hablamos. La chiquilina puede esperar un ratito.

Cruzaron bajo la sombra del árbol, pasaron junto al hombre de pie en la puertita verde y entraron al salón.

Sentada bajo el pájaro del árbol, Nora rozaba la pata de la mesa con la rodilla, balanceando el pie. El hombre en el extremo del jardín volvía despacio las hojas del diario.

Larsen golpeó en el mostrador, sin detenerse.

—Sacá cerveza afuera.

Mauricio seguía la figura ancha, observando el vaivén de los hombros. Doblaron a la derecha, luego a la izquierda, entrando en un corredor. Sintieron la presencia negra y fría de las letrinas. Una canilla chorreaba escondida. Salieron a un patio de baldosas rojas, con un brocal de pozo cubierto de tierra y plantas. Cruzaban el patio en diagonal, uno atrás del otro, siempre lentamente. Larsen alzó la estera verde y podrida de una puerta, sosteniéndola hasta que Mauricio hubo pasado. Estaba oscuro y fresco. Un pájaro se estaba removiendo en su jaula, salpicando agua y alpiste. Larsen golpeó al otro en medio del pecho; una silla se desplomó en la sombra y Mauricio fue a dar de espaldas sobre la cama. Chocó en un barrote con la cabeza y quedó quieto.

Larsen salió despacio, cerrando con la enorme llave y volvió a caminar en diagonal por el patio. Se detuvo en la oscuridad de la letrina, humedeció dos dedos en la canilla y salió enjugándose con el pañuelo. Tiró la llave en el mostrador.

El hombre de la camisa azul continuaba parado en la puertita, el saco desprendido, un puño clavado en la cintura. El otro estaba al final del muro blanco, abierto de piernas, la cara escondida atrás del diario. Larsen se acercó contoneándose a la mesita donde esperaba la muchacha. Saludó cabeceando.

—¿No toma?

Ella hizo una mueca de disgusto hacia la jarrita de vidrio. Lentamente, Larsen se acomodó en la silla.

—Me estaba diciendo... —bruscamente prefirió no decir nada y se puso a torcer el ala del sombrero sobre los ojos sin mirarla. Nora sacó una mano con el pañuelo, se tocó la nariz y volvió a esconderla.

—Oiga. ¿Sabe manejar? —dijo Larsen mirando hacia el coche.

Ella chasqueó la lengua y negó con la cabeza.

—Bueno, vaya al automóvil —dijo Larsen.

Sin mirar nada, en silencio, ella caminó recta hasta el coche. Se sentó en el asiento delantero, cerró la portezuela de un golpe y con un suspiro fue estirando las piernas.

Larsen, de pie, había entrado en la sombra del árbol. Encendió un cigarrillo pausadamente. Sopló el fósforo y lo hizo saltar por atrás del hombro. Ella lo veía acercarse al coche, dejando montones de humo blanco en el aire. Sentado junto a ella, tiró el cigarrillo y consultó el reloj en la muñeca. Se oía la marcha del reloj embutido en el espejo del coche, atrasado en dos horas. El hombre rezongaba haciendo jugar los instrumentos del tablero, sacudiendo los botones y las llaves. Entonces ella alargó un dedo.

—El arranque es ése.

Mauricio se fue levantando despacio, prendido de los barrotes. Caminó con los ojos cerrados hasta sentir el filo de la mesa contra los muslos. Se tanteó los bolsillos y luego abrió los ojos encima de la mesa vacía. Las tablas del piso gemían a cada paso. Descubrió en un rincón un sofá torcido, de tela áspera, esquinado en la pared. Se sentó lleno de cuidados en el borde, con las rodillas juntas, pasándose la palma de la mano por el pecho. Poco a poco los muebles iban saliendo de la sombra. Había una pequeña mesa de luz pegada a la cama, con un reloj parado y una carpeta de largos flecos. Perdido en la noche del techo, el pájaro enjaulado volvió a sacudirse. Oyó el estrépito de un cajón volteado en el patio y un ruido de pasos. Un automóvil roncó en el camino. Se levantó y fue hasta la puerta, andando de puntillas. Veía las rayas doradas de luz en la estera, a través de los vidrios grasientos. Acarició suavemente el pestillo, sin tratar de abrir. Tenía unas ganas rabiosas de fumar; volvió a buscar en los bolsillos sin encontrar nada. Atrás del sofá se veía una puerta sin cerradura, condenada con una gruesa tranca. Arrodillándose en el sofá pudo ver en la esquina un taburete de madera cepillada y una enorme palangana de loza con flores largas en relieve.

El deseo de fumar le dolía en la boca, corría mareándolo de sien a sien. Volvió a tocar los vidrios de la puerta con la nariz. Hizo una mueca y escupió, retrocediendo hasta la cama. Tirado boca arriba, cerró los ojos, sintiendo la carne del mentón aplastada entre el hueso y el cuello. «Todo lo que toco se ensucia, todo lo que toco.»

XXXII

El hombre reconoció enseguida la cabeza amarilla que venía lenta hacia él en la sombra del corredor, con la misma inclinación de siempre. Ella se detuvo, la mano en la puerta, con un pequeño susto de los ojos. No habló; lo miraba esperando, la cara un poco marchita, más flaca, con sus huesos duros y resueltos encima del traje de baile que tocaba el suelo. El hombre apretó el sombrero entre las manos mientras abría por dos veces la boca en silencio.

—Mabel —dijo por fin.

Sonreía junto al perfume desconocido del pelo amarillo, un poco asombrado de estar tranquilo. Ella abrió y entraron. Esperó a que encendiera la luz y se puso entonces a caminar mirando los pocos muebles, la mesa y la cama, la ventana entreabierta, todo feo y triste. Maderas opacas, una cretona tenebrosa que se repetía. Quedó sentado en la cama, con las piernas muy juntas, el cuerpo doblado hacia ella. Sostenía el sombrero en las rodillas.

La mujer dejó el abrigo en los hierros de la cama. Estaba ahora frotándose las manos en la palangana, mirando a través del ventanuco la pared blanca de enfrente. Caminó balanceándose hasta la mesa, volvió a buscar en el armario, fue nuevamente hacia la mesa con un frasco azul.

Él miraba siempre en silencio. Tenía una sombra de barba retinta enflaqueciéndole la cara. Qué nueva cosa de despego canalla había ahora en el balanceo de la mujer al andar, qué sucia forma de resignación le alzaba apenas los hombros. En su marcha golpeaban los tacones, plateados como los zapatos. El hombre recordó los pies chicos desnudos, donde una vena sinuosa descendía a cada lado.

Fue derramando el alcohol en el depósito del calentador, sin hacer ruido, doblada para mirar. El pelo amarillo, flojo, colgaba suprimiendo el perfil. Encendió la llama y fue taconeando hasta el lavatorio. Inclinada, apartando el cuerpo para no salpicarse el vestido, volvió a enjabonarse las manos. La luz del calentador temblaba, verde y azul. Ella soltó la toalla corriendo hasta la mesa. Allí, de pronto, dejó caer los brazos, mirando morir la llamita azulosa. Después giró, volviéndose hacia él.

El hombre recibió su mirada con una sonrisa. Sentía que no eran sólo los ojos de la mujer quienes miraban. La boca misma, tan grande, la nariz corta y ancha, toda la cara blanca y triste, las manos que colgaban cruzadas sobre el vientre. Él hizo un gesto vago con la mano, sin saber para qué. Pensaba que afuera, embutida y fraccionada en las calles, estaba aún la noche en la ciudad. Martes de Carnaval. Pero ella no estaba disfrazada; tenía nada más que un traje de baile verde, largo, con unas flores duras y brillantes sobre un hombro. La vio acercarse hasta quedar sentada en la otra punta de la cama, enjugándose las manos en la toalla, lenta y distraída.

—Mabel —volvió a murmurar.

Ella aquietó las manos. Tenía siempre la cabeza inclinada. Pasó por el corredor un andar lento y cauteloso. En alguna esquina del cuarto golpeaba un reloj a punto de pararse. Llegaban de lejos ruidos de cohetes y pitos. De pronto el hombre comprendió que estaba hablando, desde antes, desde que ella se había inclinado junto a él para recoger la toalla. El pequeño busto de la mujer, inmóvil, sostenía la cabeza rígida con la oreja blanca y abierta contra el hombre. Las palabras crecían, amontonando recuerdos. Se movían apenas, ofreciendo siempre su sencillez, acorralando la última tinta de la noche y la miseria.

—Mabel.

Ella removió la cabeza amarilla y se puso a mirarlo, abriendo la boca con sorpresa, como si lo descubriera de pronto, ahora, por primera vez, y ahora, al cabo del tiempo.

Se levantó. El andar indeciso hacía más extraño el golpe de los tacones. El hombre pensó en la otra habitación donde los pasos hubieran agitado el mandarín panzudo y al mono de piel. Ella estaba frente a la ventana, mirando la otra pared blancuzca, después del patio y de la noche. Se volvió para colgar la toalla y un seno navegó despacio en la luna del espejo. Cruzó los brazos y escupió sin ruido en el lavatorio. Se puso a mirar al hombre de pie, ancho, despeinado, que esperaba con su sonrisa. Lo miraba entre los restos de las palabras, los extraños dibujos que habían segregado las palabras. Alrededor de ellos, quietos y callados en el dormitorio, se insinuaban las voces de la madrugada.

Por primera vez ella lo nombró. Juntó enseguida los hombros para defenderse del frío.

—Estoy podrida.

Volvió a escupir y se puso a mirar la ventana. El hombre hablaba y ella, en cada pausa, contestaba rápido, afirmando resuelta con la cabeza.

—Podrida.

XXXIII

Diario de Llarvi

Este nombre de Labuk estaba al principio del asunto, turbio, sin ganas. Es como la semilla, el origen y ya todo queda marcado sin esperanza. El tiempo fue largo y corto, según de donde me ponga a recordarlo. Aquella noche puso el bolso y los libros arriba de la mesa del café. Alguno de los rusos, no sé quién, la trajo. A veces los dos meses se parecen a eso: ella que viene a sentarse y pone los libros en la mesa del café. Pero a veces todo es distinto y sin relación con aquella noche. Puede ser que la mujer que se acomodaba el vestido debajo de los muslos en el café no tenga nada que ver con la Labuk que recuerdo ahora. Quién sabe si no está siempre sentada allí y si yo llegara al café un momento antes pudiera encontrarla. Mirando así, todo empezó recién después.

En la oficina dijo que no había luz y se rió; yo la agarré por los hombros. Frente a los otros ni siquiera nos hablábamos. Por disimular. Pero también porque siempre hubo un poco de odio entre nosotros. Me empecinaba porque le había inventado un misterio. No era cosa de poesía o esperanza; un misterio, nada más. Estábamos desnudos, sudando, siempre con la luz apagada. Podía tocar; allí no había nada, nunca hubo, nunca había. Era eso lo misterioso. Incomprensiblemente atado por una necesidad de vengarme de algo que yo ignoraba; eso y un vicio inmundo. En mangas de camisa, me hago el nudo de la corbata en el espejo un domingo de tarde. Ya está vestida y se pone a esperar en un rincón sombrío. La primera vez que mintió, andábamos por la calle de noche. Dijo que la habían vendido en Polonia por cuarenta pesos. Se le ocurrió ponerse a cantar, un día entero, por la nariz. Era porque estaba contenta, decía. Pero estaba mintiendo. La burla estaba en el cantito sonándole en la nariz.

Me quedé con las manos colgando frente al espejo: comprendí de pronto que no se estaba burlando de mí. No se puede explicar. Pero yo supe que había olvidado que me estaba esperando y cantaba para burlarse de otro. Entonces, aquella vez, tuvo que decir: «Bueno, era rubio. ¿Y qué?». Fue la primera vez que habló un rato largo, ligero. «Me encontré con un hombre rubio cuando iba a buscarte y por eso no fui. Me dijo algo cuando pasaba. Ahora me estaba acordando.» Era de noche. El sirviente vino a golpear la puerta. Ella hablaba y hablaba. Estaba mintiendo. Lo contaba todo como cosa de otra mujer, fuera lo que fuera. Era un receptáculo, nada más, y todo lo que le sucedía quedaba independiente de ella misma. Era la vida, el mundo, la calle. Yo sentía cómo le iba saliendo aquello de la boca, la vida, desnuda, imbécil, tartamuda, incomprensible. Fue un tiempo de vergüenza y del vicio de lo inmundo. Le hubiera aplastado el hocico a patadas. Le pedía por favor que me contara. Le estuve golpeando la boca hasta hacerme sangre con los dientes. Íbamos caminando de noche y las luces de los negocios le daban en la cara. Desaparecía un tiempo, ojalá hubiera reventado, pero volvía siempre para canturrear por la nariz y contarme. Casi siempre los dormitorios estaban empapelados de rojo y fabricaba tipos extraños, que procedían absurdamente. Acaso se haya muerto, ahora sí. Otra vez la vida empezó a tener distintos sentidos, los hechos de la vida de los hombres. En el tiempo de la vergüenza la vida era bestial, tartamuda, impasible y todo estaba contenido en aquel sórdido ir ella y juntarse con un hombre.

XXXIV

Bidart encendió un cigarrillo y pasó otro a Tausky.

—¿Viste por el lado del río el edificio que están haciendo?

El otro hizo brillar el fósforo en la mesa ovalada y desnuda del centro. Miró por la ventana del edificio recto, con las ventanas cuadradas.

—¡Once pisos! Pronto nos mudamos. La reorganización del comisariato exige...

Sonrió cruzando una pierna. Se sentía adormecer en la habitación calurosa.

—Bueno, y arriba la bandera roja. Aquí, vos, comisario de transporte. ¿Te gusta? Te ponés atrás de esa mesa.

Entonces viene el inglés a pedir trabajo o que no lo hagan trabajar.

—¿Y de todo ese lío de provincia? ¿Vos creés que anulen las elecciones?

—No veo. Catamarca fue el dulce. Pero en Buenos Aires...

La puerta mostró una cabeza brillante con lentes y los hombros del saco a cuadros.

—¿Quieren hacer el favor...?

Se levantaron. Bidart pisoteó los cigarrillos. «¿Por qué no entramos fumando?»

—Duro, ruso —murmuró.

El escritorio estaba en el centro de una gran luz blanca. Un hombre gordo, de pie, se inclinaba en un extremo.

—Adelante.

Un hombre flaco detrás del escritorio. Se quitó los lentes, alzando la cara estrecha y fría con las sienes blancuzcas.

El hombre gordo sonreía burlándose:

—Los papeles, por favor.

Los tomó con una ojeada y los puso suavemente frente a la cara flaca de la mesa. Hablaron en inglés. El gordo seguía riendo. El otro se acomodó los lentes y los retiró enseguida.

—Mauricio Tausky, José Antonio Bidart, delegados...

Se recostó en el respaldo con la cara aburrida... Hundidos, los ojos azules tenían un brillo de inteligencia.

—Delegados —repitió—. Oh, bien. ¿Creo que la policía los busca?

Tausky se balanceó, escondiendo las manos en la espalda. Bidart comprendió. «Amable broma entre caballeros. No pasa nada. Hijo de perra.» Los ojos azules se abrieron asombrados:

—¿Oh? ¿Estoy equivocado?

—No. Mauricio Tausky y Bidart.

«Amable broma de señor a buen hombre. Hijo de perra.» El hombre se levantó ágilmente.

—Señores. No puedo perder el tiempo. Se les entregará la nota de la empresa. Esto queda terminado. Mañana a esta hora estarán en el despacho del señor ministro.

Hablaba un poco inclinado, ablandando las consonantes, con las puntas de los diez dedos apoyadas en la mesa.

—Se formalizará el convenio. No hay que decir cómo ha sido extraordinaria la mala fe y la falta de decencia mostrada por el personal. Pero la empresa... Mala fe del personal o de los dirigentes, señores delegados. Pero la empresa sabe distinguir. Hemos tomado buena nota.

Se volvió al gordo alegre, murmurando en inglés. Tenía un hermoso perfil, la barbilla saliente.

—Ésta es la nota de la empresa.

Volvió a sentarse y cruzó las largas manos sobre la carpeta verde. La cara enjuta parecía pensar tenazmente. Luego alzó los ojos, azules, mansos como cielo de estampa.

—Pueden retirarse.

XXXV

Se miró en el vidrio grasiento de la puerta. Su pelo era de un amarillo gastado de campo seco, de libros viejos.

Volvió a contar las moneditas en la palma de la mano. Desnudó un hombro contra el vidrio y sonrió mirándose de perfil. Ya no se oían las voces de los niños en el patio de abajo. No era posible matarse por la ventana. La ropa colgaba sin viento entre latas con plantas secas. Sentía el domingo en las puertas cerradas, en la luz inmóvil en las baldosas.

Caminó hasta tirarse en la cama. Imaginaba las escenas que se habían copiado en el espejo del armario. Ahora estaba ella allí, una mujer podrida la tarde de un domingo. En la muerte no había diferencia entre una niña resfriada y una mujer podrida. Alguien habría en la muerte incapaz de hacer diferencia. Estaba más tranquila; las oleadas de asco subían y bajaban regularmente.

Oyó golpear en la puerta y saltó para recoger la taza de café. Alargó las monedas en silencio.

—¿Café solo quería?
—Sí.

Sonrió y la mujer se fue. Cerró la puerta con el pie descalzo. Mientras dejaba la taza sobre la mesa pensó que era necesario bañarse, antes; acaso fuera posible morir de asco, con sólo pensar. El café le quemaba el pecho; sopló y volvió a ponerlo encima de la mesa. No, no podía bañarse. Ni ver ni tocar el cuerpo desnudo. Resolvió lavarse los pies y esto la tranquilizó.

Se dejó caer en la cama con los ojos cerrados. Veía un gran campo amarillo, desierto. Ya nadie volvería a caminar sobre el pasto reseco, ni hombres ni animales. Había una casilla de madera en la mitad del campo, justo en el medio, contra un fondo impreciso de montañas. De pronto su cabeza empezó a llorar. Encendió un cigarrillo y se puso a tomar el café a sorbos, siempre sola en su casilla de madera, rodeada por una infranqueable soledad. Era un silencio de bestias dormidas. A veces escuchaba el lloro de la cabeza. Era un llanto calmoso, con una extraña nota repetida, como si un niño ensayara una y otra vez la pronunciación de una vocal en lengua extranjera.

XXXVI

El cochero se enderezó de un golpe. La luz del baile manchaba la vereda húmeda.

—Sí, como no... De acá deben ser unas, más o menos...

Hizo estallar dos veces el látigo mientras se alzaba la lluvia.

—Catorce o quince cuadras. Quince cuadras, dos pesos.

Llarvi subió, escondiéndose en la sombra, perforándola con el cigarrillo. Trepado en el estribo, el cochero corría la lona impermeable de los costados, desequilibrando el coche. Volvió a trepar al pescante.

—¡Pastora! ¡Iup!

El cochecito se desprendió a tirones y empezó a rodar sobre las piedras. Llarvi se acurrucaba contra el golpeteo de la lluvia. Quería pensar en cualquier cosa, olvidar el final del viaje. Se tomó el pulso para saber si estaba borracho. A través de la rotura en triángulo de la capota veía pasar los portales sombríos, las luces de los faroles hundidas en el brillo de la calle. El coche corría por el barrio de los cabarets, siempre en línea recta.

Llarvi tiró el cigarrillo y recostó la cabeza. La lona tirante lo balanceaba, llenándolo de sueño. Recordaba la tarde en el salón de conferencias, el hombre calvo que hacía avanzar la oreja con una mano, la muchacha de verde y anteojos que asentía desde la primer fila.

Enderezó el cuerpo, montando una pierna. Volvía a mirar la sombra de la calle entre el golpeteo menudo de la lluvia en la capota. Tres o cuatro cuadras las paredes repetían: HOMENAJE A DE LA TORRE. Eran grandes letras azules. Algunos afiches rotos, con jirones sumergidos en la lluvia, mostraban la cara de Paulina Singerman mirando impasible hacia la noche.

El coche dobló, rodando por una calle despareja y en pendiente. Se sucedían barricas, bolsas, pilas de madera, algún ojo sangriento de farol. «América está en nosotros. No sabemos cómo es. Aceptémosla como la tierra acoge a la semilla que habrá de romperla sin preguntarse el color del fruto.» ¿Dónde demonios quedaría el prostíbulo? Era seguro que habían pasado ya más de quince cuadras. Seguían zumbando las llantas y en el triángulo del costado no había más que la noche ondulante y negra.

—Shitu, Pastora.

Habían llegado. Bajó en la calle desierta. Una fila de caserones viejos, sin luz.

—¿Dónde?

Sin mirar, el hombre ladeó la cabeza.

—Ahí, la segunda. Golpee nomás.

Pagó y empezó a andar. Apretó el timbre mientras el coche volvía a caminar, retrocediendo. Se oía pitar lejos un tren. Volvió a llamar y una luz alegre rajó los postigos de la puerta. Vio enseguida, entre la rejilla, una cara de mujer con el pelo blanco, grave y dulce, examinándolo. Sonó el picaporte.

—Qué horas m'hijito. Ya estábamos por cerrar...

—Si molesto... Il ne faut pas...

—Oh, entrez, entrez... Les demoiselles, elles n'sont pas encore couchées.

Bajo la gran luz de adentro quedaba más vieja, marchita. Se detuvo en el hall junto a la mesa de fumar. Llarvi miraba las cortinas, el rojo de los asientos, mientras la vieja avanzaba golpeando las manos:

—¡Muchachas, muchachas!

Al fondo giraba brillosa una escalera. Columnas, alfombras, un grupo de mármol arriba de un mueble. «Conscience de l'Amérique.» Suspiró sacando un cigarrillo, seguro de que Labuk no podía estar allí. Enseguida entraron las muchachas con cara de sueño, sonriendo. Una a una, le dieron la mano. Él repartió cigarrillos, ofreció fuego y volvió gravemente a la blandura de los almohadones. Las mujeres se fueron sentando a su alrededor. Eran cuatro, de rojo, de verde, de blanco y de negro. Adentro sonaba la voz de la vieja.

Llarvi les sonreía como a antiguas conocidas, amigas de la infancia, hermanas. La mujer que estaba a su izquierda se miraba los hoyuelos de las manos, sofocando un bostezo. La muchacha de verde, bajo la luz, le recordó de pronto a alguien, imperiosamente, no a Labuk pero sí a alguna mujer, relacionada con Labuk. Acaso fuera solamente la actitud, el aire de estar ausente, sin interés, la indiferencia que surgía del mismo verde vegetal de la ropa.

—Les parecerá curioso... Ustedes me perdonarán, señoritas, si pierdo o les hago perder un poco de tiempo. Pero me habían hablado tanto de esta casa...

Lo miraban sin contestarle, siempre con la misma cara de sueño y la sonrisa inmóvil. Un ruido de pasos se internaba en la casa, como atravesando un enorme patio de baldosas, inacabable.

—Parece una fiesta, un momento de fiesta. ¿Eh? Esos trajes... Si les parece, podemos tomar algo.

Alguna hizo sonar una campanilla. La mujer de negro, morocha, con la mandíbula saliente, le sonrió para preguntarle:

—¿Qué quiere tomar?
—Cualquier cosa. Pidan. ¿Cerveza?
—Traé cerveza.

La vieja entró en el comedor con su tintineo de llaves. La mujer de negro le sonreía con sus grandes dientes. Llarvi estaba seguro de que tenía mal aliento. En el silencio, empezó a sentir un odio furioso contra todas, contra aquella imbecilidad de estarse allí esperando que eligiera una para irse enseguida a dormir, sin ayudarlo, sin hablar, sin otro pensamiento que los diez pesos y la comisión de las bebidas.

La vieja destapó las botellas y sirvió, dejando caer la cerveza desde alto.

—¿Pagás por mí?
—Oui, madame.

Bebió su vaso de un trago. Ahora estaba alegre, borracho. Pagaba y tendrían que aguantarlo, ninguna valía los diez pesos. Se inclinó bruscamente hacia la mesa.

—Bueno, no soy un tipo divertido. ¿Eh? Tengo que elegir una y... disculpen. Yo quería conversar un momento. Es tan difícil resolverse así...

Labuk no estaba. ¿Qué podrían entender de nada las demoiselles, las pobres mujeres de diez pesos?

—Si usted quiere...

La mujer de verde bostezaba contra el dorso de la mano. La voz le salía aplastada, con un agujero en la mitad de cada palabra.

—No hablábamos, no, por nada. Pero ya íbamos a cerrar. Son más de las tres.

—Siempre hablamos. Pero la madame...

—Si la casa fuera nuestra...

—Claro, gracias.

Se levantó sin ganas, nuevamente triste. Alzó la mano hacia la rubia que estaba a su izquierda, medio dormida.

—Si vous voulez...

Ella se levantó sonriendo. Las otras saludaron y desaparecieron. La muchacha de verde subía la escalera. «¡Ah, si yo hubiera adivinado!»

Mientras se quitaba el saco, sentado en la cama, pensaba en la imagen de la mujer verde, subiendo la escalera hacia una parte desconocida de la casa, un dormitorio que ya no vería nunca, y donde hubiera podido ser feliz. Al lado de él, la mujer ya estaba desnuda.

La besó en la cabeza y colgó el saco en una silla. Los dedos vacilaban en el nudo de la corbata.

—Oíme. ¿Cómo te llamás?

—Papillón. ¿Te gusta?

Giró sonriendo y se puso a rebuscar en el ropero. Silbaba agachada, rápidamente, alguna cosa conocida. Volvió a calzarse y se acercó.

—¿Me esperás un momento? Vuelvo enseguida. ¿Te vas a portar bien?

Se dejó caer sobre la cama, con los ojos entornados. Veía la puerta y una esquina del biombo, negro, con pájaros de nácar. En la ventana, lejano, vibraba el ruido de la lluvia.

La mujer entró cantando, con el frasco donde bailaba el líquido oscuro.

> J'ai deux amours,
> mon pays et Paris...

—¿Esperaste mucho, querido?

Entró en el rincón del biombo. La voz venía ronca y extraña:

> Les voir un jour
> c'est mon rêve joli...

Secándose con la toalla se encontró con el hombre vestido que esperaba al pie de la cama.

—Tomá. Para la vieja, la cerveza y para vos. ¿Alcanza?

Ella sonreía agradecida, enjugándose maquinalmente con la toalla.

—¿Pero te vas a ir?

Llarvi recogió el sombrero y le rozó el colorete de la cara con dos dedos, despidiéndose:

—Papillón.

XXXVII

En la esquina de Sarmiento la mujer entró en la luz del café. Caminó unos pasos, indecisa, cambiando de mano la maleta. Pepe acomodaba las mesas en el salón vacío. La voz de la mujer era impersonal, confusa, como una mala fotografía de su propia voz.

—Buenas noches. ¿El señor Bidart, podría decirme?

—¿Bidart? ¿Usted es la persona que esperaba de Santa Cruz? No está, pero sé dónde llamarlo. La estuvo esperando hasta hace una media hora. Siéntese y tome algo.

Rolanda sonrió sin decir nada y fue hasta la mesa junto a la ventana. Acomodó la valija y se sentó. Tenía en la boca, fijos, unos sinuosos pliegues de burla. Pepe abrió la puerta atrás del mostrador. Llegaban voces roncas, soñolientas, con acento español. Del reloj cayeron dos campanadas. La mujer se sentía cansada y una antigua desesperanza le venía de la noche caliente, con las calles húmedas y las luces rodeadas de neblina.

—¿Café?

Ella tembló y volvió la cabeza sonriendo.

—Bueno. Si puede darme té...

Miraba el andar del vigilante en la calle, los rápidos taxis que doblaban en la esquina. «Una noche de tormenta», se puso a pensar despacio. Tormenta. Puede ser que llueva antes de la mañana. Estaba con sueño, muerta de cansancio. Ahora estaba aquí, también sola pero entre la gente, tantos miles y miles de gentes amontonadas. Suspiró echando la cabeza hacia atrás. Tenía el pelo de un rubio desteñido; la frente era estrecha y la larga boca sin color se inclinaba en las puntas con su gesto burlón y austero. Volvió a suspirar cerrando los ojos. «No soy una mujer. ¿Por qué no seré como una mujer? Soy una persona.»

XXXVIII

Aránzuru sentía la sonrisa viniéndole desde la mujer en cuclillas. Giró en el espejo del ropero. Sobre el murmullo secreto del agua los ojos de Katty lo miraban tiernamente, como una madre al niño.

Acababan de levantarse de la siesta. Después de la cortina de varillas estaba el verano, las viejas calles vacías, los jacarandás resecos de sol. La mujer sostuvo en el aire la mano irisada de jabón.

—Te lo quería dar de sorpresa.

Aránzuru irguió el cuerpo en el espejo. Miraba el traje, la camisa, los zapatos. Bajo la mariposa de trapo negro sujeta en el cristal, examinó el traje chocolate con finas líneas rojas.

—¿Te gusta? ¿Sí?

Se inclinó hacia el gesto ansioso de la mujer. La veía vieja y gorda.

—¡Uh! Muy bien. Que me gusta mucho. Mirá, hace tiempo que quería comprarme uno parecido. ¿Pero te habrá salido cara la farra, eh?

Ella rió, dejando que el contento le rezumara en la redonda cara pintada.

—Bah, con tal que te guste... También, ese otro ya estaba...

Se reía curvada, jabonándose. Él fue a tirarse a la cama, despacio, cuidando de no arrugar las ropas. Veía debajo de la barbilla el azul intenso de la camisa. El olor de ella andaba por las sábanas, empozado en el hueco de la almohada. Se puso un cigarrillo entre los labios y encendió. Katty se enderezó, cerrando el grifo. Con un tacón calzado en el travesaño de la silla comenzó a enjugarse.

—¿De qué te reís, querido?

—¿Yo? No sé, mirá. Me estaba acordando de un curda que andaba anoche por el café.

—¿Vas a ir ahora al café?

—¿Ahora? Y sí. ¿Adónde querés que vaya?

—Claro. ¿Vas siempre al de la plaza?

—Sí, casi siempre.

—No es por nada. Pero tené ojo. Hay una punta de alcagüetes, envidiosos...

Se puso la camisa y la bata. Volvió a sonreírle desde la silla y comenzó a caminar ordenando las ropas.

—Es una gentuza, toda aquí...

Tiró el traje viejo al otro cuarto.

—A lo mejor se lo regalo a alguno. O se puede limpiar. Si lo llevás a la sastrería... Así tenés dos y te dura más. Lindo espejo me vendieron. ¿Te fijaste? Se está llenando de manchas. Hay que ver. ¿Te parece que podrá ser de la humedá? Cuando lo agarre al ruso ese me va a oír. ¡Veinte pesos, querés decirme! ¿Vos te crées que está bien pagado, y se estropeó enseguida? Si no hace mes y medio que lo trajo.

—Y debe ser la humedá...

—¿Pero cómo humedá con este calor? Lo que hay que es un robo. ¡Veinte pesos! Ni veinte guitas vale. En Buenos Aires tenía uno que ya ni me acuerdo cuántos años tenía. Se puede decir que lo vi toda la vida. Sí, creo que ya desde antes que naciera andaba el espejo en casa. Pero las cosas de antes duraban mucho más. Lo que es éste es una vergüenza. Si no trajera yeta, lo rompía, te juro. Se lo rompía en la cabeza al ruso cuando venga a cobrarme. Para eso no falla, llega el primero del mes y está aquí como fierro. Es mejor casi no tener nada que tener uno así, lleno de manchas. Ni sabés en qué lado vas a mirarte. Lo que pasa, sabés, es que el ruso se cree que una... Mirá. Me olvidé de echarle agua a las flores. Bueno, las tiro. ¿Pero vos tenés dinero para ir al café? ¡Mirá qué estreno, sin un centavo! ¿Cómo pagás el remojo? Bueno, qué le vamos a hacer... ¿Por qué no metés la mano en el bolsillito del pañuelo? ¿Qué me decís? Bueno, dejate de embromar. Por lo que es... No, no las voy a tirar. Las voy a dejar un rato en la bañadera a ver qué pasa. ¡Ah!, oíme. ¿Me hacés un favor? Mirá, si podés cuando pasés por lo de Zani te fijás en alguna veladora linda, con pantalla. Hay una que vi el otro día con unos dibujos de aplicación. Y el precio. Ésta ya pasó de fulera. ¿Te fijás, sí? La pucha, son casi las cuatro. ¿Vos oíste el reló de la iglesia? Para mí que ése toca cuando se acuerda. Si no me apuro... Decí: ¿quién era el petizo que estaba anoche con vos en el café? ¿Viste como lo sé todo? ¿Eh? ¿Quién era?

Aránzuru le sonrió medio dormido, volvió a cerrar los ojos.

—Sí, se llama Lázaro. Hace tiempo que lo conocí. Se había ido para la uva. Buen tipo.

—¿Viste que yo sabía?

Estaba ya vestida y se inclinó para besarlo. Lo miraba desde arriba, sonriendo, con las manos juntas sobre el vientre, la cabeza llena de colores inclinada hacia un hombro.

—Se te apagó el cigarrillo. ¿Querés los fósforos?

—No, si ya me voy.

—Es tarde, sí. No sé cómo se me pasó el tiempo. También, vos sos uno que ya te digo...

Se rió y fue hasta el espejo para peinarse, entre sonrisas, maldiciones y muecas frente al cristal manchado.

Aránzuru bostezó y alzó la cabeza para mirarse. Su largo cuerpo vestido de chocolate descansaba en paz. Estaría en el café hasta la mañana, jugando a las cartas y tomando grapa. Luego subiría a dormir junto a la mujer blanca, gruesa, con riñones cansados. Ésta era la paz. Fuera de aquello sólo descubría palabras. Le miró sonriendo la espalda. Ella canturreaba contra el espejo picado, pobre mujer caliente y sencilla que vivía e iba a morirse y ya nadie sabría nada de su alma, nunca.

—Ta que lo tiró, este espejo...

Un timbre largo sonó en la cocina.

—¿Ya?

Se levantó. Ella corría trayéndole el sombrero. Le dio apresurada la boca mientras le metía los cigarrillos en el saco.

—Salí por ahí nomás, mejor, como si fueras un cliente. A las dos, ¿eh? Ah, no, que es sábado, me olvidaba. Bueno, cuando no veas la luz. Pero no tardés más de tres y media.

En el espejo pasaba balanceándose el traje chocolate.

—¿No te incomodan los zapatos?
Él negó moviendo la cabeza donde colgaba el cigarrillo apagado.
—Digo, como son charoles...
Volvió a negar, y salió en silencio.

XXXIX

El sereno del hotel bajó la escalera lentamente, haciendo bailar la llave colgada del dedo. Veía Rivadavia a través de la ventana: empezaba a aclarar. Quedó inmóvil al pie de la escalera, rascándose el mentón. Estaba seguro que la mujer del pelo amarillo moriría antes de la mañana. Se sentó friolento en el escritorio. Fumaba aterido, esperando el ruido del balazo allá arriba.

La mujer apagó la luz y se metió en la cama. Las sábanas eran ásperas y frescas, con olor de una fruta que no lograba precisar. Esperaba con los ojos cerrados. Sentía el cuerpo desnudo, mucho más flaco, estrecho, perdido bajo las mantas, con las manos cruzadas sobre los senos. No podía llorar; suspiraba a compás apretando un poco las rodillas. Comenzó a pensar: «Ave María, llena eres de gracia, el Señor es contigo...».

Se sentía mejor, casi consolada, como si hubiera estado llorando. Alzó un labio para sonreír. Pensaba lentamente las palabras.

«Bendito el fruto de tu vientre Jesús, Santa María, madre de Dios, ruega por nosotros...»

El sereno miraba inmóvil la mañana gris y lluviosa, con las solapas alzadas y el cigarrillo olvidado en la boca. La mujer del 24 pasó sin saludar, recogió la llave del gancho y empezó a subir la escalera. Le miraba las piernas gruesas, un poco torcidas. «De dónde vendrá esta loca...»

«Ave María, llena eres de gracia, el Señor es contigo, bendita...»

La mujer del pelo amarillo giraba entre gracia, María y Señor, bendita, María y el vientre hinchado; Ave María, María, María y la mujer descendió dormida.

XL

«Todo lo que se ha escrito y charlado sobre el autoconocimiento. Cuando llega esto es de una manera sorpresiva, a traición. Tengo treinta y cinco años y he estado siempre, desde la adolescencia, movido por esa preocupación de conocerse a uno mismo, ni por curiosidad ni por afán de perfeccionarse y tanta otra idiotez. Era una cosa aceptada, una obligación del hombre que había que tratar de cumplir. Pero cuando uno se propone esto no logra más que pasearse por la antecámara; todo era tiempo perdido hablar sobre una cosa que no puede ser dicha. Es lo mismo que intentar explicar qué es el rojo o el verde. A veces llega un momento de desgracia, de descuido en que uno se encuentra a sí mismo; no se conoce pero se siente.

»Nunca comprendí ese cargamento de recuerdos que la gente se empeña en encontrar en cada nueva primavera. Confieso haber escrito algo sobre eso, hace dos o tres primaveras; algo en que hablaba yo también de la nostalgia de cosas imposibles de ser recordadas con claridad y entre las cuales había estado yo en otros meses de septiembre. Sucia literatura. Lo que hay en la primavera es el deseo de cosas donde gastar las nuevas energías. Lo muerto está siempre en el invierno y nos llega flotando sobre el frío en cualquier día de otoño. Recuerdo a un viejo de barba blanca y túnica, siempre sin pies, sentado arriba de una nube: así veía a Dios cuando era chico. Los recuerdos de todo lo muerto en otros inviernos, toda la emoción de nostalgia y desconsuelo que llega con este primer frío se siente como la cara dormida de aquel viejo flotando hacia nosotros sobre el frío.

»Así, repentinamente, después de haber dormido toda la tarde, me levanté y sentí enseguida el aire fresco y liviano a través de la ventana. Hace meses que estoy en Rosario y no he escrito una línea. No creo que haya en este momento hombre más desnudo que yo y no necesito emplear el cerebro ni asediarme mediante frases para saber quién soy. Esto se siente y es terriblemente desconsolador. Acaso esto suceda en tres movimientos, pero son rapidísimos y no es nada difícil que yo los esté inventando ahora para tratar de hacer lógico el suceso. El primero consistiría en sentirse despojado de todo lo social, de lo que uno es ante los otros; después se logra asirse aún de lo animal, la sangre, el estómago, los músculos. Pero aquí se comprende forzosamente que todo eso es común a los hombres y se abandona. Queda entonces uno. ¿Qué hay? Sólo se puede decir con una palabra: nada. Pero esta palabra, aquí, no es negativa. Significa y afirma la existencia de miles de cosas. No se puede explicar ni hay para qué.»

Llarvi dejó la lapicera y se echó hacia atrás en la silla. Tenía el busto desnudo y contempló largamente la piel erizada, los vellos erguidos. Después, miró el sillón en el ángulo de la pieza, con la camisa colgando en el respaldo. Empezaba la noche. Veía cómo la luz cerraba las viejas flores estampadas en la tela del sillón. Se le ocurría pensar que Labuk había muerto desde hacía mucho tiempo, meses, y continuaba pudriéndose en el atardecer enfriado, metida en algún cementerio de provincias que él conociera.

En la habitación de al lado volvieron a poner el disco. Parecía una canción francesa pero le era imposible distinguir las palabras. Apuntó con el revólver a la puerta, cerrando un ojo. Volvió a dejarlo sobre la mesa y se levantó para espiar por la ventana. La calle estaba vacía, aún sin luces. Tenía enfrente un paisaje de techos y crestas de árboles bajo un cielo violeta. Era una canción en cualquier lengua que no podía comprender, vieja y sin fuerza, con un coro lejano que la abandonaba de pronto junto a una voz de piano destartalado y candoroso. Detrás de la puerta no había nada más que la música y el zumbido del disco. Los cálices del sillón se habían perdido en la sombra. Se apoyó contra él, balanceando la cabeza al compás de la música. El primer secreto consistía en que el disco giraba muy lentamente, despacio, despacio. El segundo secreto era que la vida no tenía sentido.

«Estoy aquí en una ciudad cualquiera.» Se cortó la música y el silencio que manaba ahora la puerta entristecía como una historia miserable. Resbaló hasta quedar hundido en el sillón. Era como estar en una casa cercada, en la trampa, sin esperanza de huir.

XLI

Katty estaba sentada en la punta de la cama, sacándose una media. La luz brillaba en la enagua, rodeando el vientre. Aránzuru cerró sin hacer ruido y fue caminando despacio hasta el centro de la habitación. Respiró el olor pesado del cuarto y sonrió a la mujer.

Ella había quedado inmóvil, con las manos en la media. Tenía la cara endurecida y por primera vez él comprendió los ojos pequeños, inquietos, llenos de maldad. Se arrancó la media y se puso una ropa sobre los hombros. Alrededor de la boca le había nacido una multitud de arrugas. Volvió a mirarla y se sentó en la silla. Continuaba sonriendo, alegre de estar cansado y con sueño.

—¿Qué pasa? —murmuró Aránzuru.

Cualquier cosa que pasara no tenía importancia. Tiró el sombrero encima de la cama. Ella se rascaba la cabeza con aire pensativo. Se examinó las uñas, las limpió una con otra y volvió a sosegarse.

—¿Qué te pasa?

La pregunta agitó un poco ahora la cara de la mujer. Escupió al suelo y se estuvo un rato aplastando la saliva con el zapato. Después se recostó en la madera de la cama con un gesto de fatiga. El pelo cayó cubriendo las palabras:

—Mirá. Andate. Ahí tenés las cosas.

Él sacó un cigarrillo y se puso a fumar. No hablaron hasta que Aránzuru tiró el cigarrillo y se recostó en la silla.

—Bueno. Pero qué te pasa. ¿No me podés decir qué te pasa?

Ahora Katty volvía a rascarse la cabeza, alargando un dedo, con un pequeño ruido de laucha.

—Andá a pasear. No me hablés. Dejame en paz.

Él se levantó, estirando los brazos. No tenía ningún deseo de salir al frío de la calle. Vio encima del tocador el paquete de sus ropas envuelto en diarios, sujeto con unos verdes piolines de confitería. Encima, abierto, estaba su carnet del Colegio de Abogados. Puso un dedo sobre la fotografía del muchacho que miraba sonriendo, con unas espesas cejas y la mandíbula cuadrada. «Qué corbata tan ridícula.» Lo guardó en el bolsillo. Comprendió el desencanto de Catalina, su sensación de haber sido estafada.

Katty lo miraba con un ojo entre las mechas del pelo caído. Él estaba de pie, casi de espaldas, con la cabeza reflejada en el espejo. Era grande y lleno de fuerza, vestido con el traje color chocolate que le había regalado. Lo recordó desnudo y enseguida volvió a odiarlo con la misma rabia roja de cuando llegara.

—Soy tan infeliz que me puse a remendarte el traje viejo.

Él alzó el paquete y volvió a dejarlo. Recogió el sombrero y lo puso encima del tocador.

—Bueno. ¿Me querés decir qué te pasa?

—Si me querés hacer un favor andate enseguida y no hables. No me hablés.

—Salgo enseguida. Pero me podés decir... Creo que podés decírmelo. Si no hablás conmigo... De cualquier manera, no tenés con quien hablar. Si te pasa algo es mejor que me lo digas.

—Seguí. Haceme el favor. Si te digo que te vayas... —se puso a gritar—: ¡No me hablés, no me hablés!

Aránzuru caminó contoneándose hasta la ventana. No podía ver nada porque estaba corrida la cortina. Miraba las briznas de luz en la trama de la tela. La sombra de su cabeza estaba contra la cortina. Se volvió bruscamente, yendo hacia ella. La mujer se asustó de la cara enloquecida y de las manos abiertas que se acercaban.

—Escuchá. No, no te voy a hacer nada. Pero oíme.

Katty se apoyó en la cama para levantarse pero él la tomó del cuello, tumbándola.

—Tenés que oírme. No te voy a hacer nada, ¿eh? —la soltó—. Pero tenés que oírme. Tampoco quiero explicarte.

Tenía la cara de la mujer debajo de la suya. Los ojos diminutos trataban de adivinar, saltando de miedo.

—Me voy a ir enseguida. Es un momento.

Se levantó y fue a apoyarse en la cama, mirándola. Ella había quedado inmóvil, echada, con el dorso de las manos caído en la almohada.

—Me voy, no nos vemos más. No te preocupés; vas a reventar, uno de los dos se va a morir antes que el otro. Todos se mueren. ¿Entendés? Y una se lo agarra en serio. Toda la desgracia está en elegir, en querer separar las cosas. Buena idiotez. Todo es lo mismo. Los días, el sol, las porquerías y eso de poder morirse a la vuelta de una esquina. Alguna vez uno se acordará del otro. ¿Y qué? Algún día o alguna noche, quién sabe dónde, me pongo a pensar en vos. Me acuerdo y me quedo contento. O triste, pero contento de haberme acordado.

Ella lo miraba sosegada, con una cara inexpresiva.

—¿Entendés? Aunque no entiendas. Estoy solo o entre la gente y me pongo a recordar. A lo mejor me río y todos me miran, preguntando. Vos no sabés que te quiero mucho, pero no de la manera que podés pensar. No lo podés comprender, no podrías. No te quiero a vos, sólo a vos. A tus vestidos y a las cosas que cantás, este cuarto, tu vida desde que eras una pibita y todas las cosas que no conocés ni te imaginás que hay. Que seas lo que sos y los perfumes que te gustan y las cosas que te dejan contenta...

Se apartó de la cama y se puso a caminar en silencio. No quería mirarla. Abrazó el paquete y se puso el sombrero. Vio su sombra en la cortina, el cuerpo de la mujer alargado en la cama, la imagen del traje achocolatado resbalando silencioso en la luna del espejo, rozando la mariposa de trapo.

XLII

Aun antes de encender la luz se sintió rodeada por la tristeza del cuarto. Goteaba de los flecos de la colcha en la cama, se acurrucaba en el brillo del espejo y en la punta de sus dedos con frío. Empezó a desvestirse para la tristeza. Se quitó los zapatos y el vestido. Caminó hasta mirarse en el espejo, flaca, blanca, tocándose el pelo amarillo, marchito. Miró la mañana en el ventanuco. Un día lluvioso, aplastado contra la pared blanca de enfrente. «Tengo que mudarme mañana.» Se arrodilló para sacar la cabeza afuera. Si alguno pudiera alzar una gran mano para detener el día, alrededor de ella, para siempre. Se palpó las nalgas y el pecho, los hombros; estaba sola.

Cerca de la mesa, alzó la pierna en la luz, haciéndola girar. Se sonrió con los brillos largos y suntuosos de las medias. Rápidamente se puso a hurgar en el cajón de la mesa. Apartó el ovillo de hilo, las cajas de fósforos, un cabo de vela y extrajo una revista. Miró las señoras que tomaban el té en la contratapa, sentadas en un jardín. Bebían el té con dulces y fumaban bajo un cielo límpido, estiradas en sillones de bambú, con las brillantes piernas cruzadas. Al fondo pasaba el chófer cargado con las maletas. Habían puesto en el cielo con letras rojas: TAX - PIERNAS DE DAMA - LA MEDIA DE LA ARISTOCRACIA.

La luz de la lamparilla moría en la mañana. Ella levantaba sonriendo una pierna delgada, cubierta con media Tax. De pronto se olvidó de todo y se puso a caminar en círculo alrededor de la mesa. «Estoy loca. Sin zapatos.» Se calzó y quedó sentada en la cama mirando la luz del día. Estaba consigo misma, como con otra mujer pequeña que temblara con un extraño miedo. Para engañarla pensó con largas frases que era necesario lavar las medias antes de dormir. Charlando, se quitó las medias, volvió a calzarse y salió canturreando, envuelta en la bata de gruesas listas.

Alguno de oscuro se le cruzó en el corredor y le dijo suciedades contra la oreja. Siguió indiferente hasta el frío blanco del cuarto de baño. Allí lavaba y enjugaba las medias. Coqueteaba moviendo la cabeza, evitando ver la cara en el espejo. Torció las medias y volvió al cuarto. Cerró la puerta y estuvo forcejeando hasta trancarla con la mesa. Tenía que secar las medias sin plancha, porque una vez la había prestado a la Tucumana, y la Tucumana a otra que después va y la presta no siendo suya.

Se tiró en la cama calentando las medias contra el vientre. La mujercita miedosa estaba a su lado, dormida, susurrando el aire entre los dientes. Ella se incorporó con cuidado, retorció una media y le hizo un nudo y un lazo. Miraba la luz de la ventana al atar el pie de la media en el barrote de la cama. Apretó con las manos húmedas el pelo amarillo y muerto porque la cabeza no quería pasar. Luego alargó dulcemente la punta de los dedos hasta la respiración de la mujercita asustada que se le había dormido acariciando con los labios un brillo de saliva. Se dejó caer apretando los párpados. Caía siempre, pensando con lástima en la media abandonada que ahora se le confundía con la compañera dormida y tendría que apretar y volver a calentar contra el vientre mientras corría por el pasillo y veía el hueco de la escalera sin luz por donde bajaba hundiéndose en el agua negra que se cerraba enseguida y enseguida se endurecía encima de la cabeza de ella que ya no tenía cabeza.

XLIII

Cuando abrieron la boletería, Aránzuru bajó del banco y empezó a caminar por el andén desierto. Luces misteriosas brotaban y morían en los rieles, y afuera crecía el amanecer en semicírculo.

El empleado bostezó mirándolo fijamente con los ojos pequeños y azules detrás del vidrio de los lentes. Compró el boleto y preguntó:
—¿Sale enseguida?
—Plataforma dos. A las cinco y treinta y cinco.
Se alejó de la ventanilla. Un hombre de azul entraba por los portones arrastrando una zorra. Un ómnibus pasaba vacío por la plaza. Encendió un cigarrillo y se puso a mirar el itinerario clavado en el tabique de madera. Un viento frío se levantó a sus espaldas. Trataba inútilmente de comprender los precios y las horas de llegada y salida. Contempló la mano que sostenía el cigarrillo. Estaba sucia, con los nudillos hinchados y las uñas rotas y negras. Bostezó, mirando siempre la mano, como si no fuera suya, oscura y encogida, frente a sus ojos como un animal enfermo.

XLIV

Desde la puerta, antes de soltar la manija niquelada, Nora vio la cara de Casal recostada en la baranda que partía en dos la sala del café. Eran cinco en la mesa. Caminó derecho hacia él, con el busto un poco inclinado hacia adelante y las piernas rozándose, duras las rodillas. Lo vio sonreír y se sintió más tranquila, detenida junto a la mesa, inmóvil, espiando la cara del hombre con el rabo del ojo. De las otras mesas se volvían para mirarla y le llegaban risas. Se aguantó tiesa, con las manos blandas y enlazadas sobre el crecido vientre, esperando.

Por fin, con el cuerpo torcido, Casal se levantó. De pie en la luz tenía la cara blanca y seria. Ella dio media vuelta, callada, y caminó hasta la salida, empujó la manija brillante de la derecha, olió enseguida el aire frío de la calle. Descansó un momento sobre el umbral, cambiando de pierna para sostener el cuerpo. Después tomó por la avenida, dando tiempo al otro para que la alcanzara, casi rozando los vidrios de los escaparates. Se sentía de golpe pobre y mal vestida, llena de humillación por algún desconocido insulto, con la boca contraída y los ojos llenos de lágrimas. A sus espaldas los pasos se acercaban, se hacían confusos, desaparecían, estaban nuevamente allí, seguros y calmosos. Todos los que pasaban le miraban el vientre y veían con burla y asco el feto arrollado allí adentro. Veían luego todos los momentos por los que había pasado ella antes de tener aquello en el cuerpo. Alguno le habló sonriendo en la esquina. Ella pensó asombrada: «Tengo un muchacho en las tripas».

Casal caminaba detrás del cuerpo alto de la muchacha. Observaba los tacones torcidos, las arrugas de las medias, el conjunto de las ropas que lo obligaban a pensar en una mujer distinta. Había una desconocida audacia en la combinación de los colores, un rojo furioso en la bufanda. También había cambiado la manera de llevar la cabeza.

La alcanzó en la esquina tocándole el hombro con un dedo. Ella se detuvo enseguida. Estaba más flaca, con cara de enfermedad, desviando los ojos.

—¿Hasta dónde vas? Con el frío que hace...

—Iba. Tenía que hablarle por un asunto. No me iba a poner a decirle delante de todos, me parece.

De pronto se rió. Los grandes dientes blancos tenían la misma clase de alegría de siempre. Por encima de la risa y del vientre hinchado lo miraba con atención. Luego frunció la boca, quedó seria y apartó enseguida los ojos.

—Necesitaba dinero.
—Claro. ¿Cuánto?
—Y yo qué sé. Lo que pueda. Cinco o diez... Pero se lo voy a pagar. Tengo apuntado lo que me prestó, no vaya a creer...

Le metió los billetes arrollados en la mano.

—No digas idioteces. ¿Novedades? Podíamos ir a cualquier sitio, a tomar alguna cosa caliente.
—Me tengo que ir enseguida. No tengo novedad ninguna. ¿Qué novedades voy a tener?

Sonreía con los ojos bajos, las manos siempre unidas sobre el vientre en punta, mostrando los guantes de hilo, sucios, con los dedos comidos.

—Vamos a charlar a cualquier lado. Te vas enseguida.
—No, no puedo. Le digo que me tengo que ir.
—Cinco minutos.
—¿Para qué? Hay que ver que vengo siempre a pedirle dinero. Ahora ya me lo dio. Si me quedo se va a creer que es por disimular. ¿Se da cuenta cómo soy? No, no haga así porque es cierto. ¿Le gusta que le mienta? A usted no le gusta que yo le mienta.

Él no contestó, a pesar de estar seguro de que ella esperaba algo. Le pareció que el cuello de la muchacha estaba sucio. Acaso fuera el reflejo de la horrible bufanda. Toda ella tenía el aire de una cosa gastada, blanda, demasiado usada.

—Me tengo que ir —repitió Nora—. Entonces... Oiga. Un día de éstos le voy a traer el dinero al café.

La miró cruzar la calle y seguir por la avenida, sin volverse. Nunca la había visto desnuda. Pero estaba seguro de que su cuerpo era también distinto al de antes. Aquella desnudez desconocida no podía ya tener las líneas valerosas del año anterior, ni la manera de actuar en el espacio, tan desprovista de toda previsión.

XLV

Se oían los murmullos en la puerta de entrada, lejanos, los golpes de la puertita de hierro del jardín al cerrarse. Abajo de ellos, detrás de los vidrios rojos y azules y la telaraña de los plomos del vitral, sonaban portezuelas de coches y pasos cautelosos entre los canteros sombríos del jardín. En el semicírculo del vitral habían encontrado un refugio aislado de las toses y el murmullo de afuera, lejos de la puerta ochavada que escondía el cadáver y la montaña de flores blancas.

Violeta fumaba en el diván. De los vidrios y la tela oscura del vestido, surgía la cara, más pálida.

—Sería bueno abrir aunque fuera un poquito —dijo.

Mauricio distinguió el perfil de Sam contra los colores del vitral. Resaltaron la sien gris y la mano que abrió la ventana. Una luz amarilla entró oblicuamente en la penumbra, rodeando las botellas de la mesa. Una música de piano llegaba con el viento. Sam volvió a sentarse junto a Balbina. Ella se acariciaba los párpados y sonreía.

—Otra vez solos —dijo Sam—. ¿Cuáles eran, entonces, las preguntas literarias?

En el rincón lucían los ojos de Casal, muy abiertos, y la punta del cigarrillo contra el pecho.

—No sé —murmuró Casal—. Después ellos querían hacer algo de carácter político, más o menos. Así quedó.

Mauricio se levantó y fue a llenar las copas en la mesa. Atendía a que la cabeza le quedara en la franja de luz que entraba por la ventana.

—Sin embargo, si hubiera dicho que lo iba a hacer... —dijo Balbina; sacudió la cabeza—. Quiero decir, aunque hubiera sido un accidente. Una cosa así tiene que ir preparándose. Afuera o adentro de uno, según.

—Sí, se siente —contestó Sam—. Pero puede ocurrir... puede ocurrir a veces sin que uno pueda percibirlo.

—No, no. No podría ser así. ¿No es terrible que sea así?

Mauricio trajo su copa y la de Nené. Estaban sentados juntos, un poco aparte de los demás, con las sillas recostadas a la biblioteca. Ella tomaba a pequeños sorbos, haciendo un pico con la boca. No se había quitado el sombrero. A veces juntaba las manos entre las rodillas y dejaba caer la cabeza, sin cerrar nunca los ojos. Mauricio susurró contra la cabeza caída:

—Oí. Hace rato que estoy jugando a un juego. Vas a ver. Se llama la sustitución del muerto. Parece un título policial. El cadáver cambiado. Hay que imaginar, por turno, que cada uno de los presentes está estirado allí, en el otro cuarto. ¿Eh? Parece nada, pero hay que ver cómo se altera todo. Habrá muertes injustas. Pero cada uno tiene el velorio que se merece.

Nené removió una mano en el aire. En el sofá Sam se inclinaba acariciando las manos de Violeta. Ella sonreía, hacía avanzar la boca, reiniciaba la sonrisa. Sam se recostó en el sofá, susurrando. Luego alargó el brazo para dejar caer la ceniza de su cigarrillo. El piano tocaba ahora un tango, lentamente, como si el pianista temiera equivocar las notas.

—No sé —dijo Casal—. No leo nada y ya me olvidé. Todo está en que yo sea yo y no otro. Yo, que me llamo así y de ninguna otra manera. Casi todo queda encerrado en uno y no hay comunicación. El arte y la borrachera y estar viviendo junto a los demás. Y la muerte.

—Bien —dijo Sam—. La muerte. No, me parece absurdo considerarla como una clausura, la liquidación de todo lo que nunca se puede manifestar. Aunque sea por lógica, tiene que ser la posibilidad de comunicar.

Casal bostezó y no dijo nada. Balbina asentía con la cara atrás de los dedos.

—No, no es nada terrible —dijo Mauricio a Nené—. El que estuviera estirado en la otra pieza impondría un modo de ser o de estar a los otros. No podrían hablar de lo mismo. ¿Te imaginás? ¿Para dónde rumbearían si el muerto fuera yo? Bueno, te parece una falta de respeto. ¿Inoportuno? Qué absurdo. En venganza no te voy a decir qué pasaría si fueras vos. Y Dios no permita. ¿Más coñac?

Casal dejó colgar las manos entre las rodillas y alzó la cabeza:

—Recién pensaba... Andaba por abajo esa tía vieja que llora sin mover la cara. Entraba la gente, le daba la mano y decía idioteces. No podía comprender cómo enseguida se ponían a hablar de los hijos, empleos y todas las miserias que hacen. ¿De acuerdo? Pero no tenemos razón. Piense: desde el Sur hasta México. Separe los indios, claro; y los gringos. Nadie tiene necesidad de Dios ni de fe. Entiendа, cuando digo Dios. La gente es burlona, fría, tranquila, sensual, metida en sí misma. No se dan cuenta. Son todos cínicos, haraganes, despreocupados.

—No todos —dijo Sam—. Si usted puede percibirlo es precisamente porque usted...

—Sí, sí, un momento. Nosotros y ellos. Para nosotros son la gente menos humana que podría concebirse, superficiales... ¿verdad? Pero es así como son. Y esto es América. El resto no cuenta, o cada día menos. Usted, yo...

Parpadeó, dejando que la cara volviera al reposo. Ahora la cabeza de Balbina oscilaba en desacuerdo.

—No —dijo Sam con una sonrisa—. Eso es la desesperanza. Yo sé lo que es eso. Cada ataque de Europa que me viene... Y entonces, por defensa tal vez, necesidad de seguir viviendo, y viviendo aquí, para siempre, me decía lo mismo. Que el americano es la juventud y que es propio de la juventud... Todo eso, ¿verdad? Pero ahora estoy convencido de que es un caso de retardado mental. ¿Y no hay también, para el espíritu, un caso de retardado emotivo, con sentimientos groseros, de sí y no, sin nuances, como los niños?

Sam se acomodó los puños de la camisa con dos rápidos movimientos seguros. Los brazos de Violeta, aquella parte redondeada y más blanca de los hombros, avanzaban lentamente mientras las manos, mezclando los dedos, sostenían el cigarrillo sobre los muslos:

—No, no. Es juventud nada más, Sam. Juventud.

Desde la puerta que daba a la escalera avanzó una muchacha en puntillas. Cruzó junto a Mauricio y fue alargando las manos hasta apoyar los dedos, muy abiertos, en la mesa. Era pequeña, con una redonda cabeza de enana, vestida de negro hasta los pies. La cara encima de la luz que se hundía en las botellas, aparecía fea y ancha, con brillos grasientos en las mejillas y la nariz.

—Balbina, dice mamá si puede bajar un momento.

Balbina salió enlazándole la cintura. En la luz que dejó entrar la puerta, Mauricio vio la cara de Nené, quieta, vacía, con una expresión de suave asombro. Rápidamente, sin volverse, acarició los guantes que ella había dejado en la silla. Casal se llenó la copa y bebió.

—No —dijo—. Hay un viejo error. Hace dos copas, antes de que tomara las dos últimas copas, no hubiera dicho nada. Me parece que entonces apreciaba el significado de estar nosotros aquí, en el instante, con la circunstancia de atrás de la puerta. Ahora... Quiero ver si me hago entender. Si yo digo que estamos en Buenos Aires, escuche bien, que bastará que mañana cuando salga el sol se abran las ventanas, que entre el aire de Buenos Aires, para que aquí no quede ya nada de lo sucedido. Algo se podrá llevar cada uno de nosotros por unos días; pero después...

—Pero eso... —dijo Violeta— no sólo aquí. Cómo se podría vivir si las cosas se estancaran.

—Yo sé que en otras ciudades viejas, donde el aire se mueve con más lentitud, o tiene otra consistencia, sí se puede decir... Los sucesos permanecen en las cosas, en la gente, en los muebles, impregnan todo, lo modifican.

Una cosa. En los telegramas de guerra se habla de ciudades abiertas. Creo que son las que no... Bueno, todos sabemos. Inconscientemente, siempre he relacionado esa frase con Buenos Aires. Una ciudad abierta, todo lo barre el viento, nada se guarda. No hay pasado.

—Bueno —dijo Violeta—. ¿Y eso está mal?

—Nada. Ni mal ni bien. Digo que es así. Yo iba a esto: que la lucha contra lo que es así, por naturaleza, tiene que venir de un error. Todos los que nos preocupamos por América, todos los que hablamos de la nacionalidad y nos agarramos la cabeza entristecidos: o hacemos farsa, una farsa snob, o somos europeos. Un modo de ser europeo.

—Yo considero —dijo Sam— que no se trata de ser europeos. Que los mejores de cada país, los que están más cerca de lo que puede ser, de su perfección, perciben de una manera aguda lo malo, lo que está podrido...

—Naturalmente —murmuró Violeta.

—Permítame —dijo Casal—. Cuando se habla de América y los americanos, no nos damos cuenta de que quisiéramos una prolongación de Europa. Lo que queda de Europa. Y al juzgar al tipo de la calle, del Tabarís y de la cancha de River Plate, lo hacemos ya con criterio europeo. Y claro, desde ese punto de vista, no americano, europeo, no hay más que decir que es una reverenda porquería. Pero cada pueblo, digo, tendría que dar él mismo los conceptos de lo bueno y lo malo. Y los da, hay que aceptarlo. Para un argentino, el europeo es ingenuo o tonto, ridículo y avaro.

Balbina entró sin ruido, acarició la cabeza de Casal al paso y fue a sentarse junto a Sam, al lado del sofá.

—Deben ser los nervios. Había una persona abajo con un perfume tan fuerte que creí que iba a desmayarme.

Inclinó la cabeza y se estuvo acariciando los párpados con las manos abiertas. Volvieron a hablar. Mauricio tomó un guante de Nené y lo escondió entre las manos.

—Sí, la pampa —dijo Sam—. Es terrible. Pero en cuanto a la sensualidad, es a la española, una mezcla sucia de tristeza, todo aquello de la sangre y la muerte.

—Un continente sin fe —dijo Casal jugando con el vaso—. Aceptar la muerte como un fin, el fin, la liquidación, el no hay más. Y comprender todo lo que esto tiene de espiritual, cuán por encima está de la inmortalidad. Aunque no se entienda. Imagínese un nihilismo alegre y en acción.

Mauricio dejó el guante en la falda de Nené.

—¿Querés un poco más? Bueno. ¿Dudas de las excelencias del juego del cadáver cambiado? Ay, niña inexperta. Bastaría escuchar dos minutos para saber que es Llarvi el muerto. ¿Más coñac?

Ella se enderezó de golpe, suspirando, trayéndole desde la sombra una cara donde había un pequeño júbilo, una sorpresa tímida, vagando de manera indecisa entre los rasgos adormecidos.

—Traé para vos también y conversame.

Él volvió con las copas temblorosas y se sentía lleno de fuerza y de desprecio por los demás. «La muerte es un acto; se cumple hasta la mañana.» Seguían discutiendo junto a los vidrios de colores. Nené mojó la punta de la boca, susurrando:

—Contame por ejemplo todo lo que hiciste en tanto tiempo que no te dejabas ver. Decime si era linda.

Él sonrió y le acarició el pelo con un dedo. Nadie miraba.

—Bueno. A vos se te puede decir todo. Tal vez no lo creas, porque es una historia milagrosa. Pero aunque no creas en la historia creerás en mí, en que para mí era cierta. Al fin del carnaval conocí a una muchacha en un baile. Nada de extraordinario. Pero cuidado con el nombre. Se llamaba Margarita. Si te olvidás, la historia se hace incomprensible.

—Margarita.

—Empecé a ir por la casa. Un caserón allá por Directorio. Hay una chapa en la puerta pero nunca quise leerla. Nada de amor, ¿eh? Siempre fui, hasta ahora que no voy más, como un amigo. ¿Entendido? Separá todo pensamiento de amor de este asunto.

—Bueno. Pero no vayas tan ligero.

—Iba, charlaba, tomaba mate y golpeaban en el piano. Nada de raro. Ah: hay un dato de importancia: nunca llegó una visita. A veces venía la vieja a la sala, se sentaba, charlaba de cualquier cosa. Pero se iba enseguida. Era una mujer bastante joven, con aire de pensar en otra cosa.

—Y vos y la vieja bastante joven...

—No, no. Ya dije que nada de amor.

—Yo no decía amor.

—Ni nada.

—Ni nada. Seguí. Venía a sentarse a la sala, pensaba en otra cosa y se iba.

—Eso. Pensaría en que la comida estaba por quemarse o en la dispepsia. Hablaba y se iba enseguida. Me presentó a las hermanas. No la madre, sino la hija. Margarita. Otro poco de atención, please. Dos hermanas. Una se llamaba Luisa, la menor, y la otra Angélica. Me acuerdo perfectamente de esto, que me dijo que eran en total tres hermanas. Tres. Confirmado por la madre, que tendría sus razones para saberlo.

—Hasta ahora... Margarita, Angélica, Luisa. Tres hermanas. La madre. ¿Es eso?

—Maravilloso. Creo, no estoy muy seguro, que había un tipo en la casa. No sé si hermano, tío o qué demonios. De la especie neura, un tipo raro. Lo único que vi de la casa fue la sala. Era como todas, una sala vulgar. Tomá otro trago porque empieza el misterio. Era una sala vulgar a primera vista, fundas, el piano, mamarrachitos de porcelana y señoritas. Yo, además. Pero como allí pasó el milagro, uno se pone a descubrir la atmósfera de la sala, un puñal que se usa como cortapapeles, algún pariente en daguerrotipo con cara de fantasma y cosas así. Vos habrás visto una punta de salas, asquerosas salitas como ésa.

—Mil.

—Y si no, mejor. Imaginala como te guste. Ya te dije que iba de tarde a charlar. Tocaba el timbre, hacían ruido de persianas y al rato salía Margarita. Entraba. La sala, ¿podés verla?, estaba siempre cerrada, con un olor que hasta la fecha no sé a qué era, trancada con llave.

—Pero si me vas a contar toda una historia así, de visitas a señoritas de Directorio...

—Pero si justamente... Esperá. Charlaba hasta que entraba una de las hermanas o Margarita se aburría de soportarme, se iba para adentro y me mandaba a una de las hermanas. ¿Más coñac? Comprendé la necesidad de la introducción. Nada borracho por desgracia. Podés sobrecogerte, que empieza el misterio. Una tarde cualquiera salió Margarita a buscar el relevo. No te dije cómo eran las hermanas. Pero no importa. Esa tarde, Margarita se levanta y sale. Cumplo con los ritos, le miro las pantorrillas y espero. Al rato, como siempre, oigo pasos y entra alguien. Bueno, poné la cara de terror adecuada. Ella se ríe, me da la mano y se pone a charlar. Y no era ni Luisa ni Angélica. Era otra. Tenía un lunar postizo. Bueno, pensé, son tres y no dos. Se lo pregunté con gran habilidad. Me dijo que se llamaba Dinah y que era hermana de las otras. Un momento.

Se levantó y fue a buscar más coñac. Cerca de la mesa Casal decía: «Es el aire, el aire...». Volvió hasta la biblioteca, dejó las copas en la alfombra y se enjugó los dedos con el pañuelo.

—No te imaginás... Se me deshizo la historia entre los dedos. Era para vos, no quise contarla a nadie. Ahora que la estoy diciendo, ya no me interesa. Es así, ¿eh? Esto y lo demás. En resumen: desde entonces, dos o tres por tarde, vinieron a acompañarme, exactamente catorce hermanas. Tengo la lista en casa con los nombres y algunos datos personales.

—Pero el misterio... ¿Qué sucedía, en fin?

—Ah, no. Dios me libre de preguntar. Me hice el idiota. En confesión, no sólo por no violar el misterio. No soy tan bueno como para eso. Preferí callarme porque, naturalmente, adivinaba una broma, una manera simpática de burlarse. Cosas de intuición: yo sabía que estaba en el deber de no demostrar que sospechaba una broma; hacer el juego.

Dejó caer la cabeza sobre las manos. El cadáver estaba detrás de la puerta, metido en la caja, y el cerebro estaba metido en la cara en reposo.

—No es mentira. Imaginá qué cosas lindas podría mentirte. Y no es tan absurdo. Conocí casas donde no había más que dos o tres hermanas, o solamente una. Pero es increíble y más misteriosa, la manera como se multiplican al cambiarse el peinado o los vestidos, o simplemente porque el día era de lluvia.

Nené estaba seria, con la cara apuntando inclinada hacia la masa de sombra que se endurecía bajo la mesa. Después agitó la cabeza con desaliento:

—Las cosas y lo que sale de las cosas. Las rodea. Cuando uno se pone a pensar, además, en que sigue así, en que lo que brota de las cosas hace nacer cosas nuevas... Es para quedarse loca. Bueno, tomá coñac.

Mauricio vació su copa y la de Nené, aflojó la corbata y se puso a golpear suavemente con el pañuelo contra su boca. Violeta estaba de pie, arrinconada con Balbina. Los dos hombres, hundidos en los asientos, miraban fijamente al aire. Abrió el pañuelo y lo hizo resbalar por la cara, desde la frente hasta el mentón. Lo tomó por las puntas y trató de torcerlo haciendo girar las muñecas.

—Oíme. ¿Vos creés en lo del accidente? —preguntó Mauricio a Nené.

—Antes me había avisado por teléfono.

—¿Él? ¿Pero le dijo que iba...?

—¿Quién? ¿Él, quién?

—Él.

Señalaba hacia la puerta ochavada con la mano que envolvía el pañuelo.

—Estás loco —murmuró Nené.

—¿Pero no acabás de decirme que te avisó por teléfono?

—¿Yo...? ¿Teléfono?

Lo miraba con una cara llena de asombro. Mauricio se inclinó, tomándola por el brazo.

—No. Te juro que esto no se me escapa. Tengo una curiosidad personal...

Violeta estaba junto a ellos, bisbiseando desde arriba. Tuvo que soltar el brazo. Alguno tosía abajo, en el jardín, sin poder contenerse. Nené se levantó y caminó hasta la puerta con Violeta. Al abrirla mostraron la niebla de humo que trepaba la escalera. Sam vino a ocupar el asiento vacío a su lado.

—¿Tiene sueño? —dijo.

—No. Por ahora... Dígame, ¿usted sabe si fue accidente?

Sam alzó los hombros y movió una mano horizontal.

—Me parece que en concreto no hay nada. Se puede suponer... Se puede suponer lo que uno quiera.

Estiró las piernas y apoyó la mejilla en una mano. Después, sin moverse, susurró:

—Necesito un favor. ¿Usted está libre mañana de mañana? Es sábado, ¿no?

—Sí. ¿El banco?

—Sí. No, no es eso. Necesito que lleve el coche y lo empeñe.

Nunca le había visto una sonrisa así. Estaba junto a él, sin mirarlo. Era una sonrisa juvenil y dichosa. Le miró el cigarrillo en una esquina de la boca, la corbata floja, el peinado deshecho.

—¿Puede?

—¿En serio?

—Sí. Nada grave. Es cuestión de un par de días. Un dinero que no pude cobrar hasta ahora... A propósito, habría que escribir mañana a Bunston. No va a haber más remedio... Ah, le dije a Violeta que iba a mandar el coche a engrasar.

Alzó un pie hasta contemplar la mancha de luz en el zapato y volvió a sonreír.

—Pida mil pesos. Vale diez, así como está. Al interés que sea. Después me trae para firmar, nos ponemos de acuerdo por teléfono. Está de más pedirle que sea discreta.

Hizo una pequeña risa, golpeándole el hombro, y se levantó. El piano tocaba ahora *La última rosa del verano*. Mauricio recostó la cabeza en el respaldo, cubriéndola con el pañuelo. «Lindo lío. Sam sin plata. Y lo del teléfono.» Se veía, hace años, cruzando una calle, de tarde, con el estuche del violín. Ahora estaba un poco borracho y al distraerse en la calle con sol, buscando algún rastro de la vida de la calle en la noche, dejó pasar el tiempo, no sabía cuánto, y ahora el piano tocaba *Chiquita*. Todos los que aman París se reconocen silbando *Chiquita* en El Garrón, *Marquita* en Buenos Aires. Una inmensa cofradía. Oh, Marquita... Una mujer es cualquier cosa de grosero. Pero quién puede oír eso sin llorar. París ya muerto y todos los ojos muy abiertos de las flores mirando a Marquita en el jardín. La hipocresía era ya muy vieja, inseparable. Por la calle angosta y llena de letreros iba paso a paso con el estuche del violín. Tenía las rodillas salientes, cubiertas con las medias negras, cuando iba de tarde por la calle Paraná.

XLVI

Violeta llamó en la puerta, sucia, con manchas estrelladas de pintura. Alguien contestó adentro.

Aránzuru tenía el pecho y los pies desnudos. Estaba sentado en un cajón, junto a la mesa, leyendo. Dejó caer los brazos silbando con asombro.

—Yo pensaba que era...

Ella entró riendo en la luz escasa del cuarto; contoneaba sin necesidad las caderas. Quedó apoyada en la mesa. Él le miraba el vestido y la cara, sin mover nada más que los ojos. La cara se encuadraba justamente en el gran peinado rubio, como si reposara en él.

—Buenas tardes, supongo...

Ella desvió los ojos y volvió a reír.

—¿Qué se debe decir? Sobre todo, entre usted y yo...

En la ventana se veía el color de la lluvia.

—No me levanto por una sensación de respeto; mirarla desde abajo. No puede imaginarse lo que es para mí, en este momento; verla de golpe, tan bien vestida. Y muy linda.

—Un momento. Lo encuentro igual, todo menos la voz. Me acordaba bien de la otra. Es asombroso. Me sonaba adentro. Pero ahora... La voz es distinta, acaso más suave.

—La emoción. Dígame cómo le va. ¿Y toda aquella gente, en conjunto...?

—Uh, mil líos. Pero en conjunto, todo igual. ¿Sabe que me da rabia haber venido? ¿Entiende?

—Juraría no haberla llamado —dijo él sonriendo—. ¿Cómo supo la dirección?

—Usted estuvo con Mauri.

—Mauricio, es cierto... ¿Pero le dije dónde vivía? Estoy seguro de no haberle hablado de eso. Espere, no, creo que le mentí.

Ella se apoyó en la mesa, levantando una pierna. Miró alrededor.

—Parece hecho por gusto. ¡Qué cuarto! Le juro que toda esta mugre impresiona.

Se enderezó y anduvo unos pasos. El cuarto olía a sudor, un tabaco fuerte y desconocido.

—Le decía que me daba rabia. Usted era lo único distinto de la barra, el único que había cambiado. Por lo menos uno podía suponer que había cambiado, ¿verdad? Ahora vengo y me doy cuenta de que es el mismo de siempre. Otro motivo para aburrirse...

Él estaba de pie y sonreía desperezándose. Cruzó hasta la cama, recogió la camisa y se la puso.

—Oh, Violeta, Violeta... Perdón: ¿siempre Sam?

—Sí. Se puede decir que sí.

—Joven Casandra. ¿Tiene un cigarrillo?

Ella metió la mano en la cartera y la sacó llena de cigarrillos que desparramó en la mesa.

—Tome. Vamos a fumar con ganas para no sentir el olor del cuarto.

Él tragaba el humo sonriendo, mirándola. El cuarto estaba sembrado de restos de comida, cáscaras de naranja, ropas apelotonadas y sucias. El libro estaba abierto en el suelo, con una mancha de culo de pocillo. Se descubría a veces, también, un olor vago a excrementos, gato o perro. Aránzuru se acariciaba la barba:

—Pensaba afeitarme esta mañana... ¿Qué hay de la guerra?

—No sé. No leo.

—Bueno. ¿Vino así, a visitarme, puramente por eso? Tratándose de usted...

—Sí. Vine a buscarlo. Es un proyecto... Después hablamos. Dígame sólo si puede dejar esto, en cualquier momento.

—Bah... Esto o cualquier cosa...

—Bueno. ¿No podemos salir? Vamos a algún lado a conversar.

—¿Ahora? No, espere. Maldita la gana de vestirme.

—Así me cuenta algo de lo que se pueda contar de lo que hizo.

—Bah. Nada. Anduve un poco. Tipos, mujeres... Me emborraché algunas veces... ¿Qué más?

—¿Piensa siempre en la isla?

—¿A usted también le hablé de la isla? Pienso... Pero tanto da. ¿Vio el fonógrafo? Es divertido...

Empujó con el pie el estuche de cuero negro en el suelo. Ella trepó a la mesa y se dedicó a balancear las piernas mirando por la ventana.

—Es divertido —repitió—. Figúrese que se me había ocurrido trabajar. Trabajar de veras, ¿eh? Me puse a corretear estos aparatos, a domicilio, en cómodas cuotas mensuales. Está de más decirle que no vendí nada. Un día me dieron un disco de música de negros, para hacer una demostración a los candidatos. Me puse a oírlo y no salí más a vender. Perdí la garantía, el depósito... Una quiebra en toda la línea. Pero hábleme de aquella gente. Mauricio no me dijo nada.

—¿De Nené?

—¿Qué hay?

—Hace años que no la veo. ¿Usted tuvo un hijo con ella?

—¿Yo? No, en cuanto a eso... No iba a ser ella tan imbécil... ¿Usted sabe algo?

—No, tranquilícese. Quería ver... ¿Usted se enteró de lo de Llarvi?

—Me contó Mauricio que en un momento de lucidez se pegó un tiro.

—No hay que hacer el cínico.

—No es cinismo. Pero, en realidad, no me importa. Además, nunca le tuve simpatía.

—Después que murió Llarvi no supe nada más de la barra. Casi nada. Creo que Nené se casa. No sé con quién. ¿Se acuerda de la muchachita aquella, del viejo que embalsamaba pájaros?

—Nora. Sí.

—La conocí una noche. Estábamos en el café y se apareció a buscar a Casal. Parece que siempre le pide dinero. Viene y se queda sin hablar, parada, hasta que él la ve. Entonces se levanta y salen juntos.

Él había vuelto a sentarse en el banquito y encendió otro cigarrillo. Cerró la mano en el aire.

—Está bien, dentro del cuadro. Entra al café y se pone a esperar sin hablar... —Se echó a reír—. ¡Es Nora! Con sólo ese dato le firmaría un documento de identidad. ¿Y Balbina, ante esos atentados al matrimonio?

—Y yo qué sé, la pobre mujer... Se muerde pero no dice nada. Quiere ponerse a la altura, demostrar que esas pequeñeces no la preocupan... En fin... En cuanto a Casal, no sé si usted sabe que está loco. ¿No? Bueno, no me extraña porque solamente yo lo sé. Está loco. No toma más alcohol. Se dedica al té a la rusa, asqueroso, y a las confesiones a la rusa.

Él aprobó con la cabeza, sonriendo. Se apretó los tobillos, endureciendo los músculos, porque acababa de llegarle un golpe de entusiasmo.

—No —dijo Violeta—. Declaro que la frase no es improvisada. Pero queda bien, ¿eh? Y lo peor es que el confesionalismo, o no sé cómo, se contagia y a todos les ha dado por eso. Casal, por lo menos, no se emborracha. ¡Pero los otros! Fíjese qué idiotez: todos sabemos al detalle lo que hace cada uno; hay cien chismes por día. En el fondo, todos líos de dormitorio. ¡Y tenerse que aguantar a un tipo o una tipa que se pone borracho para confesarle lo que uno ya sabía desde hace un mes!... Casal sigue pintando, creo que tiene algo en el Salón, aunque no sé si ya hubo Salón o todavía no. Y también Balbina, ¿sabe?, también Balbina hace pinturitas. Él es un caso perdido...

Aránzuru se arrodilló y colocó un disco en el fonógrafo. Levantó la cabeza mientras daba cuerda:

—Oiga un momentito esto... La historia que le contaba de mi fracaso...

—Ah, ya sé. Es... ¿*San Luis*?

—No. Escuche.

Desde la mesa, Violeta se inclinaba hacia la música, entornando los ojos. ¿Dónde había oído el canto y el saxofón indeciso? Se abría ahora un silencio donde quedaba sólo el pianito con su voz tímida y velada. Tenía siempre una misma lágrima, goteaba cadencioso aquella lágrima. Enseguida avanzó un negro viejo, alto, doblado, con la abertura de la camisa corrida en media luna sobre el pecho, haciendo entrechocar unos enormes zapatos.

Empezó a cantar, atropellándose, queriendo explicar que el piano, que la nota solitaria y sin suerte del piano... Después caía nuevamente la lágrima, retrocediendo hacia el fondo de algodón sucio donde el negro miraba pensativo las manchas del piso.

Aránzuru se enderezó, con el cigarrillo deshecho entre los dedos.

—¿Oyó? Hay que embromarse, ¿eh? Qué bárbaros. Y el pianito ese...

Violeta alzó las manos para encresparse el pelo. Fugazmente él vio una arruga en la punta de la boca. Se acercó y pudo descubrir las arrugas que rodeaban el cuello y la curva de grasa bajo el mentón. Ella acercó los hombros, estiró los brazos hasta tocar las rodillas con las muñecas, sonrió y enseguida fue empequeñeciendo los ojos, mientras un bostezo se le juntaba con la risa y le abría la boca. Tenía las encías muy rojas y anchas.

—Hombre... —dijo en el bostezo—. Usted debe pensar en eso de las plantaciones de negros. Pero aquí no puedo pensar más que en la mugre. Me va a perdonar. Qué quiere... huele mal, esto. Oh, no ponga cara de ser supraterreno... Usted, el arte negro, y yo, la filistea... No sea idiota. ¿Pero es de eso que se está riendo?

—No. Le miraba el peinado y no sé por qué... «En el cielo todos tendremos zapatos.»

Sintió el olor del perfume de Violeta y espió nuevamente las arrugas, finas, mientras ella volvía a reír.

—¡Qué hombre!

Repentinamente comprendió el fin del otoño y supo que ella estaba allí con su vestido perfumado y el gran peinado para anunciarle el invierno en el mundo, lo lujoso, lo severo y lo triste que hay en el invierno. Llamaron a la puerta y él dio un paso atrás mientras se asomaba una cara de niño entre una botella y un sifón.

—Perdón, un momento —dijo Aránzuru y salió al corredor. Dijo algo y cerró la puerta.

Empezaba a crecer el olor a sucio. La luz de la ventana oscilaba anunciando la lluvia. Ella metió dos dedos en el escote, separó el vestido de la piel y acercó la nariz, respirando con los ojos entornados. Oía la voz persuasiva de Aránzuru y las entonaciones destempladas del chico. Se estremeció y saltó de la mesa, con una repentina repugnancia que la obligaba a caminar, yendo y viniendo. Unos pasos de hombre pasaron por el corredor y se oyó un saludo. Las voces de Aránzuru y del niño hacían un murmullo incomprensible. Violeta recogió el libro caído junto al banco y trepó nuevamente a la mesa. El libro se llamaba *Introducción a la filosofía matemática*. Comenzó a pasar rápidamente las páginas con un dedo y al llegar a la mitad volvió a dejar el libro en la mesa. Aránzuru entró despacio, mirándose los pies al caminar. Ella vio que, a cada paso, encogía los dedos; lo siguió con los ojos hasta que la cabeza del hombre quedó de perfil en la ventana con aire aburrido. Volvió a bostezar.

—No aguanto más su hospitalidad. ¿No tiene zapatos? Lo invito a salir para conversar. He venido a verlo como un hada madrina o algo así, le traigo un proyecto fantástico y usted está hecho un idiota. Vístase y salimos. Se puede hacer afeitar en la barbería.

Él se había dado vuelta hacia la mujer, siempre con su aire de pensar en otra cosa, como si no la viera sentada encima de la mesa.

—Conteste sí o no. Sam no está en Buenos Aires, no sé si volverá. Alquilé la casita por seis meses y ya cobré los alquileres. Además, tengo dinero. Lo invito a ir a la isla, sin compromiso. Si quiere... A cualquier isla de ésas, tanto da. Usted la llamaba Jaruru, ¿no?

—Faruru —corrigió él con dulzura.

—Bueno, ¿sí o no? Fíjese, aquí está el sobre, cerrado, inviolable. ¿Quiere venirse conmigo, a cualquier parte?

—¿Y Sam?

—Se murió. ¿Quiere venir?

Él fue aflojando los músculos de la cara hasta tener una expresión de mansedumbre. Luego metió las manos en los bolsillos, hizo una mueca y escupió para el rincón.

—Oiga —dijo—. ¿A qué diablos...? Usted sabe bien que no hay isla. Y no me hable de la Polinesia y las guitarras de Hawai. No hay isla, no pienso moverme.

—Haga lo que quiera... Pero yo... Le dejo el dinero. Ahí queda el sobre.

Saltó de la mesa y se irguió para alisarse el vestido en las caderas. Él se acercó desde la ventana.

—¿Pero usted se cree que yo tendría escrúpulos en gastarle el dinero? Es imbécil. Me va a sujetar a mí con idioteces de honradez y caballerosidad.

—Pero no puede impedir que le deje el dinero —dijo Violeta agachada, estirándose las medias—. ¿Por qué no se lo regala a su amiguito? —Se echó a reír observándolo con los ojos entornados—. ¿Por qué no se lo regala? Bueno, don Diego, me voy antes de que llueva. Se me ocurrió invitarlo a usted porque, pensé, podría ser un guía. Ya tiene su experiencia en la liberación.

Él seguía inmóvil, sin mirarla. Se oía lejos una radio y la voz de una mujer que llamaba. Empezaron a caer grandes gotas de lluvia. Violeta sonrió junto a él murmurando:

—Liberación, el niño de las botellas.

La cara de la mujer estaba ahora agravada y sincera. Él fue a sentarse en la cama y encendió un cigarrillo. Veía cómo la oscuridad se iba tragando el cuerpo de Violeta. La oyó suspirar e ir hacia la puerta mientras llegaban el trueno y el ruido del chaparrón. Aránzuru murmuró:

—Espere todavía. Se va a mojar toda.

XLVII

Mauricio estaba sentado junto a la ventana, inmóvil, con los dedos ensartados en el pelo. Semitern movía las manos engrasadas sobre los pedacitos de queso y salame. Mascaba con la boca abierta, descansando para tragar aire, pasaba el dorso de la mano por la barbilla y continuaba mascando.

Detrás de la cortina estaba el último día soleado del otoño, el enorme cielo, los colores secos de los árboles, los pasos de las mujeres. Doblado en la silla, Mauricio escuchaba el estrépito de la calle y la masticación de Semitern. Los ruidos se mezclaban en él, en su cabeza puesta de perfil a la mesa y a la ventana.

Semitern desengrasó los dedos en los pantalones. Buscaba inquieto en la mesa y la cama. Se recostó con cara enfurruñada.

—Si abriéramos un poquito... Con este día...

Mauricio contestó suavemente, sin moverse:

—El cuarto lo pago yo. Si no le gusta se va.

Semitern no dijo nada. Refregaba mecánicamente los dedos en la tela tensa del pantalón. Luego susurró mirando hacia la pared:

—Decía, nomás. Si tuviera un cigarrito...

Mauricio levantó la cabeza. El gordo vio entonces la cara vuelta hacia él, con su barba rubia y sutil, el mechón de pelo cubriendo un ojo, mientras el otro se abría, largo y misericordioso. Las manos de Semitern quedaron quietas sobre el regazo y la cara luciente se contraía, yendo de la turbación a la sonrisa. Enseguida Mauricio desvió la mirada hacia la palangana y el trapo blanco sobre la silla. Tanteó despacioso en el bolsillo y sacó el paquete de cigarrillos. Se puso uno en la boca, tiró otro hacia la mesa y volvió a guardar el paquete.

—Bueno. Y después, ¿qué le dijo?

Al encender veía, de reojo, los fundillos de Semitern que gateaba para buscar su cigarrillo.

—¿Qué le dijo Violeta?

El gordo estaba de rodillas, limpiando el cigarrillo con los dedos.

—Y... eso —murmuró—. Fue y se puso a reír.

—Y usted le tenía la puerta del auto, ¿eh? Macanudo. Eso se llama aguantar la vela.

Se puso a reír girando en la silla. El gordo quedó sentado en el suelo, con el cuerpo torcido. Chupaba pensativo el cigarrillo apagado.

—¿Por qué dice? Yo no le aguantaba la puerta. Era para que no se fuera sin oírme.

—Pero ella se le rió en la cara. Piénselo bien. Usted debía estar con el sombrero en la mano, sosteniendo la puerta. ¿Sí o no?

Trabajosamente, Semitern se levantó. Jadeaba apoyado en la punta de la mesa.

—Yo tenía que hablarle. No tuvo más remedio que escuchar.

—No cambia. Usted estaba con el sombrero en la mano, sosteniendo la puerta, y ella se reía. Todos los que pasaban por la calle se dieron cuenta.

—Mire... La hubiera matado. Así. Si no se va el taxi...

Movía la cabeza, mirando hacia abajo con la boca amontonada para rodear el cigarrillo.

—Yo qué le iba a hacer. Se reía. No porque le dijera alguna cosa mal. No; estaba triste y le hablé... No; se reía de verme tan gordo.

—Bueno, si le hizo gracia... Pero hay que examinar un punto. Piense bien. ¿Sería por verlo así, perdone, tan cómico... o lo hacía por gusto, para humillarlo?

Semitern volvió a sentarse sin contestar. De vez en cuando contraía las cejas y sus miradas chocaban en la cara alegre del otro. Oyeron la voz de la patrona en la puerta. Mauricio gruñó y fue a abrir entre palabrotas. La puerta se abría arrastrando el chillido del pasador en el suelo. Vio los grandes ojos de Casal que lo miraban sonriendo.

—Hola.

—Bueno. Bienvenido.

Casal cerró torpemente, empujando con el muslo. Avanzaba atento, balanceándose, mirando con rápidos parpadeos hacia los costados. Semitern se puso de pie e inclinó la cabeza con aire militar, varias veces, hasta que coincidió con el saludo del otro. Mauricio imaginó que veía caminar a Casal desde un lugar remoto, desconocido, con su expresión delicada y comprensiva, un corto paso y otro. Golpeó el respaldo de la silla, haciendo una sonrisa burlona.

—Sentate. ¿Calor, eh? Desmoraliza. Pero no se puede abrir. Aquí estamos con el amigo Semitern... ¿Los había presentado ya? No importa. Semitern y Casal. Semitern, el mejor amigo del hombre. Bueno, ¿hay algún motivo especial? Quiero decir, si este inmerecido honor...

Con un suspiro quedó serio y cansado y fue a sentarse en la cama.

—Sentate. El primer síntoma de la neurastenia es que uno se aburre de estar neurasténico.

Encendió un cigarrillo y volvió a sonreír animoso. Casal lo miraba desde la silla con una sonrisa atenta y triste. Sigilosamente, Semitern volvió a sentarse. Ahora comía despacio, avanzando hacia el plato dos dedos en tenaza.

—Me voy enseguida —dijo Casal—. Me encontré con Nené. Me transmitió un mensaje tuyo que no pude comprender.

—Ah, era eso... Creía que... Bueno. El mensaje tenía mucha importancia. Pero ahora todo eso pasó. Es una lástima. Lamento que hayas venido por eso.

Casal hizo un movimiento vago con los dedos y se recostó mirando al techo.

—El mensaje estaba relacionado con san Mateo, ¿eh?
—Oh, puede ser —dijo Mauricio ruborizándose—. Cuando estoy borracho... Con san Mateo o con el Ejército de Salvación, tanto da. Pero he hecho grandes progresos.

Se levantó y hundió la mano en el saco que colgaba de la silla, junto a la palangana.

—Un descubrimiento. Lo recorté de una revista.

Se acercó, ofreciendo un papelito en cuatro dobleces. Semitern mascaba lentamente con los colmillos; abrió la boca y murmuró:

—Si quieren estar cómodos...

—No, hombre. No hace falta.

Casal leyó, acercando el papel a la cortina:

¿Qué podemos hacer esta tarde, amiga mía?
¿Rebanarnos los callos
o hablar de Samain...?

Volvió a leer los versos y dejó el papelito sobre la mesa.

—Romanticismo —dijo.

Mauricio se tumbó en la cama, riendo.

—Bueno. ¿Pero no es genial? Me importa un cuerno tu opinión, por supuesto.

—¿Era todo el verso, eso?

—No. Era más largo. ¿Te vas a quedar mucho tiempo?

—Te dije que vine así, de paso.

—Bueno.

Mauricio dejó la cama y fue lentamente a sentarse a los pies de Casal, apoyando la espalda en la pared. En la cara repentinamente plácida la nariz parecía crisparse como un dedo en un gatillo.

—Señor de Casal. Una confidencia. Leí la carta aquella que le escribiste a Nora, hace cien años. ¿Te acordás de Nora? Es curioso, la creencia en las almas. Si esa carta la hubiera escrito Sam... Por otra parte, es ésa la posición de

Sam frente a Violeta. Pero como la carta era tuya y el lector sabe de la exquisitez de tu alma... No, no mires a Semitern. El gran Semitern lo sabe todo y cuando llegue el momento... ¿Verdad, Semitern?

—No hablo —rezongó el gordo e inclinó la cabeza con las cejas arrugadas.

—Eso. No hablar —aprobó Mauricio.

Miró repentinamente a Casal con una alegre sonrisa y alargó la mano para despegar la ceniza del cigarrillo contra la pata de la silla.

—Ahora recuerdo el mensaje. Lo que le dije a Nené. Otro motivo de asco, la pobre criatura. Pero me ha salido un rival. Aránzuru está viviendo en un lugar más hediondo que éste. Es en el fin del mundo, por el nueve mil de Rivadavia. Tengo ahí la dirección. Como él quería estar solo, me dediqué a transmitirle las señas a todo el mundo. Bueno; te decía en el mensaje que cuando a un idiota le da por sentirse Cristo y se deja una barbita así y se empeña en el amaos los unos a los otros... Es divertido.

Volvió a sonreír con aire burlón. Casal se inclinó hacia él y le tocó el hombro:

—Un momento. Ante todo me gustaría saber si estás borracho. ¿Parece que no? Entonces me gustaría saber cuál es el nuevo motivo de la pose.

—No, no. Ni abro las ventanas ni permito que se diga nada lógico. Es una experiencia.

Casal volvió a recostarse y bostezó. Luego dejó apoyada la mejilla en una mano, mirando hacia la cortina. Mauricio le tocó un pie con los nudillos.

—Bueno, mirá. Puede ser que, en el fondo, me dedique a epatar al camello ese. Pero decime si estás de acuerdo en que el deseo que no se convierte en acción engendra la pestilencia.

Casal sonrió alegremente y se levantó, acercándose a la mesa. Tomó el último pedazo de queso y lo comió. Semitern lo miraba inmóvil, con un gesto de esperanza, pendiente de lo que iba a decir.

—Y el deseo de comer queso... —empezó Casal—. Puede ser. En algunos sí, en otros no. Pero a mí no me interesa. Yo soy un hombre feliz. Acabo de descubrir que el que no es feliz es un imbécil.

Mauricio tiró el cigarrillo bajo la mesa y se levantó.

—Bah, bah... Todo lo otro era un poco de ganas de complicar. Pero ahora, si pudiera matar a una determinada bestia, sería feliz. Pero claro que mi natural cobardía...

Sonrió y mantuvo los ojos fijos en los de Casal. Repentinamente se sintieron indiferentes, absolutamente despreocupados el uno del otro, y dejaron de mirarse.

Casal inclinó la cabeza frente a Semitern, que se levantó de un salto.

—Mucho gusto y buena suerte.

—Buenos días.

Casal abrió la puerta chirriante y se fue. Por un rato Mauricio quedó mirando en aquella dirección; después se volvió hacia Semitern.

—Puede sentarse, le doy permiso. Voy a salir, me voy a bañar, me voy a afeitar. En cuanto a usted, me lavo las manos. Además, me lavo las manos. Ahí tiene la llave. En el armario queda la pistola. No sé si voy a volver, arréglese como pueda. Si mira fijo por el caño es posible que vea a Dios; mejor que el telescopio y el ombligo...

Se volvió junto a la puerta y alzó un brazo:

—Le voy a decir un secreto: asómese y vea a las mujeres en la calle. Mire cómo caminan y cómo sonríen y cómo miran y cómo sueñan y cómo suspiran... Póngase de rodillas, Semitern, y adore. Son la poesía con medias de seda. Después piense que cada una tiene adentro de la faja el paquete intestinal. Piense en eso y en el resto, Semitern...

XLVIII

Violeta golpeó con el hombro hasta abrir la puerta que daba a la galería. Olisqueaba el aire, riendo, con las manos en la cintura.

—Hum, invierno... Hay que disparar, Diego; lejos, hasta el fin.

Caminó quitándose los guantes y el sombrero.

—Había pensado, no sé bien si algo de mimbre o rústico, de troncos, algunos muebles para la galería. Con pieles en el suelo, algo así. Pero ahora... Sepa Dios el animal que va a vivir aquí. Aunque parezca idiota, estoy nerviosa. No nervios de la despedida, te imaginás. Como miedo de llegar tarde a la estación o que a las islas se las trague el mar. La Atlántida, ¿eh?

Aránzuru se paseaba tocando los libros y las fotografías de encima de los muebles. Cerca de los balcones estaba la gran cama blanca con ropa desparramada y la piel de color camello. Contestó con un gruñido. Ella le miraba el perfil, despeinado, con el cigarrillo colgando, las cejas asombradas, torcido sobre el pequeño libro que sostenían las manos. Miró alrededor con un largo suspiro y se acomodó en el sillón de felpa, sonriendo, mirando desde allí las grandes espaldas oscuras, la sensación pesada y calmosa del cuerpo del hombre.

El libro se llamaba *Histoire du peuple de Dieu*. Estaba impreso con tipos grandes e irregulares, viejos, y adornado con grabados de líneas duras.

—¿Y esto? —dijo Aránzuru—. Falsificación, seguro.
—No sé.
—Brepols... Brepols 1536 —murmuró él.

Dejó el librito en la mesa, junto al reloj y el vaso con un jazmín muerto. Alzó el reloj, haciendo correr las agujas hacia atrás, dos o tres vueltas, hacia adelante, sin mirar.

—Pero no, Diego... No tenemos hora. Mi pulsera anda como quiere.

Él se desperezaba sin hacerle caso, aguantando el cigarrillo en la sonrisa abultada. Se puso a caminar con las manos en los bolsillos, a pasos lentos e iguales. Ella lo miraba ir y venir, los ojos encogidos por el humo, el pelo revuelto en la frente. Las dos puertas se abrían ahora hacia la noche fría y oscura.

—Diego.
—¿Eh?

Se detuvo, mirando la piel dorada de la mujer sumergida en la luz, la gran trenza arrollada, un poco suelta.

—No sé. Por nombrarte. Sí, quería saber qué pensabas cuando hiciste eso con el reloj.

—En nada... Debe ser una superstición. ¿Cómo sentiría uno el tiempo sin relojes, sin el sol, teniendo sólo el cuerpo para medirlo?

Siguió paseándose. El aire le movía a veces el pelo sobre la frente y agitaba el fleco de la lámpara. Ella repiqueteó con los dedos en el borde de la mesa y dijo:

—La isla. Allí sí que va a ser el tiempo sin relojes, ¿eh? Claro, siempre que consideremos el tiempo...

Aránzuru se rió con una risa profunda, de pie frente a la puerta.

—Bueno. Pequeña charla filosófica, ¿eh?, quince minutos antes del amor... A Dios y al César. Pero yo...

Caminó acercándose y alargó los dedos para observar las líneas azuladas del humo en la luz.

—¿Participa el tiempo en la discusión? ¿Y Dios, el infinito y tutti cuanti...? No hay interés, entonces. Son cosas ajenas a nosotros.

—¿Sí? —dijo ella pestañeando—. Pero hay gentes, no del todo brutas...

Aránzuru hizo una mueca y volvió a colocar el cigarrillo entre los labios, con un corto suspiro.

—Bueno. Hablemos del tiempo.

Violeta se rió y se levantó enseguida de un salto. Anduvo entre la cama y la mesa. Cerró las puertas, corriendo las cortinas de los balcones. Se agachó para abrir los cajoncitos de la mesa de noche.

—Tenía por aquí unos cigarrillos...

Aránzuru tiró el suyo y se acomodó en el brazo del sillón. La noche movía suavemente la cortina amarilla. Se detuvo a pensar en la carne desnuda de las rodillas de la mujer, tan dulce de apretar. «Bueno, ya estoy vestido como el más cretino de los porteños elegantes. Faruru, Tahití, las islas Marquesas y la gente seguirá apretándose en el asfalto o reventando en los bombardeos. Me voy a llevar un taparrabo, nada más que un taparrabo.» Metió la mano en el bolsillo y sacó la carta de Larsen.

Doctor:
Si me hace el favor se va a verlo al gallego de el boliche de la timba de Sarmiento. Le dice que es para verme que le diga que él sabe. Le muestra esta carta si ve que no quiere. Cuando le diga viene urgente a verme que es de interés para los dos y no va a perder tiempo. Lo saluda muy atte. *Larsen*

Ella se había hundido en el ropero. Salió, escondiendo algo en la espalda.

—Tengo algo que hacer, la sorpresa. Si querés, acostate, pero no apagues.

Aránzuru guardó la carta asintiendo y fue a recostarse en la puerta. La oyó salir del cuarto. Abrió y caminó por la galería, apoyándose en la baranda. El cielo estaba sin luna, negro, con estrellas diminutas y lejanas. Encendió un cigarrillo y se sintió triste y en paz. «Soy un pobre hombre. Una mujer, dos mujeres, tres mujeres... Ésa es mi vida. Me aburren. Pero no he hecho otra cosa. Ahora estoy en la noche, solo, separado de la noche por mi piel. Hay que estar contento, contentos...»

Se oyó la bocina del tren en la estación y cayeron lejos, en la curva, unas luces blancas y verdes. Ahora hubiera deseado, antes de la partida de mañana, una gran vida, un pasado complejo y dramático para recordarlo de una sola mirada. Todo hacia atrás era equívoco y no podía comprenderse, lleno de rostros endurecidos y horas que surgían de pronto. Nada podía ser llamado con su nombre, no había ninguna lógica, ninguna misteriosa atadura de amor que ordenara e hiciera comprensibles los días pasados. Días y noches, días y noches, todo grotesco y muerto, amontonado.

Descubrió otra ventana iluminada que daba a la galería. Se acercó sin ruido, esquivando las ramas de la enredadera. Vio el cuarto en desorden, con el mueble de música, el diván, estantes con libros y jarrones. Tres grandes valijas abiertas en el suelo. Frente al espejo, de espaldas a él, la mujer se acomodaba flores blancas en la gruesa trenza rubia que le ceñía la cabeza. Estaba descalza, las piernas y el busto desnudos. Un montón de collares le colgaba temblando entre los senos y rodeándolos. Desde la cintura caía floja y crespa una falda espesa de paja y, acomodada en el respaldo del diván, había una pequeña guitarra redonda con cuerdas brillantes.

Retrocedió en la sombra de la galería, sintiendo que la sangre le subía en la cara. Entró silenciosamente al dormitorio. No encontraba el sombrero, tanteó el paquete de cigarrillos, apartó una silla con la pierna. La cartera cayó sobre la alfombra; la alzó, tironeando el cierre, sacó el sobre con el dinero, todos los billetes sueltos, y se guardó el puñado en el bolsillo. Ahora tenía unas urgentes ganas de reír.

—Su faldellín de rafia y los bonitos collares... Y la guitarra, cuernos, la guitarra...

Salió a la galería, saltó la baranda y se puso a caminar, casi corriendo, buscando no hacer ruido, hacia la estación.

XLIX

Larsen corrió la cortina hasta cubrir un pedazo de calle. Consideró el mármol de las mesas, los mozos de blanco que pasaban con la platería humeante, la cara alegre del gerente en el mostrador. Con la pequeña boca fruncida se volvió hacia Aránzuru:

—Mire que haber venido a meterse en este sitio...

Aránzuru sonreía revolviendo en el pocillo; estiró las piernas bajo la mesa.

—Le prevengo que tiene que sacarse el sombrero. Le van a decir...

—Bah, no me saco nada. Deme fuego, quiere. Claro, el doctor tiene que venir a un café con colunitas...

Sonreía con los pequeños ojos movedizos, mostrando un punto de oro entre el humo que le salía de la boca. Aránzuru tomó el café y encendió su cigarrillo. Miraba con envidia a una mujer vestida de blanco que estaba bebiendo un líquido verdoso con hielo. Estaba seguro de que aquella bebida desconocida era la bebida perfecta. Bostezó y puso el pocillo a un lado. Larsen terminó de acomodarse los puños y cruzó las manos sobre el mármol.

—¿Sabe que la otra vez conocí a una cosa que lo andaba buscando? Era un asunto de una herencia de Inglaterra o no sé dónde. Una chiquilina...

—Sí, me contó Mauricio que habían estado.

—¿Qué le contó?

—Nada. Que lo habían ido a ver a usted y que usted no sabía nada. ¿Por qué?

—No, por nada. Tuve un lío con el mozo ese. Pero es idiota, de veras.

Aránzuru movió los hombros y volvió a bostezar. Larsen se inclinó sobre la mesa:

—Bueno, ¿qué diablo es eso de la isla?

A través de la ventana Aránzuru veía la esquina de Lavalle, la gente en la luz de la tarde, manchas de color en los umbrales de los negocios.

—Es una islita. ¿Cómo le voy a decir? A mano derecha, si uno va yendo para el Japón, allí por el paralelo 97, 36 grados, 46...

—Bueno, en el fin del mundo, ya entiendo. ¿Y va por algún asunto de negocios?

—Claro.

Un taxi llamaba monótono frente al puesto de cigarrillos. Larsen arrimó las tazas contra la ventana, se tocó los puños de la camisa y quedó mirando al otro, apoyado en los codos.

—Bueno. Para no andar charlando más. Tengo un asunto para usted. Total, que se vaya mañana o pasado... Hay plata fresca. Se trata de quedarse unos días, que yo sepa dónde encontrarlo si lo necesito. Por el dinero no nos vamos a pelear. Así hace el viaje mejor. Ya le digo. Y es casi clavado que no tiene que hacer nada. A lo mejor no lo necesito. Que yo sepa dónde encontrarlo, nada más... ¿Agarra?

Entre un remolino de gente en la esquina, Nené se había detenido del brazo de un hombre alto, desconocido. ¿Era Nené con un traje oscuro mirando fijamente hacia él? La siguió con los ojos hasta perderla, borrada por la cortina, desmenuzado su recuerdo por el ir y venir de la calle. Se volvió hacia Larsen, pesado, torciendo el cuerpo para desperezarse en la silla. El otro vio la sonrisa y el brillo de interés en los ojos e insistió:

—¿Y? ¿Agarra? Le garanto que no tiene que quedarse más de una semana. Ponemos diez días por si acaso.

—El viaje puede demorarse... ¿Pero qué asunto es ése, que puede ser y no? Si me dijera qué tengo que hacer...

Larsen alzó suavemente el sombrero y se rascó la cabeza con la uña del meñique, extraordinariamente larga.

—Vea; es un asunto que puede presentarse y a lo mejor no. Pero tengo que tener un abogado cerca, enseguida. Bueno, es un lío para explicarle. Pero vea: es una gauchada que le pido. ¿Qué le cuesta esperar unos días? Total...

Aránzuru se recostó en la pared, entornando los ojos. Contemplaba la cara lustrosa de Larsen, la pequeña boca fruncida. Recordaba la cara de Nené en la esquina, detrás del hombro gris del hombre. Rió en silencio y puso la mano abierta sobre la mesa.

—Bueno... La vida es un gran bochinche, ¿sabe? Pida dos whiskys para festejar y me quedo.

L

Aránzuru alzó la voz de la radio para no oír a los otros. En el espejo del lavatorio, Larsen estaba sentado sobre la colcha azul de la cama. Sonreía cortés:

—Perfecto, ché...

El hombre del perramus tomó la libreta y retrocedió un paso, guardándola en el bolsillo. Se inclinó, colocando el perfil de ratón en el espejo; tenía los ojos oblicuos, como tajos, rompiendo la piel gruesa de los párpados; el hocico mojado se recogía y estiraba en una sonrisa amarilla.

—Bueno; si tiene el dinero...

Larsen lo miró un momento; luego se inclinó, tironeando del cajón de la mesita.

—Faltaba más...

Tiró dos billetes arriba de la mesa. El hombre del perramus pestañeó rápidamente, moviendo la cabeza.

—¿No le dijo Eduardo? Me extraña... No, no. Usted sabe que son trescientos.

Larsen se levantó de un salto con la cara blanca de furia. Por la abertura de la camisa se veía la sombra rosada de la faja sobre el estómago.

—¡Pero cómo!... Pero se habrá creído... Doscientos mangos. No me va a cafisear...

El otro retrocedió con su sonrisa furtiva. El borde de la mesa lo detuvo, tocándole los riñones, mientras las botellas y los vasos sonaron brevemente.

—Pero Eduardo... Eran trescientos, ya sabía que eran...

Aránzuru dio toda la fuerza a la radio y caminó hacia la ventana. En la azotea de enfrente estaba lavando una mujer, con un pañuelo rojo en la cabeza; dos hombres en camiseta tomaban mate junto a una puerta rota y negra.

—Trescientos balazos, te voy a dar...

De pronto Larsen manoteó las solapas del abrigo del otro y comenzó a sacudir, golpeándolo contra la mesa.

El sombrero oscuro cayó blando en el piso, con las alas hacia arriba. Los papeles planearon suavemente bajo la mesa. De entre la dentadura amarilla brotaba un silbido cortado por los sacudones. La mujer en la azotea había colocado los brazos en jarra, riendo con los hombres agachados junto a la puerta; uno de ellos trazaba un círculo en el aire con el brazo y lo agujereaba enseguida de un puñetazo. Aránzuru se volvió, encendiendo un cigarrillo, y cambió una mirada con los ojos enrojecidos de Larsen, a través de la llama del fósforo. «Todo farsa. Qué tipo.» Larsen giró arrastrando al otro y lo desprendió enseguida estirando el brazo. El hombre cayó en la cama, pataleó y quedó enseguida sentado, refregándose el cuello. Luego se puso a recoger la cartera y los papeles desparramados en la colcha. Un gran círculo de calvicie, blanco y rosa, como piel de niño, se mostraba bajo las hebras de pelo engrasado.

Junto a la mesa, despechugado, Larsen se mantenía con los brazos cruzados, muy abiertas las piernas.

—Hay que embromarse... Pero mire usté...

Respiraba velozmente, abierta en círculo la boca. Luego miró hacia el lado de Aránzuru, hizo una mueca y caminó hasta la mesita de luz, taconeando con fuerza. Todos sus movimientos eran ahora rígidos y acompasados. Retiró un billete y lo puso sobre las piernas del hombre.

—Cincuenta. ¿Qué hay?

El otro alzó las manos y las dejó caer enseguida. Guardó el billete y dejó la libreta sobre la almohada, mientras se levantaba. Retrocediendo de espaldas fue a recoger el sombrero; se lo puso, movió la cabeza y salió a grandes pasos. Larsen lo seguía; abrieron la puerta y comenzaron a hablar en el patio. Agachado junto a la mesa para alcanzar los papeles que se le habían caído al hombre, Aránzuru vio a Larsen moviendo los brazos en la luz grisácea del patio, mientras el otro corría alrededor del pozo. Bajó la voz de la radio y miró otra vez por la ventana. Sólo un hombre estaba en la azotea, tomando mate en una latita.

Larsen entraba despacio, acariciándose la frente con el pañuelo. Tomó la libreta de encima de la almohada y vino caminando hasta la ventana.

—Pero qué gente... ¿Ya lo vio? ¿Qué tal está esto? Mírelo por todos los lados.

Bajo el sello en relieve, la cara de Larsen miraba bondadosa. «Emilio Landoni, Río Cuarto, Córdoba.»

—Qué me dice, ¿eh?

—Macanudo.

—¿Verdad? Vale bien los trescientos. Lo que sí que a estos tipos, si uno les facilita... Lo que no me gusta que el nombre empieza con una L, como el mío. Lo hubieran cambiado más.

—Así que usted también anda de viaje.

—A lo mejor. Ya ando medio seco, con tanto lío.

Larsen fue hasta la ventana y tamborileó sobre los vidrios. Aránzuru sacó los papeles que había levantado de abajo de la mesa y fue a sentarse en la cama. En uno había una dirección escrita con lápiz azul: «Edificio Canevaro, Of. 108. — Portal de Belén». El otro era una carta: «Adhemar: Todo lo tiene Rolanda. Maipú 471, 5.º. Ya le avisé a B., después hablamos. Tiene que traer el dinero. Nos vemos el sábado. K.».

Guardó los papeles y se recostó en la pared. Larsen se abrochaba la camisa, con los pantalones desprendidos.

—Oiga, Larsen. ¿Por qué no se viene conmigo a la isla?

—Déjeme de embromar. Más vale irse a pudrir a cualquier parte.

—Me gustaría verlo con un taparrabo y la caña de pescar al hombro.

—Me voy a hacer humo.

Forcejeaba frente al espejo, colocándose el botón del cuello.

—¿Le di los cien pesos? Usted ve cómo me estafaron con el documento... ¿Quedamos derechos? Claro que es una miseria... Hay que ver. Y se dicen del movimiento ácrata.

Se volvió, sujetando la moña de la corbata. Sonreía, mirándolo con los ojos empequeñecidos. Aránzuru se levantó con pereza y enfriado; se puso a reír.

—¿Qué le pasa? —preguntó Larsen.

—Nada. Yo también disparo. Hace días que perdí el sombrero. ¿Salimos juntos? Oiga una cosa: ¿no puede explicarme para qué me hizo quedar y me regaló los cien pesos?

—...Creí que iba a necesitarlo. Pero ya ve, las cosas se arreglaron.

—Bueno, me voy.

—Espere; me tengo que quedar un rato pero lo acompaño hasta afuera. Hubiéramos almorzado...

LI

Aránzuru llegó al 471 de Maipú. Guardó la carta y se puso a caminar por el patio sombrío. Olía a aguarrás, humedad, un olor triste de cocina. Se detuvo frente a la hilera de puertas. Encendió un fósforo y lo alzó hasta encontrar el 5 de cobre empañado. Apretó el timbre. Enseguida oyó, mezclados, todos los ruidos de los departamentos que invadían el patio. «Puede ser que me limpien.» Oyó unos pasos que se acercaban crujiendo y los ladridos de un perro, lejos, encerrado. La puerta se entreabrió sin ruido, y pudo ver un perchero con espejo brillando detrás de la cara seria de la mujer alzada hacia él, mientras una mano sostenía la bata contra el pecho. Esperaba sin hablar, dura y hostil, mirándolo.

—Busco al alemán.

Ella sacudió la cabeza y dejó de mirarlo.

—Está equivocado. Aquí no.

—Bueno —dijo él; y sencillamente, como diciendo una palabra amistosa que los uniera, empujó la puerta y entró.

Dio unos pasos en el diminuto hall casi vacío, de espaldas a la mujer, esperando sus gritos. Oyó el pestillo de la puerta, apenas. Entonces se volvió.

—¿Usted es Rolanda?

Ella seguía recostada a la puerta, sin moverse. Sonrió burlón y palpó los bolsillos.

—Venía por los pasaportes.

Sacó un cigarrillo y fue a apoyarse en la pared opuesta, frente a ella. Había gastado el último fósforo en el patio. Ella tenía la cara pálida y cansada, un poco varonil, doblada sobre la ancha mano que se abría en el pecho. De pronto levantó la cabeza y miró la pared, un poco a la izquierda de donde estaba Aránzuru.

—Hay un pasaporte de Emilio Landoni... —dijo él.

Se calló. Un movimiento falso, una palabra de más y todo se echaba a perder. «Me la llevo a la isla. Dios ordenó el mundo con una mirada.» La mujer encogió los hombros y dio unos pasos mirando al suelo. En el hall no había más muebles que el perchero y una silla en un rincón, desfondada, frente a frente en la penumbra. Dos o tres veces, la mujer removió los labios y las manos, se detuvo, giró y continuó andando. Después cruzó los brazos en la espalda y dijo:

—¿Va a revisar esto?

Él negó, sacudiendo la cabeza.

—Bueno. ¿Qué quiere, entonces?

—Venía por usted.

—Sí. ¿Puedo terminar de vestirme?

Asintió con una sonrisa insolente. Quedó solo, apoyado en la pared, las manos hundidas en los bolsillos del pantalón. De vez en cuando oía el taconear de la mujer y ruidos de muebles y cajones. Se acarició la barba y el bulto del sobre con el dinero. «Paz en la tierra, paz en la tierra...»

La mujer estaba en el umbral, vestida con un largo saco azul, la pequeña frente cortada por el triángulo del sombrero.

—¿Tengo que llevar la ropa?

—Es mejor.

Fue y vino, inclinada por el peso de la valija. Él observó que andaba sin flexionar las rodillas. Con la mano en el pomo de la puerta sintió que fluía el odio rabioso, impotente, de la mujer. Le golpeó en el hombro:

—Oiga. Le voy a llevar la valija hasta el coche. Pero no haga macanas, ¿eh?

LII

Al despegarse, el cuerpo del hombre le dejó frío el pecho. Rolanda alzó las mantas, tratando de moverse lo menos posible. Respiraba sin ruido con la boca abierta, oyendo el jadeo de Aránzuru, cada vez más débil y espaciado. En el ventanuco inclinado estaba la luna y se estiraba sobre la cama, un triángulo, hasta tocar las rodillas del hombre. Él había dicho: «Se llama el molino de la alemana. Es un lindo sitio, donde hay teléfono, sin peligro de que llegue el tren en muchos años. Cuando quiera vamos a la isla».

Respiraba la noche fría, tan delicadamente quieta afuera, inmensa, con su pura atención fija en las quintas y los caminos desiertos. Se sintió tranquila, triste. Algún recuerdo lejano pasó resbalando en ella. El hombre se inclinaba encima de su cara. Fingió dormir, sintiendo el aliento de Aránzuru en el cuello y en la oreja.

Aránzuru acomodó las ropas y se levantó, rozando las vigas con la cabeza. Tiritaba, desnudo, mirando la forma imprecisa de la mujer en la cama. Una rata disparó, ciega, golpeándole el talón. Aránzuru fue a tumbarse entre la pila de bolsas, de olor áspero, con la cabeza en la luna. Había una música en la noche. Suspiró, abriendo las manos bajo la nuca.

Rolanda se dormía apretando las mandíbulas. Era un sueño agitado, partidas de barcos al sol y en la noche. Puertos y espejos, una fila de gentes con equipaje que avanzaba lentamente, balanceando los hombros. Era el mismo sueño del mar enorme, cuya piel temblaba con numerosas arrugas que nacían, sinuosas, alejándose, huyendo una de otra hasta quedar perdidas y solitarias bajo un cielo invariable.

Él recogió los pies enfriados; no podía dormirse y tuvo la seguridad de que Nora había muerto un momento antes. No estaba metida en una caja, sino estirada en una cama de un lugar desconocido. El misterio de la muchacha había consistido en estar siempre junto al muro de la muerte y alguna cosa del otro lado le quedó en los ojos o fue tocada apenas con sus manos. Nunca podría decir nada de ella, nada que se comprendiera; y lo poco que se animara a decir, tendría que ser soltado por sorpresa, sin preámbulo, antes de que amaneciera.

La muchacha caminaba a pasos entrecortados junto a él, rodeándose a sí misma con los molinetes que hacían los brazos. Era agradable ponerse a fumar, mirándola. Sabía que bastaba un manotón para tenerla, entregada, con la cara deshecha de miedo. Durante un tiempo tuvo necesidad de ella; pero siempre sin quererla y sin piedad. Disparaba desde una cosa infantil hasta el más desvergonzado de los cinismos, escapando siempre. Pero, al mismo tiempo, era candorosa, un poco tonta, y se podía dominarla sin esfuerzo a condición de tratarla sin lástima. Quería saber, exactamente, quién era ella. La trataba como a una niñita; le golpeaba en la mejilla, sonriendo, mirándole los ojos. Otras veces empezaba a decirle: «Los ojos te brillan de ganas de hombre. Te juro que me da asco: toda la clase de cosas que habrás pensado». Entonces Nora se echaba a reír: «¿De veras que tengo cara de eso? ¿Y siempre?».

Algunas noches caminaban cerca del agua; ella le robaba la llave de la puerta al viejo y salían. Iban por unas calles con árboles, verticales al olor sucio del río. Aránzuru la tomaba del brazo y movía la cabeza diciendo: «Si supieras lo que es esto... En los últimos meses estuve sufriendo como un perro. Vivía con la boca abierta, buscando escapar... Si supieras lo que es esto ahora, andar paseando de noche contigo». Entonces se acercaba para acariciarlo y le besaba el hombro, despacio, muchas veces, sin apartar la boca. Pero si él se burlaba o le decía una grosería, apartándola, ya estaba de nuevo alegre, estirando el cuerpo flaco para alcanzar las hojas peludas de los árboles. «Yo no tengo la culpa. ¿Quién empezó a lloriquear?»

Sintió que tenía la cara dividida por la sombra de la reja en la ventana. Lejos, aprisionada en una fantástica valla de árboles, chapoteaba la música. Le parecía ver, a la luz de la luna, a cada frase del piano, la forma de las algas que colgaban chorreantes.

LIII

Nora limpió el mate con la servilleta y lo entregó a Larsen; acercó el termo sobre la mesa, sosteniendo con el otro brazo al niño dormido. El hombre estiró las piernas y empezó a chupar la bombilla. Miraba distraído la fecha cualquiera del almanaque colgado en la pared. Oyó los campanazos de un reloj y el llanto del niño, aquietado enseguida. Después del chaparrón el cielo atrás de los balcones estaba gris y movedizo; una rama de árbol se movía suavemente. Vaciaba el mate y volvía a llenarlo, tamborileando en él con las uñas. Luego aflojó el lazo de la corbata y se apoyó en un codo, bostezando aburrido. En el espejo del lavatorio veía a la mujer sentada en la cama, acercando a la boca del niño, con dos dedos, el pecho flaco y largo.

La cara de ella estaba quieta, mirando el doble remolino que hacía el pelo en la cabeza de la criatura; los párpados, gruesos, caían sin fuerzas, mientras la boca sostenía en las puntas la curva doble y burlona. La había acariciado, golpeado, la tuvo sin comer, le dio de comer en la mano, le regaló cinco vestidos. Una vez ella había dicho: «Cuando hago la comida te puedo envenenar».

Dejó de mirarla y abandonó el mate; bufaba aburrido, mirando el tiempo inseguro atrás de las cortinas. Manoteó el reloj del chaleco que colgaba de la silla. Eran las cinco de la tarde. «Ya se va a dejar de jorobar cuando no me vea más.» Nora enjugaba la baba lechosa del niño con los dedos y se limpiaba en los flecos de la colcha. «¿Por qué no adivina que me voy?» Sonrió y se puso a mirar nuevamente el claroscuro del cielo, otra vez desanimado. Asomaba a veces un sol sin fuerza y se oían chillidos de pájaros. Se refregó la barbilla con la palma de la mano, bostezando, nervioso y aburrido. Cuidadosamente, llenó el mate y se levantó.

Con el índice, Larsen separaba la cara del niño del pezón, soltándolo cuando empezaba a muequear, una vez, dos veces, tres. Ella sonreía sin levantar la cabeza. Larsen fue a dejar el mate y se detuvo a mirarse en el espejo, acariciándose las mejillas empolvadas.

—Tiene que dormirse —dijo Nora—. ¿No ve que está vomitando? Tiene que dormirse, es un cochinito.

Dejó al niño en la cama y fue hasta la mesa para buscar la servilleta. Limpió la cara y las ropas, los puños apretados del niño. Volvió a tomarlo y lo acunaba cantando:

> Ya se ocultó la luna, luna lunera,
> ya ha abierto su ventana la piconera...

Larsen comenzó a pasearse con las manos en la espalda. Al llegar al lavatorio encontraba los ojos de Nora y se detenía. Los ojos estaban siempre fijos y brillantes, sin mirar nada. Soplaba por la nariz y volvía a marchar, balanceando el vientre, de la pared al lavatorio.

> Ya viene er día, ya viene mare.
> Ya viene er día, ya viene mare.
> Alumbrando sus claras...

Se arrimó a la silla y fue poniéndose el chaleco y el saco.
—Voy a bajar.

Ella cantaba, moviéndose a compás, una zapatilla colgando de los dedos. Larsen se puso el sombrero, acomodando las alas frente al espejo.

—Bueno; voy a bajar. Voy a buscar cigarrillos, a lo mejor doy una vuelta.

Se volvió a mirarla desde la puerta. Ella tenía al niño envuelto en un rebozo gris hasta las orejas y canturreaba a media voz con los ojos muy abiertos e indiferentes.

Ay, que me diga que sí.
Ay, que me diga que no...

Larsen bajó la escalera, acomodándose los puños. Caminaba pesadamente por el zaguán. Con las manos en la espalda, se detuvo al llegar a la puerta. El hombre sentado en la ventana del café desplegó un diario. Larsen sonrió apenas, moviendo la cabeza. Un auto pasó con bocinazos, volvía a asomar el sol en los baches del empedrado. Compró cigarrillos en el negocio del portal, encendió uno y cruzó la calle. El sol lució con fuerza en la vereda, cayendo desde el cielo de nubes rotas. Larsen se detuvo en la esquina, miró despacioso hacia los lados y entró al café.

Estaba sentado frente al hombre del diario, la silla recostada en la pared. Terminó el cigarrillo sin hablar y se inclinó para aplastarlo sobre el aserrín del piso. El otro dobló el diario y lo guardó abajo del brazo; hacía girar el pocillo vacío con un dedo enganchado en el asa.

—¿Vamos ya?

—Esperate —contestó Larsen.

Ofreció un cigarrillo al compañero y montó una pierna, rascándose el mentón, sobrecogido por unas repentinas ganas de mujeres y borrachera. El otro fumaba en silencio, mirándolo a veces, chupando el cigarrillo y alejándolo enseguida sobre la mesa.

—Bueno, mirá —dijo Larsen—. A los que pregunten, saludos. Ya estoy podrido de líos.

El otro miraba alrededor, haciendo oscilar la cara marchita sobre los hombros.

—¿Vamos saliendo?

—Parate.

Larsen se estiró los puños, movió la silla y se puso a mirar con aire indolente hacia la calle. Una mujer cruzaba con un chico y una botella. El vendedor de cigarrillos estaba sentado en una silla de tijera, en la vereda, con las manos juntas contra el vientre. Tenía un guardapolvo gris y lentes oscuros. Un carro cargado de vigas pasó ruidosamente, calle abajo, con un trapo verde colgando. Arriba, en la ventana, las cortinas estaban corridas.

Larsen tomó un cigarrillo y lo encendió en el del compañero. Se estuvo un rato mirando el humo, luego golpeó la mesa con la mano abierta.

—Esperá un momento.

Se levantó, cruzó la sala zigzagueando entre las mesas y cruzó la calle. En la puerta de la casa se volvió para mirar al otro que retiraba el diario de abajo del brazo. Comenzó a subir, a cada escalón más aburrido y nervioso. El chico estaba en la cama, bajo el rebozo gris y un cuadrado de lana rosada. Ella se paseaba, vestida para salir, el pequeño sombrero negro calado hasta los ojos. Se volvió dando una cabezada, sonrió y quedó sin mirarlo, apoyada con la flaca cadera en el mármol del lavatorio. Larsen cerró y se fue acercando despacio, los brazos flojos colgando.

—¿Adónde ibas?

Nora movió los hombros y sonrió. Se puso a mirar hacia el niño dormido.

—A ningún lado. ¿Adónde iba a ir?

La tomó por los hombros doblándola hacia atrás, respirando ahogado junto al cuello de la muchacha. Luego la enderezó de un golpe, soltándola, y dio un paso a un costado. Ella esperaba, abiertos e inmóviles los ojos. Volvió a tomarla por las muñecas y apretó hasta que la boca de Nora quedó torcida, dejando escapar un silbido doloroso.

—¿Adónde ibas? Decí.

De pronto abrió las manos y caminó hasta la cama; entre el abrigo asomaba la nariz del niño y un coágulo de leche junto a la mejilla. Ella se refregaba las muñecas, apoyada en el lavatorio, otra vez indiferente y con su aire distraído. Larsen dio un salto y la tomó por los hombros trayéndola contra él.

—Decí dónde ibas, decí.

Ella desviaba la boca y cerró los ojos. Le quitó el sombrero de un manotón y le deshizo el peinado. Luego le tomó el cuello con una mano y la obligó a retroceder hasta la cama.

El hombre sentado en el café miraba impaciente la cortina corrida en la ventana, confusa detrás del repentino chubasco. El agua brilló en el sol un momento, escandalosa, y pasó enseguida. Un viento alegre removía las ramas peladas de los árboles, mientras el sol trepaba la pared hasta cubrir la cortina.

Larsen se levantó y recogió el sombrero. De pie en el espejo arqueó cuidadoso las alas.

—Aprontate que nos vamos. No llevés nada. Cargá con éste, bajás y me esperás en la parada. Acordate de taparte el pescuezo con un pañuelo.

Cruzó la habitación sin volverse y salió. Caminó taconeando hasta el zaguán y se detuvo a respirar. El hombre en la ventana del café tenía el diario doblado bajo el brazo. Otro hombre fumaba sentado en la misma mesa, mirando hacia Larsen con una expresión grave. Conoció enseguida el bigote cuadrado y rubio y tuvo el impulso de disparar hacia arriba. Se contuvo y esperó en el portal, silbando el estribillo: «Ay, que me diga que sí. Ay, que me diga que no...». Otro hombre cruzaba la calle desde la esquina, acercándose con una sonrisa brillante. «Los tiras, necesito avisarle a Aránzuru.» El vendedor de cigarrillos, sentado en la sillita, hacía girar los pulgares sobre los muslos, dormitando detrás de los lentes oscuros.

LIV

Aránzuru soñó rápidamente que alguno, una voz oculta entre árboles, aullaba su nombre mientras él caía. Despertó entre la luz confusa, desconcertado. Dos grandes botines caminaban junto a su cara. Arriba, la mujer con el pelo suelto, atado a la cintura el abrigo azul. Se inclinó para mirarlo, seria, mientras recogía el pelo con una tira.

—Hola —dijo Aránzuru—. ¿Ya es de día?
—Está lloviendo.

Reconoció entonces el ruido apagado del agua, ronroneando en el caño. Ella se sentó en el cajón y acomodó la mandíbula sobre los puños.

—Bajé a conseguir leche. Después empezó a llover.
Tenía la cara vuelta hacia la ventana, sujetándose el labio con las uñas. Aránzuru bostezó, girando entre las bolsas. Después se rió con suavidad.

—Bueno. Habrá que ir por provisiones. De paso miro un poco. ¿Me vas a traer el desayuno?

—Hay leche fría.

Él encendió un cigarrillo y se puso de espaldas, acomodando las bolsas. Volvió a mirarla; estaban como animales en una cueva, juntos, cercados por el ruido de la lluvia. Maniobró hasta ponerse los pantalones y se levantó; al pasar junto a ella le tomó el pelo en una mano y lo alzó, dejándolo enseguida.

—Tiene facha de lluvia.

Rolanda alargó los dedos y quitó las briznas de paja pegadas en el cuerpo de Aránzuru. Lo miraba con una sonrisa triste, distante; la luz del día la mostraba un poco más vieja. Él alzó la botella de leche y tomó unos tragos. El aire era caliente y malo de respirar. Fue bostezando hasta la ventanita.

—¿Queda algo para tomar?

Ella señaló la botella con la etiqueta roja, acostada en la cama.

—Más de la mitad —dijo.

Aránzuru miró las manchas oscuras de los árboles, el caserón rosado que retrocedía en la lluvia. Apartó la botella y se estiró en la cama; sentía el cuerpo dolorido de la noche pasada sobre las bolsas. Inclinando la cabeza, veía un pedazo redondo y sombrío del muslo de la mujer, la punta de los hombros empequeñecidos en el abrigo. La frente larga y estrecha con la piel tirante. De los botines desprendidos le venía olor a cuero y humedad. «Se tomó casi media botella. Si no está borracha...»

—¿Por qué no hablas? —preguntó.

Ella dijo adentro de las manos:

—Ésta es la historia del calenda tuerto hijo de rey...
—Se reía balanceando el cuerpo en el cajoncito. Lo miró—: ¿No tenés frío?

Volvió a reír mientras se levantaba y caminó con aire aburrido. «Bicho raro.» La vio en la ventana, de perfil sobre el fondo brumoso del día. Escupió el cigarrillo; mientras vigilaba el humo pensó si no habría andado ella con sus ropas, el dinero del sobre. Ella dejó la ventana y se restregó las manos; pasó frente a la cama haciendo chicotear las cuerdas de los botines. Desde la mesa del carpintero habló inclinada mientras encendía el calentador.

—¿Para qué tenés todo esto si nunca venís?

—Yo no. Vienen a veces amigos.

Ella cuidaba la llama del calentador bajo la lata ennegrecida. Sacudió agua en una taza y la derramó en el piso.

—¿Pero qué hacés? —preguntó.

—Nada. Confesá que tuviste miedo cuando llegué al departamento.

—¿Miedo? No. Tenía el presentimiento de algo malo y en cuanto oí llamar estuve segura que era de la policía.

Él rió acariciándose la barba. Le llegaba el olor del café.

—Pero si no hacés nada —insistió Rolanda—, ¿de qué vivís?

—Bueno. Ésa es la historia del segundo calenda tuerto.

Ella sonreía, sentada ahora en el cajón, recibiendo en la cara el vapor de la taza que había colocado en el suelo.

—No hay azúcar.

Él alcanzó la taza con los dedos y tomó un trago. Se incorporó en la cama, buscando sacar los cigarrillos del pantalón.

—Bueno, ¿qué hay de la isla? Decidí. Yo sé que no lo tomás en serio. Pero yo me voy en cuanto te note un poco más aburrida de lo que estás ahora. Me gustaría llevarte. ¿Eh? ¿Qué diablos vas a estar haciendo en Buenos Aires? ¿Vas a volver al departamento a esperar la policía?

Rolanda no contestaba, ocupada en limpiarse las manos en el abrigo. Aránzuru dejó la taza vacía en el suelo y se acostó fumando.

—Soy un encubridor. Además, puedo chantajearte... ¿Venís conmigo? Pero, por favor, ¿no podrías dejar un momento esa cara de lluvia?

—Bueno. ¿Qué vas a hacer en las islas?

—La isla. No voy a hacer nada. Es el único sitio en que se puede no hacer nada sin hacerle mal a nadie y sin que nadie se interese. Te doy hasta la noche para decidir.

—Cuando deje de llover te digo. No entiendo por qué no te vas solo.

—Sí, soy un idiota. Es que no puedo. Me parece que a cada uno que conozco le estoy estafando la isla; que se la escondo. Ya la ofrecí a media ciudad; pero no la quieren.

—Hablás de la isla como... ¿La conocés?

—Como a mí mismo. Pero no puedo anticiparte... Derechos reservados. Es cuestión de llegar y tirarse en la arena. Desde allí se pone a pensar en todos los millones de bestias vestidas que se dedican a comprar y vender.

La lluvia golpeaba ahora con furia haciendo anochecer la ventana.

—Y si, perdoná, si sabés hacer cortes de manga podés madrugar y te vas a cada uno de los puntos cardinales, en la playa, y dirigís cordiales saludos al mundo que te rodea.

Comprendió que ella no lo escuchaba. Seguía doblada en el cajoncito, con un pie enganchado en el tobillo, sosteniendo ante la cara la reja de los dedos. La vio estirar el cuello, atenta, como si entre los ruidos de la lluvia anduvieran palabras esperadas. Después se levantó y recogió la botella sobre la cama. Volvió hasta el cajón, vació la taza y comenzó a llenarla. La veía beber, moviendo en silencio la garganta, descansando a veces para respirar. Volvió a sentarse, la cara otra vez en los puños. Murmuró:

—Pero lo que vos me decías, de haberte separado de todos para irle... Te fuiste y después qué hiciste.

—Nada.

—Bah. Debía ser un asunto de mujeres.

—Sí, también. Pensá qué otra cosa se puede hacer.

Ella se desató el cinturón del abrigo, alzó las solapas y volvió a atarlo, se agachó y fue tanteando en el suelo, sin volverse para mirar, hasta que pudo enganchar en la uña el paquete de cigarrillos. Sacó uno y tiró la cajilla encima de la cama. Chupaba el cigarrillo apagado; lo separó para mirarlo, volvió a meterlo en la boca.

—Tomá —dijo Aránzuru—. Los fósforos.

Rolanda se levantó y fue vacilando hasta la mesa. Encendió un fósforo y lo apagó enseguida, soplando. Llenó la taza y bebió, haciendo ruido. Encendió un fósforo y dio fuego al cigarrillo. Hizo un gesto de asco y lo dejó caer, poniéndole el pie encima. Retrocedió hasta el cajoncito y se sentó, montando una pierna. Un rato después se rió, doblando la cabeza. Tenía la risa encerrada entre los codos y el pecho.

—Te voy a contar una cosa —dijo—. ¿Querés que te cuente? Hay un lugar que se llama... No importa cómo se llama.

—Sí, es el Quijote —murmuró Aránzuru.

—Es un lugar —repitió—. Yo estaba allí cuando la guerra, la otra guerra, hace mil años. Yo era chiquita hace mil años. Pero qué te voy a decir si no vi nada. Estaban los trenes rodando y rodando y el cañón. No es nada de particular. Siempre está lloviendo, y por eso... Tampoco, así, cosas de la muerte. Si alguno se moría era como los que habían pasado la frontera. Una mañana vi un aeroplano. Hacía una explosión y aparecía una nubecita blanca. Me parecía que aquello era la muerte, cada nubecita blanca una muerte... No sé bien cómo era. Yo pensaba que eran muertes así, chiquitas, blancas, muertes tiernas, sin esfuerzo...

Él estaba apoyado en un codo, mirando. Desconfiaba, sin saber de qué. Le resultaba insoportable la voz de la mujer, la inflexión de ternura con que rodeaba a las pequeñas muertes tiernas.

—Nada de guerra, no señor. Nada de guerra. Lo que había allí era la miseria y todo se pudría. En lo que se convierte la gente cuando empieza a morirse de hambre. Entonces una peseta... Están las niñas, siempre hay las niñas que tienen esa edad en cualquier guerra...

Sacudió la mano dejando caer el cigarrillo y pasó varias veces los dedos por la cabeza. Después hizo girar la cara con una sonrisa y canturreó mirando la ventana:

> Por un ají, por un tomate,
> por una barra de chocolate...

En silencio, él se levantó y vino a colocarse detrás del cajón. Ella avanzó el cuerpo y fue agachada hasta la cama; cayó haciendo chocar las mandíbulas. De pie, Aránzuru esperaba. Pero ella no volvió a hablar. «Está borracha; va a dormir hasta mañana.» Rezongaba la lluvia atragantando el caño. Rolanda tenía la cara aplastada contra la almohada. Se sintió molesto, con ganas de irse a cualquier parte. «Histeria, todo absurdo, está borracha.» Se puso el saco sintiendo que estaba débil de hambre. «Una mujer que sufre boca abajo. Por un ají, por un tomate...» Se acercó para acariciarla. Pero quién iba a tocar el sufrimiento de la mujer, la escena o el tiempo que estaba ahora llorando. Por un ají, por un tomate. Un viejo, un soldado, un carrero. Caminó hasta el montón de bolsas y se dejó caer, sentado, abrazándose las rodillas.

LV

Casal se inclinó sobre la cara dormida de Balbina, rodeada por el perfume del pelo. Bajo la suya, la cabeza se ablandaba, expectante, con una extraña dulzura, dejando sin defensa sus secretos. Pero no podía entender: «Es una mujer que duerme, caliente, en su cama». Se acercó hasta respirar el aliento con sueño de Balbina. Sin tocarla, su mano fue reproduciendo en el aire la forma recta de la nariz y los labios, la curva de la oreja y el pelo que rodeaba la oreja. Se enderezó y comenzó a sonreírle mientras guardaba las manos en los bolsillos. Dio un paso atrás para abarcar la gran cama cuadrada, el largo pozo que hacía el peso de la mujer en el colchón, la luz tenue de la veladora que se corría suavemente por el rostro en la almohada. Sentía fluir el amor de su sonrisa, cubrir el cuerpo dormido, estirarse en los brazos y los flancos, sostener la cabeza, las grandes nalgas y los talones.

Quedó sentado en el borde del sillón, mirando, siempre sonriendo. No era el deseo ni el alma; era el amor, aceptar en otro, amar en otro el calor y el cuerpo animal de uno mismo. Admitir y gozar en otro la propia animalidad. Balbina movió una mano, suspiró y empujó los hombros hasta quedar completamente de espaldas bajo la luz. La otra mano asomaba ahora junto a la barbilla. No se había despertado. Él aguardó un momento y empezó a desvestirse.

Quedó con las manos quietas sobre el cordón de un zapato, mirando el retrato de Balbina colgado encima del tocador, el perfil de la mujer que avanzaba entre flores. Encendió un cigarrillo y volvió a ponerse el saco. Sentado en el sillón miraba alternativamente la cara de la pared y la que dormía en la cama, sintiendo que lo iba llenando de desesperanza y un odio frío, sin causa precisa.

Ahora contemplaba el rostro de la mujer en la almohada, analizando el conjunto de los rasgos, su expresión, imaginando el cerebro que estaría allí adentro, vivo, inquieto, soñando.

De vez en cuando temblaba de frío. El cigarrillo en la boca dejaba escapar su lento humo. La luz y los ruidos crecían en la calle. Inmóvil, continuaba mirando la cabeza de Balbina. Imaginaba la cara endurecida por la muerte, sentía el peso del cuerpo enfriado. Borraba el dibujo de los labios, hundía los grandes ojos, aplastaba los lados de la nariz y endurecía los dedos sobre el pecho abultado donde el corazón muerto se atoraba de sangre oscura.

LVI

Alguien estaba con Sam en el rincón, frente a frente, separados por el florero y el recipiente del hielo. Violeta avanzó recta entre las mesas donde se inclinaban las caras, encima de los mantelitos dibujados. Saludó con la mano y siguió al mismo paso hasta la ventana de hierro y vidrios que rodeaba la terraza. El otro era Mauricio; estaba despeinado y sin afeitar. «Si sabe algo de lo de Diego ya se lo contó a Sam. Sucio.» Veía allá abajo la mancha oscura del río y el edificio del Correo. «Lo mejor es decir que no. Todos mienten. Sam no tiene cara de estar muy contento. ¿Será posible que ese cochino...?»

El camarero esperaba con los dedos sobre el respaldo de la silla. Volvió a saludar con la cabeza y se sentó sonriendo. Los ojos de Sam brillaron para darle la bienvenida; con la cara hacia un lado, Mauricio arrastraba el lápiz sobre la servilleta de papel.

—Sí, cualquier cosa... —Violeta hablaba con el mozo—. No, tráigame té, bien caliente. Té solo.

Sam alargó la mano y le rozó los dedos que ella acababa de sacar del guante. Violeta espió la cara de Mauricio, vieja y flaca, con algo desagradable, turbio, siempre torcida sobre los dibujos que iban llenando la servilleta. Se volvió hacia Sam:

—Mala noticia. Terminé por alquilar la casita. Seis meses, hasta el verano. De todos modos, no vamos a ir ahora y como pienso inscribirme el lunes en los cursos...

Él sonreía sin demostrar interés y le apretó la mano bajo las flores rígidas del florero. Ella era joven y remozada como el buen tiempo, la pechera lila de su vestido se quebraba en el líquido de los vasos. Violeta retiró suavemente la mano y enfrentó a Mauricio:

—¿Qué pasa hoy? Estoy harta de gente así.

Mauricio levantó los ojos y desde la cabeza inclinada le vino una sonrisa burlona que se apagó enseguida. Sam retrocedió hasta la pared, buscando meterse en la sombra para mirarla. Podría vivir con ella sin necesidad de poseerla, pero teniéndola allí, dichoso en aquella ternura complicada, confusa, que alimentaban igualmente la forma del vientre de la mujer y los pequeños pensamientos que había aprendido a adivinar bajo la frente plana.

—Acaso hubiera hecho mejor en no venir —dijo Violeta revolviendo el té—. ¿Por qué no hablan? Invitarla a una para estar después con esas caras...

De un rincón invisible llegaba la música. Ella se puso a acompañarla con la cucharita, alzando una cara entristecida.

—Sí... Mauricio no está contento —dijo Sam con lentitud—. Quiere muchas cosas. Quiere la verdad y un mundo perfecto.

—Ah —contestó ella—. Está lindo. Si hoy le dio por ahí... Es bueno saberlo para no dejar que se emborrache. No quiero que me estropeen la noche.

—No te la voy a estropear... —Mauricio guardó el lápiz y se acomodó en la silla—. No se la voy a estropear a nadie.

—Me alegro. Porque esta noche quiero bailar. ¿Bailamos, Sam? Hay que hacer algo, cualquier cosa... ¿Lo llevamos a Mauri? Pero es mejor que se emborrache, aunque sea para dormir.

—No, gracias. Nada de agentes exteriores, por favor.

—Ah. Es que ya tomaste, entonces. Agentes exteriores... ¿Tomó, Sam?

Sam hizo un signo de discreción con la mano y entornó un ojo.

—Una noche oímos esta misma música y no me puedo acordar... —murmuró Violeta.

Un solo de trompeta barrió con todo y quedaron nuevamente juntos y callados. Mauricio contemplaba el humo del cigarrillo rodeando el busto de la mujer arriba de la mesa.

—No, nada de agentes exteriores —repitió.

Dejó el cigarrillo y se restregó suavemente la nariz con el pañuelo oloroso; vacilaba mirando los adornos del techo.

—Esto es un poco incorrecto —dijo—. Estaba hablando con Sam... Decía que en las conversaciones nadie habla de sí mismo. Nos imaginamos a un tercero o cuarto que no existe y hablamos de lo que suponemos que puede interesarle.

Estaba segura de haberle oído la misma frase a Aránzuru. ¿Lo habría vuelto a ver Mauricio?

—Nadie da nada suyo, de verdad. Cuando parece haberlo dado es porque se lo robaron.

Violeta sonrió mirando al rincón donde se apoyaba la cabeza de Sam. Se dio vuelta, levantando un dedo para llamar al mozo. Enfrente, sola en su mesa, estaba una mujer vestida de negro, fumando; miraba fijamente hacia ellos.

—Ginebra para tres; estamos apurados.

La mujer de negro se inclinaba para alcanzar el cenicero y entonces la luz le ponía un gesto cínico y reposado en la boca. Mauricio apretó el nudo de su corbata y se echó hacia adelante, abrochando el saco.

—Aunque tome diez ginebras... Estoy hablando en serio.

—Pero yo no tengo ganas —contestó Violeta.

—Hablaba con Sam. Pero no, me voy a ir enseguida. Después de todo, me estás dando la razón. Oh, juventud sin ideales... ¿A quién le echamos la culpa? Si ya no es posible creer en nada, ni en Berlín ni en Londres... Fíjese; ése es el síntoma más grave de descomposición.

Violeta torció el cuerpo para mirarse en la franja de espejo de la columna. Allí estaba la cara de la mujer de negro, inmóvil, un poco aburrida. Se volvió a Sam:

—Bueno. ¿Vamos a comer y bailar? Vamos, Mauri.

Mauricio tomó la copa de ginebra y se levantó lentamente, sonriendo. Bebió de un trago y dejó caer la mano con la copa hasta el mantel.

—No; tengo que hacer. Si me esperan quince minutos, diez... —Movía los ojos suplicante.

—Quince, Mauri. Pero ni uno más. Y no hables de cosas serias en toda la noche.

Lo vio alejarse despacio entre las mesas y, al llegar a la puerta, brotó nuevamente la música. En el ascensor Mauricio se mantuvo apoyado de espaldas, con los ojos bajos, para no ver la cara imbécil del *groom*. Cruzó la calle sin apurarse y entró en el negocio de la esquina.

—El teléfono, me hace el favor.

El patrón sacudió la cabeza, indiferente, apoyado en la máquina registradora. El rincón del teléfono olía a bodega y a pescado. Mauricio se detuvo un momento para mirar la noche que crecía rápidamente en la calle, llenándola de coches y gente. Escupió sobre la reja negra que daba al sótano. Al discar se sintió débil y cansado; recordó que no había comido desde la mañana.

—Hola. Hágame el favor... ¿Quiere llamar a ese señor gordo que está al lado de la ventana? Uno que está sentado... Se llama Semitern. Eso, gracias.

Empezó a sentir náuseas y se cubrió la nariz con el pañuelo para esconderla de los olores salados del almacén.

—¿Eh? Habla Mauricio. Porque no pude. No embrome. Oiga: enseguida va a estar Violeta en la esquina de Corrientes y Alem. No, hombre. Está con el otro y se van esta noche para Europa. Esta noche, a las once. Haga lo que quiera. ¿A mí? No sea cornudo.

Colgó el aparato y salió, zigzagueando entre los cajones. Dijo al pasar:

—No tengo cambio.

El patrón dio vuelta la cara y abrió una libreta.

—Está para los clientes —dijo.

En la calle se puso a marchar rápidamente hacia el norte, respirando con fuerza el aire frío, sintiendo que una mareante energía se alargaba sobre el desánimo.

Violeta recogió los guantes y los fue calzando.

—Te dije que no iba a volver. Estaba borracho o idiota.

Sam tenía la cabeza inclinada, sonriendo. Ella se dijo que nunca le había observado el perfil, tan extraordinariamente fino y enérgico. Éste sí era un hombre. «Qué cosa terrible la juventud. Pobre Sam. Tan superior a todos los otros, Aránzuru, Mauricio, Casal, todos. No importa, yo hago siempre lo que quiero. Es una injusticia, la juventud.»

Pasaron unos pies de goma a su lado.

—¿Vamos? Debe hacer media hora que lo esperamos.

—Como quieras. Pero si llegara a venir...

—Que se muera. Quién lo manda hacer el idiota. ¿Pagaste?

—Sí, vamos.

Al levantarse, le hizo una rápida mueca a la mujer de negro, que la miró con asombro. Cruzaron bajo la lluvia cálida de la orquesta. Una pequeña embriaguez era la vida en aquella noche, mientras bajaba en el vértigo blando del ascensor, se hundía en los reflejos de la puerta giratoria y respiraba el principio fresco de la noche en la vereda llena de luces. Sam movió la cabeza buscando un taxi. Descubrió de pronto la cara de la mujer a su lado, fea y verdosa con la boca abierta que se abría en silencio. Comprendió que iba a caerse y la enlazó por la cintura, llevándola hasta el coche. El chófer abrió la portezuela y ayudó con un brazo a subirla. Sam había dicho algo encima suyo;

se estremeció con el envión del coche al arrancar y entonces dejó caer la cabeza en el pecho de Sam, llorando.

Semitern apoyaba un hombro en la columna, sosteniendo la pistola contra el estómago, inmóvil, dirigida hacia el automóvil que se alejaba, hacia el punto donde el taxímetro se confundía con la noche. Lloraba sin ruido, con la boca entreabierta, mirando las luces doradas que se mezclaban con las lágrimas en sus ojos, a cada parpadeo. Guardó el arma en el bolsillo del sobretodo y se limpió la cara con la manga. Nadie lo miraba; comenzó a caminar por la recova contra el viento, la cabeza gacha, sintiendo el frío en las mejillas y la nariz. Oía la música de los cafetines y un ruido de fusilería trepaba del sótano del salón de tiro. Se entreparó, mirando los avisos luminosos que se agitaban en los portales. Siguió andando; se detuvo en la calle, esperando que pasara un tranvía. Cuando oyó la campana alargó un brazo y subió a la plataforma. El tranvía dobló enseguida y llevaba ahora la misma dirección que traía Semitern, costeando la recova, siempre contra el viento. Cuando ella lo vio por encima del hombro del otro, había hecho una pequeña sonrisa, un brillo sonriente que no salía de ninguna parte determinada del rostro, y que iba a estirarse hasta iluminarla toda, hasta llenarle la cara de luz.

—Boleto.

Semitern asintió parpadeando hacia el guarda. Veía la cara aindiada del hombre, la boca saliente, la gruesa nariz bajo la visera. Tomó el boleto y le alargó un billete de cinco pesos.

—No tengo cambio.

Semitern encogió la boca, redondeándola, y giró el cuerpo hacia el hombre, las manos siempre en los bolsillos.

—Bueno... —murmuró apretando con furia el gatillo.

Alguien había saltado en el interior del tranvía, pero éste seguía corriendo. Entre el olor a quemado el guarda se inclinó con las manos apoyadas en el vientre y se fue recostando suavemente contra los barrotes de bronce. La gorra había desaparecido. Semitern vio que el hombre tenía el pelo gris, cortado al rape, y alzaba unos ojos asombrados, largos, extrañamente abiertos.

LVII

Por el camino, Rolanda arrancaba los pastos de tallo largo y se azotaba la pierna, sin dejar de andar. Terminaba mordiéndolos, rápidamente, y los tiraba por encima del hombro. Aránzuru iba un poco atrás, cargado con la valija; se detuvo junto al poste en cruz del telégrafo y la llamó.

—Un momento.

Dejó la valija en el suelo. Ella miraba, con las manos en los bolsillos del saco azul en cuyo borde brillaba un rayo de sol. El cielo estaba claro, con grandes nubes en marcha.

—Bueno —dijo Aránzuru—. Pienso que debe haber algún rito para la despedida.

Ella miró la cara del hombre y la encontró seria y tranquila. A la izquierda, en una altura, se torcía el molino, oscurecido y manchado por la lluvia. En el caserón rosado un hombre palmeaba el lomo de un caballo, rodeado de gallinas. El pasto brillaba en la franja de sol. Aránzuru encogió los hombros, mientras ella giraba y seguía andando. Por un momento la vio alejarse, en *s*, trepando el camino lleno de charcos. Aquella manera de andar, casi sin poner en juego las rodillas, a pasos largos e iguales. Tuvo un deseo furioso de abrazarla, recogió la valija y continuó tras ella, tratando de alcanzarla.

Un camión apareció en la curva y pasó junto a ellos, escupiendo el fango. Ahora estaban hombro con hombro y él ya no sentía deseos de tenerla entre los brazos. Torcieron por una calle de eucaliptus, sin hablar, entraron en una calle ancha, con chalets de techos rojos.

—¿Tenés el dinero? —preguntó Aránzuru.

Ella movió la cabeza, negando.

—Bueno. Yo voy a estar en la estación temprano. Si el dinero no alcanza nos quedaremos a mitad de camino, en la cordillera o en el Pacífico. Pero voy a conseguir más. Sería bueno que no demoraras demasiado. Antes, acaso vaya a ver a mi madre. No te rías.

—Yo no me reía.

—Perfecto. ¿Sabés una cosa? Tu manera de caminar. Hay una palabra para definirla. Se llama Europa.

—Por lo que... —encogió los hombros, agregando—: Soy argentina.

—No tiene mayor importancia. Acaso tus piernas...

Un carricoche descansaba a un lado de la plaza, donde desembocaban dos calles sombrías, con árboles llenos de hojas. Una radio sonaba gangosa en el almacén. Parada en la esquina, Rolanda mostraba tercamente el pómulo en punta junto al cuello del abrigo. Sintió ganas de acariciarla, despedirse, no volver a verla.

—Aquel ómnibus blanco es el tuyo. Ya que no querés tomar un taxi... Tené.

Le puso el sobre con el dinero entre la mano y la tela del bolsillo. Entonces ella se estremeció y agitó la cara como para hablarle. No dijo nada: tomó la muñeca de Aránzuru y la hizo girar hasta que la palma quedó hacia arriba, un poco encogida, con una mancha azul bajo el pulgar. Después él apartó la mano y se recostó a las plantas del cerco.

—En fin... Me voy a dedicar a inventarte. ¿Me entendés? Imaginar quién sos. Pensá un poco. Todos estos días juntos, piel con piel. Pero cada uno está preso en sí mismo y... Todo el resto es ilusión.

Rolanda dio unos pasos y se detuvo en el cordón de la vereda. Desde allí achicaba los ojos para mirarlo mejor.

—Bueno —dijo él—. Tu ómnibus empieza a moverse. A las siete en la estación. Si podés estar antes...

Le apretó la mano rápidamente, sonriendo, y caminó apurando el paso sobre la mancha de sol que se extendía en el pedregullo de la plaza.

LVIII

Aránzuru cruzó, pisando las rayas grises y naranjas de la alfombra, y se detuvo junto a la ventana para contemplar el pequeño jardín donde ennegrecían los rosales y el pino. Se volvió después al rincón del diván y la estufa, las estampas y el jarro con flores donde su madre acomodaba ramas largas y verdes.

—Todo sigue perfecto —dijo Aránzuru con lentitud—. Pondría algunos reparos, pero todos personales. No cuentan. Como eres tú la que vive aquí...

Ella sonreía a las flores, alejando la cara para examinarlas.

—... Está bien —asintió—. Sobre todo esta parte de la casa. Es lo único terminado.

Suspiró y se quitó los guantes. Con las manos sobre el vientre se fue acercando, meciendo en la marcha su blanca sonrisa.

—¿Y qué es eso del viaje? Mira que pasarte un año, sí, casi un año sin verme y venir ahora para anunciarme un viaje... ¿Dónde es la nueva historia?

—Chile; por ahora, Chile.

—¿Serio? Y si se puede saber... Supongo que no irás solo.

—Hombre... Si me voy es para eso, para estar solo.

—Es posible. Pero no lo jurarías, ¿eh?

Él sonrió, aburrido, y miró hacia afuera. Lejos, sobre los techos inclinados, se distinguía el terraplén y el cielo con nubes. «Me trata como a un viejo amigo con el que hubiera coqueteado.»

—¿Pero no vas a comer más?

—Sí.

Se acercó a la mesa de té, cargada de platos. Movió una mano pero enseguida la guardó en el bolsillo.

—Lo peor de todo es que necesito dinero.

—¿Para el viaje? Sí, naturalmente; llegás con suerte. Está de más decirte que no me interesa, que puedes hacer siempre lo que quieras sin que yo... ¿Pero qué vas a hacer en Chile? Ya supe que terminaste por mandar el estudio a paseo. Tu pobre y numerosa clientela... Bueno. Pero dentro de diez años...

Él se había sentado y sonreía sin contestarle, mirándola. Ella se interrumpió, devolviendo la sonrisa, con una luz en los ojos, sostenida, lujosa, como el brillo de la piel de un animal.

—Perdón; la vejez trae estas ganas de sermonear. Sería mucho mejor...

Fue hasta la mesa y volvió con una pequeña flor amarilla.

—No, sin protestas. Después la tiras en la calle. ¿Pero te vas a quedar a comer?

—No puedo. Es de veras. Tengo mil cosas que hacer.

Ella le dio unos golpes con los dedos en la solapa, retrocedió y se inclinó enseguida para besarle la mejilla. Erguida, en el centro de la habitación, giró dando una media vuelta, con las manos recogidas junto al pecho, mirando alrededor. No era difícil imaginar la faja ceñida en las caderas y el sostén que mantenía la punta de los senos. Y la humedad del invierno le llenaría las articulaciones de bultos dolorosos y las escaleras la obligaban a descansar, jadeando, entre falsas risas de disimulo.

Inclinado en el sillón, le preguntó:

—¿Vas a casarte?

—¿Estás loco? ¿A qué viene eso?

—Una idea.

Vino a sentarse en el brazo del sillón, guardando el equilibrio y la postura, las manos anilladas sujetando la rodilla. Él pensó en la flor que le había puesto en la solapa, la expresión de la cara de ella mientras la sujetaba en el ojal. No tenían nada que decirse, en realidad.

—¿Cuánto dinero?

—No sé, lo que puedas.

—Cuánto.

—Bueno, lo necesito para completar... ¿Doscientos?

Ahora vio acercársele la mano, venosa, un poco oscurecida, y cerró los ojos para dejarse acariciar, buscando con la cara el calor y el perfume de los dedos. Pero enseguida ella retiró la mano:

—Una opinión. ¿Si yo me cortara el pelo y fuera blanco?

—No, no... Nada de cambiarte.

—Bueno, no está decidido. Caso teórico.

Cada caricia de la mano en la cabeza de Aránzuru terminaba con una uña ligeramente clavada en la oreja. La yema giraba vertiginosa en el caracol y regresaba enseguida por la sien.

—Y... ¿se puede hablar de Nené o quien sea?

—No hay nada, en serio. Además... Supongamos que éste es tu mundo y yo vengo a cambiar. A olvidar el otro.

—Una diversión, desde luego, ¿eh? Pero yo y mi mundo, ¿cómo somos?

—Difícil.

Quería pensar en ella, allí, apoyada contra su cabeza. Pero siempre se escapaba hacia el tiempo de la infancia.

—¿Cómo somos?

—No sé... Antes, cuando estábamos en el campo y veníamos a verte... El recuerdo es de allí, de entonces, cuando estaba lejos tuyo. Te recordaba como a algo, no persona, un ser fantástico. El pelo rubio, un traje de seda negro, los brazos blancos. Todo eso estaba en un lugar de árboles enanos. Es posible que se trate de un sueño que me quedó. Lo curioso es que yo no tenía amor, la forma corriente de amor de un chico por su madre. Te admiraba, mejor; y con un poco de miedo. No mucho, pero un poco de miedo...

—¿Pero es verdad todo esto? —Ella estaba entusiasmada—. ¿Yo, y los árboles? ¿Cómo nunca me lo dijiste?

—Eras demasiado linda.

—¿Y ahora, el mundo, éste, cómo es?

—No. Es lo mismo. Cuando te recuerdo es siempre así. Y también siempre era invierno. Debía ser un jardín de invierno, con el aire caliente y lleno de cosas encerradas.

—Eso es maravilloso. —Se inclinó para besarlo—. Y hay mucho de retrato mío en todo eso, ¿eh?

—Sí, es posible. También yo lo veía como un cuadro, aunque no sé si estaba inmóvil.

Ella se levantó con lentitud, sonriendo, con una expresión adormecida y feliz.

—Voy a traerte eso. ¿Pero no te vas a quedar a comer?

—Hoy no puedo. Acaso antes de irme...

Ella estaba ahora de espaldas a la luz, ajustándose el cinturón, alzando un pie para mirarlo. El hermoso rostro tenía ya una expresión cansada; pero la zona de penumbra le quitaba las arrugas. Era una mujer alta y delgada.

—¿Sabías que Basilio decidió quedarse en Europa? —preguntó ella—. El mismo de siempre.

—No, no supe. Basilio quiso casarse contigo, ¿eh?

—¿Basilio? —Se echó a reír, cubriéndose la garganta—. ¡Lindo disparate!

—Entonces era Loedel.
—Loedel, sí.
Pero se había casado con una muchacha. En cuanto a Basilio, Aránzuru recordaba los bigotes pintados, la voz de flauta, las miradas urgentes con que distinguía a los choferes y a los encargados de ascensor. Volvió a mirar a su madre. Una mujer alta y delgada. Estaba ahora como en el cuadro de la dama de negro entre árboles enanos. ¿Qué sería de ella cuando se reconociera vieja?
—Vengo enseguida. Hay algunos discos nuevos, ahí.
Él la siguió con los ojos, siempre echado en el sillón. ¿No habría para ella un más allá especial, un lindo paraíso de salones de té y recepciones, de finos cristales y sedas, días de campo con largas sombrillas de encaje, crepúsculos con suspiros y ruegos sobre pesados divanes de terciopelo?
Vio que su mano distraída acababa de arrancar la mancha amarilla de la pequeña flor del ojal.

LIX

Una mujer de nariz flaca y gastada se asomó con desconfianza. Aránzuru saludó sonriendo.
—Buenas. ¿El señor Num? Vivía antes aquí, él y la hija.
El rostro de la mujer se conservaba joven detrás de la nariz, como si ésta hubiera recibido, ella sola, todos los golpes de la vida.

—¡Ah, sí! Usted dice el señor que era embalsamador, el viejito. No, no. Hace tiempo que se mudaron. Y no dejaron dicho nada. Vaya a saber.

—Gracias. No era de urgencia. Creo que puedo averiguar la dirección... Buenas tardes.

—Servir a usted, señor.

Yendo por el corredor vio la luz de la tarde, brillando alegremente en los vidrios, ahora sanos y limpios. Salió frente a la calle empedrada que bajaba hasta el río y se puso a marchar sin rumbo, despacio. «Ahora sí, ya no hay nada que hacer, ya no hay nada donde ir. El viejo tenía la isla y se murieron juntos.»

Caminaba junto al muelle, pensando en cuando fueran las siete y Rolanda llegara a la estación y se pusiera a esperarlo. «Yo soy el señor invitación al viaje.» Pasaban carros ruidosos cargados de bananas verdes. A la derecha distinguía hombres moviéndose entre cables, cajones y asomando de las bocas negras de las bodegas. «¿Puede haber bananas en este tiempo?»

Avanzaba con un paso alegre y regular, golpeando las anchas losas del muelle. Al rato sintió calor y se desprendió el saco. El aire era bueno y fuerte. Imaginaba al viejo hundido bajo aguas azules, la cabeza blanca apoyada en una pequeña isla con su choza, su playa y su palmera, hundido todo para siempre. Encendió un cigarrillo y siguió andando, temeroso de perder su alegría.

Lejos, recostado en la piedra, se pudría el casco de una chalana. Se sentó en el muelle, dejando colgar las piernas, con un deseo de dormirse en paz, como si acabara, por fin, de llegar a alguna parte. A la izquierda, en la reposada curva del muelle, había una fila de pescadores con caña. El río se balanceaba, suavemente, con manchas espejeantes de sol en su agua marrón, dando contra las piedras, mientras voces y bocinas, alrededor, lejos, se quebraban en la tarde. Aránzuru tenía la ciudad a sus espaldas; estaba inmóvil frente al río, solo en el centro del enorme círculo que encerraba el horizonte.

LX

Reconoció enseguida la figura de Bidart entre la gente de la esquina. Siguió andando, le rozó el codo y saludó con una rápida mirada.

—Hola, Rolanda —dijo él.

Se puso a su lado y caminaron juntos, manteniendo cuidadosamente la estrecha distancia entre sus cuerpos. En la cara triste ella llevaba, como olvidado, un resto de sonrisa. Iba a grandes pasos blandos. Miró las siete y quince en el reloj del City. Podía distinguir los pasos de Bidart entre el ruido de la calle, pesados, hendiendo con regularidad el silencio de ellos dos, aquel pequeño silencio que iban paseando, como la sombra de una nube, sobre el estrépito de la vereda. Rolanda movió la cabeza para examinar la cara del hombre. Él tenía, bajo el ala del sombrero que se torcía como siempre, el mismo gesto recogido y amable de los años antiguos.

Eran las siete y veintidós en otro reloj. Bruscamente abrió la cartera y alargó a Bidart un sobre abierto donde asomaba un rollo de billetes.

—¿Y esto?

—Contribución. Para redimir a los negros del Congo.

Él hizo una mueca y se guardó calmosamente el dinero. Seguían caminando, al mismo paso, separados por la misma distancia.

—Magnífico —comentó Bidart—. Parecemos ella y el macró. Para el que haya visto...

Ella torció la cabeza, pero no pudo ver la hora en el reloj dentro de la joyería.

—Ah —murmuró—. Siempre es un poco así.

Caminaban siempre con el mismo paso medido y lento, zigzagueando entre la gente, chocándose distraídos, recuperando enseguida la pequeña distancia que los unía. Se detuvieron al llegar a la Diagonal. Él tuvo, de pronto, la necesidad de decir palabras fieles y sencillas; pero no podía encontrarlas. Se echó el sombrero hacia la nuca y se volvió para mirarla, serio y agresivo:

—Bueno. ¿Qué hay?

—Qué va a haber...

—¿Ese dinero?

—Ya te dije... Contribución. No esperes que te haga una historia.

—Oh, me importa un comino. Pero es mejor hablar enseguida, dejarlo todo claro.

—¿Pero por qué tenemos que darnos explicaciones? Sobre todo ahora.

—Es mejor —insistió él—. Así, enseguida. Tengo que irme a fin de mes. Un asunto de cooperativas en el norte. Quiero saber si vamos juntos o si voy solo. El dinero, puedo devolverlo.

Ella no contestó, pero Bidart vio que tenía la cara seria, sin burla. Le tomó un brazo y cruzaron la calle.

Un enorme aviso luminoso se encendió mostrando las letras rojas:

BRISTOL — CIGARRILLOS IMPORTADOS

LXI

Sentado en el muelle, vio un pájaro blanco que planeaba bajando. A sus pies flotaba una masa amarillenta, rodeada de un círculo de grasa. Encendió un cigarrillo y montó una pierna, echando alegremente el humo hacia la luz confusa del atardecer en el río.

Ya no había isla para dormir en toda la vieja tierra, ni amigos ni mujeres para acompañarse.

Oyó una música de acordeón que llegaba desde los barcos negros junto al transbordador, o de los cafetines de la orilla. Fin de jornada. Invisible, a sus espaldas, estaba la ciudad con su aire sucio y las altas casas, con el ir y venir de las gentes, saludos, muertes, manos y rostros, juegos. Ya era la noche y la ciudad zumbaba bajo las luces, con sus hombres, sus sombreros, niños, pañuelos, escaparates, pasos, pasos como la sangre, como granizo, pasos como una corriente sin destino.

Aquí estaba él sentado en la piedra, con la última mancha de la gaviota en el aire y la mancha de grasa en el río sucio, quieto, endurecido.